夢行者

鄭開蘋／著

目次

第一章

周遭的吵雜聲使我睜開眼睛，我望著四周，淨是些不認識的臉孔，我在參加宴會嗎？為何我會毫無印象，我心急的四處張望，陌生的環境在我內心燃起一股恐懼，我仔細地打量賓客們的穿著，像是某場正式的晚宴，我匆忙地走到會場外的露臺，想藉由戶外的新鮮空氣釐清自己的思緒。

外面的景色依然顯得生疏，我努力的回想在這之前自己都在做些什麼，但腦袋卻只是不爭氣的空轉著，沒有任何產出，我低下頭看著身上的衣服，是一套黑色燕尾服，左手食指帶著藍寶石戒指，手腕上帶著一只看起來價值不斐的鑽錶，這根本不是我的風格，我怎會有這些東西？

我茫然地走進會場內，沿途經過的人不斷的向我打招呼，我只能尷尬地以微笑回應他們，快步走到一處角落，我摸著褲管口袋漫無目的地尋找著，想找出其他東西，好讓我恢復記憶，但裡面卻只有皮夾，我打開皮夾拿起身分證件。「埃里克．巴德，這是誰？他的東西怎麼會在我的口袋？」

一名身穿鮮紅色迷你裙的長髮女人，妖媚的抿起嘴角微笑走向我，冷不防地勾住我的手臂。

「埃里克，今晚我要你。」她曖昧的眼神直盯著我，讓我渾身不自在。

「不好意思，妳認錯人了。」我推開她的手，往後退一步。

「你不是在跟我鬧著玩吧？憑你這張臉，我肯定你就是埃里克。」她不氣餒地繼續勾住我。

埃里克？我又不叫埃里克，我叫夏洛特，我再次甩開她的手，離開她的身邊，她不知所措的站在原地，我急忙的走到鏡子前，我的長相竟然變成身分證上那名叫埃里克．巴德的男子，我慌張的摸著臉，到底發生了什麼事？我為什麼會突然變成他？

「埃里克，你是怎麼了，之前都不會這樣對待我的。」那女人再次走到我面前，輕扯著我的衣袖。

我看著鏡子中的那張臉，思緒一片混亂，我深呼吸試圖讓自己保持冷靜，努力回想先前的經過，來這裡之前我在做什麼？我怎麼會突然變成這名男子？

「請問這裡是哪裡？」

「哈，你頭昏了嗎？怎麼會不知道你現在哪裡？」她冷笑的作勢摸著我的額頭。

我推開她的手，頭卻開始感到疼痛，一股煩躁的情緒湧入我的腦中，我敲著自己的頭，希望能讓自己保持清醒。

「我再問一次，這裡是哪裡？」我不耐煩的看著她。

「你幹嘛對我這麼兇，這裡是你的家，難道你忘了？」

我家？我朝無人的房間走去，遠離人群的嬉鬧聲，臥室內的灰色壁紙使整個空間顯得更加陰冷，所有物品的排列，像是剛裝潢完的那樣乾淨整齊，我走向壁爐，上面擺滿了相框，全是和我有關的照片，我和照片中的女人是什麼關係？是夫婦嗎？還是情侶？剛才在會場外我沒看見這名女人的身影，若她真是我身邊最親密的人，為何我在相片內表情會如此嚴肅，到底是為什麼？

那名長髮的女人站在門外。

「妳知道相片中的女人是誰嗎？」我拿起相片問她。

「我怎麼可能知道，這房間你不允許我進來的，你忘了？」

「不允許？我為什麼要這樣做？」我走到房外的走廊，觀察這四周的擺設，地毯鋪滿整條走道不說，兩旁還擺放了一些名貴的藝術品，裝潢奢華的令我無法想像，簡直就像精心設計的展覽館，這裡真的是我家？

「你今天是怎麼了？好像變了另一個人似的。」她斜睨我一眼，離開我身邊走進會場。

我摸著自己的臉再次確認，沒錯，我現在的確是埃里克，為什麼我腦海中會認為自己是一名叫夏洛特的女孩呢？

頭痛逐漸緩和，我慢慢的走向露臺，注視著會場內的人群，他們開心的聊著天，一點也不像發生過什麼重大事情，就算我是失憶，應該也是我的頭部受到相當嚴重的撞擊才會失去記憶，若有重大撞擊，這群賓客怎麼可能沒注意到？我猛搖著頭，若我真的是埃里克，為何連他先前的記憶全都忘得一乾二淨了呢？

那名穿著紅色迷你裙的女人從會場內走到我身邊，遞了一杯酒給我。

我小酌一口，認真的看著她。「對了，妳是誰？」

「我是蓓達啊！你太過分了，雖然我們昨天才認識，但你也不需要這麼快就忘記我吧。」

我把杯子放在一旁的桌上，不解的看著她。「昨天才認識？」

「你真的全都忘了嗎？我們是在貝蒂酒吧認識的呀！」她把玩著手上的酒杯，喝一口繼續說：「難道這是你慣用的伎倆，發生關係後，馬上就把對方給忘了？」

我嘆口氣不知道該怎麼回答，我和她是昨天才認識的，這不就表示我還認識其他女人嗎？我的私生活有這麼亂嗎？

「我還有認識其他女人嗎？」

「這點我可不知道，你還沒告訴我有關你的事情，不過今天我會陪你一整晚，慢慢的聽你述說你的故事。」蓓達手在我的胸口挑逗著，我難為情的推開她的手，她卻生氣的轉頭往會場內走去，我鬆口氣的看著外面。

另一名穿著黑色露肩晚禮服的女人走到我身旁。

「埃里克，你的心情不好嗎？」

我搖搖頭，這名女人看起來比蓓達來得沉穩，一頭紅髮梳著包頭，像是結過婚的女人。

「妳是？」

「想不到你這麼快就把我給忘了，這也不能怪你，畢竟我們在一起的時間只有一個禮拜。」她眼神眺望著遠方，一口氣喝完杯中的酒。

「不好意思，我現在的思緒有點亂，我連自己身處在哪我都不知道⋯⋯」

「我再重新自我介紹一下，我叫奧黛莉。」她伸手到我面前。

我握住她的手，不知道是否因為現在我的身體是男人，才會讓我感覺她的手格外的小，我看著自己的雙手，還是很不習慣，這真的是我的身體嗎？

「妳知道這裡是哪裡嗎？我是說，我知道這裡是我家。」我已經察覺到自己開始胡言亂語，我不知道該如何描述目前的情況，也不曉得該從何問起。

「你真的很有趣，是因為喝太多酒，才出現了短暫失憶症嗎？」她笑笑的看著我。

「嗯，或許是吧！」我苦笑地看她，拿起口袋內的皮夾，再次仔細的看著證件的內容，這裡是道格區？我從沒聽過的路名，語言卻是通的，應該只是在某個行政區吧。

她看我臉上充滿疑惑，無奈的繼續說：「沒辦法，讓我來告訴你吧，這裡是雅西共和國，你現在所在的位置是道格區十號，你叫埃里克今年三十歲，而我呢？則是你上個禮拜的情婦。」

我停頓一會，她身體靠在圍牆上繼續說：「怎樣？這些訊息應該能幫助你恢復一些記憶吧？」

雅西共和國？不是我所住的國家，我應該是住在德瓦，怎麼會突然來到這裡？她們口口聲聲都說這裡是我的家，這過程中到底發生了什麼事，事情怎麼會變成這樣？

「我記得我是德瓦人。」

「德瓦？當然不是，你是雅西人，雖然你精通德瓦語，但是我敢肯定你是雅西人。」她冷笑的看著我，從女傭端盤上換了一杯新的酒。

「主人，請問您還需要酒嗎？」那名女傭把盤子端在我面前。

我腦中一片混亂，揮手請她離開，雅西共和國，我記得在電視上看過，但是我的記憶始終認定我是德瓦人？況且，我根本不會說德瓦以外的其他語言，怎麼能和她們溝通？若想弄清楚就必須到德瓦一趟，可是我要用什麼方式回去？

「這裡距離德瓦有多遠？」

「你是說德瓦共和國嗎？大概在地球的另一邊了，你怎會突然想去德瓦？」

「雅西的語言跟德瓦相似嗎？」

「當然不同。」她好奇睜大眼睛盯著我。「你問這些問題，是想在那裡投資嗎？」

我沒回答她，我們兩人沉默一會，蓓達和一名男子走近我們，我轉過身面對他們，蓓達突然親吻我的嘴唇，我被這突如其來的舉動嚇到推開她，扶著圍牆往旁邊退幾步。

「妳在做什麼？」我不停擦拭自己的嘴巴，蓓達身旁那名男子大笑的看著我。

「埃里克，你這麼做也太失禮了吧！人家好歹是女孩子，再說，像蓓達這麼漂亮的女孩子都主動送上門了，你怎麼還不滿足？」那名男子作勢用手肘頂著我的胸口。

「查克你看到了吧！我就說埃里克變得很奇怪，昨晚他還很熱情，現在卻變成這樣，真不知道他在想什麼？」蓓達用高亢的聲音向查克抱怨。

「你們不要挖苦埃里克了，我想他可能是喝太多酒，開始在胡言亂語了。」奧黛莉冷笑的看著她們，蓓達和查克好像能接受奧黛莉的說法，猛點頭的往我臉上看。

「難怪，我總覺得今天的你有點奇怪，抱歉是我誤會了你。」蓓達食指輕扯我胸前的鈕扣，難過的看著我。

「我可以跟妳們借一下埃里克嗎？我有事想跟他聊聊。」查克微笑的看著她們兩人，奧黛莉向我們點點頭，帶著蓓達一起離開露臺，查克把我拉到一旁無人的角落。

「埃里克，我們的貨出問題了？」查克嚴肅的看著我。

我不懂他在說什麼，只能皺眉的看著他。

「你還沒清醒嗎？三天內我們必須出一批新的貨給達斯汀，否則他會找我們算帳。」

「什麼貨？」我好奇的問他。

「就是我們賣的那些藥啊，你該不會忘了吧？拜託，你是因為它而致富的耶，不然怎麼會有一堆女人巴著你不放？」他手指向蓓達她們所在的方向。

「什麼藥？我怎麼都不記得了？」

他倒抽一口氣小聲的說：「就是那種讓人吃了可以激發潛能的藥啊，我對藥的成份不清楚，那可是你發明的，難道你忘了嗎？雖然說藥目前只是實驗階段，還是有許多人會私底下向你買。」

「達斯汀的那批貨被卡文吞了，想不到他是那種人，早知如此就不該把那批貨讓他運送。」他生氣的點起手上的煙，吸一口後繼續說：「那批貨至少價值三千萬，現在我們要怎麼在三天內生出那些藥？」

激發潛能？真的有這種藥嗎？我完全不曉得自己有發明過那些藥，我到底是誰？頭又開始劇烈疼痛，我雙手抱著頭靠在牆邊。

「你怎麼了？」

「我的頭很痛，現在沒辦法想那件事。」我晃著頭，想減緩疼痛，我是藥品供應商？聽起來像是在做黑市交易，而且剛才那兩名女人都說自己是埃里克的情婦，我這個男人的私生活怎麼會亂成這樣？

「算了，這件事我來處理好了，卡文那裡我會派人去追，順便讓弗雷德趕緊製作一批新的貨。」查克拍拍我的肩膀。「你就好好休息吧，以你現在的狀況也沒有辦法處理達斯汀那件事。」他喝了一口酒，隨即轉身離開了露臺。

一名身穿傭人服的女孩走向我。「主人，需要幫您拿些止痛藥嗎？」

「不用了，謝謝。」我從他的托盤拿了一杯酒，微笑的向她道謝，她突然臉紅的向我行禮，快步離開。

我不知道自己的下一步該怎麼走，我的身體雖然是這名叫埃里克的男人，但腦海中卻是夏洛特的記憶？我完全不清楚自己身為埃里克前所發生的事情，也不清楚埃里克這個人過去的背景與生活，像是突然換到這個身體內，難道我真的只是因為失憶嗎？還是，夏洛特的記憶只是我的幻想？我真實身分究竟是男人還是女人？我該如何過接下來的人生？

蓓達微笑的朝我走來，她用那撫媚的眼神直盯著我，讓我感到渾身不自在。

「埃里克，我想要你。」她的手鉤住我手臂，輕咬我的耳朵。

我推開她的手，轉過頭不想跟她對望，蓓達她的金髮整齊的散落在肩上，當她靠近我時，身上傳來一陣香氣，紅色的緊身裙包覆著她的身體，顯現出她纖細又豐滿的身材，她的外型不論在男人或女人的眼裡，都會被定義成性感的女人，我拿起手中的酒一口氣把它喝光。

「難道你對我的身體不感興趣嗎？早上你還跟我說想再重溫一次昨晚的那種激情……不是嗎？」她的胸部緊貼著我的身體，手指不停地在我胸口磨蹭，不知道是因為身為男人所產生的生理反應還是酒精的催化，我的身體開始逐漸的發熱，心跳也不斷的加速，我抱起蓓達走到一間臥室，對於自己能擁有這麼大的力氣，我感到不可思議，她用溫潤的雙唇吻著我的脖子，我的情緒也越來越高漲，暈眩的感覺逐漸在我腦內徘徊，意識仍是一片空白…

◆◇◆

隔天早上，我發現自己躺在床上，蓓達一絲不掛的躺在我身旁，我回想昨晚做過的事情，頭又開始感到劇烈疼痛，我輕敲著頭，按摩著太陽穴，想藉此紓緩頭疼，仍然無法記起昨晚發生的事。

我看見自己全身赤裸的身體，驚嚇的從床鋪上站起，拿起一旁的衣物直接套在身上，我走到浴室內，眼睛盯著鏡子看，發現自己的臉還是埃里克的樣子，難道我真的只是失去先前的記憶嗎？那麼我對夏洛特的事情知道得比埃里克還多，這又該如何解釋，到底哪一個才是真實的我？而且我怎麼會對蓓達做出那種事情？

我在洗手台上用水往我臉上潑，想讓自己更清醒些，一名女傭走了進來，她看到我在浴室洗臉，拿著毛巾走到我身旁。

「主人，請問需要幫忙嗎？」

我接過毛巾擦拭臉上的水漬，轉頭看向她。「不用了，妳們去幫那位小姐吧。」

我把用過的毛巾放在洗手台旁，走出浴室，那名女傭睜大眼睛呆滯的站在一旁看我，我沒理會她，整理好身上的衣服後，往外面走去。

「主人，請您下樓享用早餐。」另一名女傭站在門外，我跟著她走到樓下。

環顧屋內四周擺設，奇怪的是，我完全沒有住在這裡的印象，我到現在還是沒辦法接受自己就是埃里克的事實，反而內心一直覺得自己才是夏洛特，我記得先前住的地方只不過是個普通公寓，應該和媽媽住在一起，昨天卻突然變成這名叫做埃里克的男人，難道我是在作夢？

我用手掐著臉頰，會痛，應該不是在作夢，因為夢境不會如此真實，昨天我還沒仔細的觀察靠近。

這間房子，這就是所謂的豪宅，牆上掛著埃里克的巨大畫像，這名叫埃里克的男子年紀雖然已經三十歲，但是他那尖下巴的臉型和那炯炯有神的眼睛給人一種稚氣的感覺，像是才二十出頭，他白皙的皮膚和一頭金髮看起來就像花花公子，再加上自身所擁有的財產，難怪會吸引那麼多女人靠近。

我走到餐桌前，後面站著一排女傭，是在等我用餐嗎？

「主人，要請蓓達小姐下樓用餐嗎？」一名女傭靠在我耳邊輕聲詢問。

「不用了，讓她繼續休息好了，」我微笑的看著她們。「還有，妳們可以不要叫我主人嗎？叫我埃里克就行了。」

在場的女傭們驚訝的互看著對方，我能理解這突然的改變會嚇到她們，但是，既然現在我已經變成這個名叫埃里克的男人，那麼我只想照著自己喜歡的方式過生活，雖然這麼想，但我的腦內的思緒依舊混亂，現在也只能暫時將這種煩惱擱置一旁。

「先生，請問您的早餐酒要選擇哪種？」另一名女傭推著裝滿酒瓶的手推車走到我身旁。

「都可以，妳決定就行了。」酒的種類我不清楚，只能尷尬的對她微笑，早餐喝酒我從來沒聽過，我之前到底是過著怎樣的生活？

那名女傭挑選一瓶酒倒在我的酒杯內，我看著桌上的早餐，我之前都吃得這麼豐盛嗎？腦海中浮現的吐司和培根蛋的組合只是我在做夢嗎？若那真只是夢，我的記憶怎會比現實的印象還來得深刻。

我默默吃著早餐，聽見樓上傳來的腳步聲，蓓達尾隨著一名女傭走下樓，她走到我身後，雙手從背後環抱住我的脖子，吻著我的臉頰，我解開她的手，女傭拉了我右邊的椅子給她，另一名女傭把早餐放在她面前。

「昨晚你還滿意嗎？」她突然看著我問。

「我不知道妳在說什麼？」我只記得把她抱進房間，之後就毫無任何印象。

「可能是你昨天喝太多酒了，要不等一下再讓我好好的服侍你阿？」她挑逗的看著我，伸手輕輕的撫摸我放在桌上的手。

我把手抽離，指著桌上的餐點看著她。「妳還是專心的吃早餐吧。」

女傭們從我們身後發出陣陣竊笑的聲音，她無奈的吃著自己的早餐。

這時，一名女傭走到我身旁小聲的在我耳邊說：「先生，查克先生找您。」

「請他進來。」我放下餐具，用紙巾擦拭著嘴巴，喝了一口酒，才發現這酒竟然是甜的，我從來都不曉得酒這麼好喝，原先認為酒會苦澀的想法有又是從何而來？

一名女傭走到門外接待查克，她們兩人一同走進餐廳，查克忙著調戲著他身邊的女傭，緩慢的走到餐桌旁。

「早安！埃里克。」查克揮手向我們走來，他繞到蓓達身旁，親吻著她的手背。「早安！蓓達。」他打完招呼後，女傭拉了我左手邊的椅子讓他坐下，轉身準備查克的早餐。

「埃里克，我已經把卡文手上的東西搶回來了，你知道他有多狡猾嗎？」他像是很久沒喝水似的，拿起桌上的水猛往嘴裡送。

我對查克咳了幾聲，眼睛瞄著蓓達的方向。

他口中咀嚼著食物，抬起頭看著蓓達。「對不起，因為我太興奮，一時忘了，等吃飽後我再告訴你詳細的情形。」

蓓達疑惑的看著我們兩人。

「你們昨天還不錯吧？」查克對我露出詭異微笑，我沒回答他，他隨即轉頭問蓓達。「妳有沒有好好服侍我們的國王阿。」他揶揄的眼角盯著我看。

「哼，他完全不記得昨天的事了，虧我還那麼賣力。」她不開心的斜眼瞄向我。

「埃里克，你真的太過份了，連蓓達這種性感的女人你都看不上眼，你的眼光太高了。」他繼續的說：「但是，這也不能怪他，因為我們埃里克的身邊從不缺女人。」他一口氣喝光杯內的酒，手指著蓓達說：「妳要努力一點，不然，下禮拜他身邊又會換成其他女人了。」話一說完，又迅速的將女傭剛斟好的酒一口飲下。

他們倆妳一言我一語的聊著天，餐廳內充滿他們的笑聲，我安靜的吃著自己的早餐，回想著從昨天到現在，我身邊出現了幾個人，除了蓓達和奧黛莉兩人是最近認識的人以外，應該只有查克才是認識這個埃里克最久的人，我該向他說出我內心的想法嗎？跟他說出實話，可能會被當作瘋子吧，我無奈地拿起桌上的酒往嘴裡送。

若是我身為夏洛特的種種生活記憶，只是夢境，那麼現實世界上就不會有夏洛特這個人，但是德瓦共和國確實是一個真正存在的國家，我應該去那裡瞧瞧，說不定這可解決我心中的疑惑，我吩咐一旁的女傭拿紙筆給我，查克和蓓達對我的舉動感到好奇，貼近我身旁看著我在紙條上寫的字，我將自己腦海浮現夏洛特的住址寫在紙上。

「埃里克，你寫這地址做什麼？」查克納悶的探頭詢問，眼睛直盯著紙條的內容。

「它一直在我的腦中徘徊，我想到這個地方去看看。」我把紙條收進褲管口袋裡。

「你寫的是德瓦，坐飛機到過去至少要花上十幾個小時，你想到那裡做什麼？」

「我只是感到好奇。」我拿起酒杯喝著酒。

我們三人吃完早餐後，將蓓達擱置在一旁，我和查克走到戶外的花園內，查克遞給我一根菸，我拒絕他，他聳聳肩，繼續點著手上的菸。

「卡文竟然是杜克的手下，他之所以會臥底在我們這，只為了想學習藥的製作方法，但他萬萬沒想到，我們把藥交給弗雷德去製作。」

他吐出一口煙繼續說：「他認為自己不可能知道弗雷德的位置，無望之際只好偷走達斯汀那筆大批的貨給杜克，他們想從中去分析藥品的成分，」他冷笑的看著我。「虧他們想得出來。」

我滿臉疑惑的看著他，對於他剛才所說的人名我完全沒概念。

查克看出我臉上的疑惑，把菸熄掉，放在熄菸盒內。

「不會吧，你該不會還處在失憶狀態？」他皺著眉頭看著我。「是你昨天太操勞，又得了暫時性的失憶嗎？」他伸手摸著我的頭。

我推開他的手。「不是，我好像忘了這裡的所有的事情，」我認真的看著他。「就連壁爐上那些照片裡的女人是誰我也不清楚。」

「照片裡的是你老婆阿，難到你連自己的家人也忘了？」他難以置信的看著我。

「我太太？」

「對阿！你這樣太對不起她了吧，雖然已經離婚了。」他點起另一根菸抽著，落寞的神情全寫在臉上，看起來像是有心事。

我繼續說：「應該是說，我完全不記得昨天以前的事情。」雙手揉著太陽穴，試圖讓自己想起過往的事。

「你可能是最近太累，昨天之前的你還滿正常阿。」他拍著我的肩膀安慰著我，突然靈光一閃高興的說：「沒關係，今晚我帶你去放鬆一下，到了那裏，說不定能恢復你的記憶。」

「真的嗎？」我疑惑的看著他。

「或許吧，去試看看，你之前不是很喜歡那間酒吧嗎？蓓達和奧黛莉也是在那裡認識的阿。」

難道我真的是埃里克？以前我的私生活這麼亂，我怎麼都不知道，我老婆是因為這個原因才離開我身邊嗎？

「對了，雖然卡文的那批貨已經搶了回來，但我想杜克應該不會就此放棄，所以最近出門要小心一點，否則你的腦袋掉了，我們可就沒飯吃了。」他大笑的摸著我的頭，我不耐煩的推開他，頓時之間對於自己的身分又有新的認識，雖然心中充滿許多疑慮，但是這個身體就是最好的證明，除了接受，我不曉得自己是否還有其他選擇。

我和查克走回屋內，蓓達立刻衝上前抱住我，先前沒仔細的看她身上穿的衣服，現在才發現她只披了一件浴袍，裡面竟然完全沒穿其他衣物，她半裸的露出胸口，我趕緊幫她穿好身上的浴袍，叫女傭帶她去上面換衣服。

「你真的變了。」查克遲疑的斜眼看著我。

「怎麼說？」

我們到客廳沙發坐下，女傭們倒茶放在我們面前。

查克喝了一口茶，放下手中的杯子。「在奧黛莉之前的女孩子來這裡時，她們裸體的走在家裡，你連吭都不吭一聲，這裡每個女孩和女傭只要你看得上眼，就會玩弄她們，對於這些女人你根本不會放真感情。」

「是嗎？」

他翹腳且身體往後躺，點著第三根菸。「唉，那些女孩跟你在一起，不知道是因為你長得帥還是有錢，反正她們也甘願被你玩。」

「我的生活真的那麼亂嗎？」

他沒有回答，吐了一口煙，把手上的菸熄滅在菸灰缸內。

「你該不會對蓓達動心了吧？這樣你老婆太可憐了。」他落寞的嘆了口氣，看著窗外。

「所以我前妻會離開我，是因為私生活太亂嗎？」我突然對自己的行為感到難過，卻不記得先前所做過的任何事。

「雖然我是這麼認為，但我不瞭解你們的相處模式，你們也從來沒有告訴我，不過這些都不重要，最近我會安排一些保鑣在你身旁，今天晚上我們就不要想太多，去酒吧盡情的放鬆一下吧。」他開心的拍著我的大腿。

蓓達換好衣服從樓上走下來，今天她穿的緊身迷你裙與昨天款式相似，這些衣服總是能完整的展現她的好身材，她坐到我身旁，查克卻從椅子上起身。

「埃里克，你們慢慢玩吧，晚上我再過來接你。」他喝光杯子內的茶，向我揮手轉身離開客廳，女傭們跟隨他走到大門外。

「埃里克，你說昨天的事情完全沒有印象，」蓓達在我耳邊輕咬著我的耳朵，手卻不斷的撫摸我的胸口。「那麼…我們現在可以繼續製造一些只屬於我們的美好記憶。」

可能是今天沒有喝太多酒，缺少了酒精催化的作用，讓我能夠冷靜的拒絕她，但身體卻有著一股衝動，是因為我現在是男人的身體嗎？我努力克制自己的慾望，推開她的身體，叫女傭帶我去一處能用電腦的地方。

我坐在書房的電腦前，查看自己剛才寫下的住址，看著那地址的所在位置和附近的景色，跟我腦中所擁有的印象差不多，我甚至可以明確地指出自己身為夏洛特時，所居住的位置和附近的建築物，若身為夏洛特只是夢境，為什麼我會知道許多關於她的事情，那些場景是如此真實且熟悉，反觀我對於這裡先前記憶，一點印象都沒有，我到底是誰？

我關上電腦的走出書房，看見蓓達坐在書房門口外哭泣，我抱起她試著安慰她，女傭們全都瞪大眼睛的看著我，我不知道她們為何會如此訝異，難道我這個埃里克之前除了私生活亂以外，還是一個態度惡劣的人嗎？

「妳怎麼了？」我看著蓓達問。

「我不知道該怎麼做才能讓你注意到我。」

我吩咐一旁的女傭，請她幫我買飛往德瓦的機票，女傭接到指示後轉身離開我們身邊，我把蓓達抱進臥室內，讓她好好休息，她卻用雙手鉤住我的脖子，不讓我離開，我坐在床邊幫她擦拭眼淚。

她眼眶泛淚，不停的啜泣。「埃里克，你會對其他女人那麼好嗎？」

「我不知道，妳為什麼突然這樣問？」

「雖然我知道你是玩玩的，但是我好害怕你對其他女人也一樣，我想我不能沒有你了。」她難過的淚水從她臉頰滑落。

我解開她的雙手，想離開這裡，她卻將自己身上的衣服脫掉，全身赤裸的站在我面前。

「我的身體只屬於你，我不想離開你。」她走到我面前緊抱住我，我努力想克制自己的慾望，體內沸騰的血液終究支配了我的行為，我把她抱到床上，思緒仍一片空白⋯

◆　◇　◆

時間過了一會，我的頭又開始感到劇烈的疼痛，我起身，看著赤裸躺在一旁的蓓達，回過神才發現自己又和她發生性關係，為什麼我總是沒辦法克制那股衝動呢？過程中我完全沒有印象，在這段期間我又失去記憶了嗎？我站在一旁穿衣服，蓓達從我身後抱住我的腰，我鬆開她的手。

窗外天色已逐漸變暗，桌上的時鐘也走到下午六點十分，我才剛穿好褲子，查克就站在我們的門房前，他瞄一眼全裸躺在床上的蓓達後，一臉竊笑的看著我。

「我都還沒帶你去，你就已經克制不住了，看來你在這方面還是跟以前一樣，一點也沒變嘛。」

我穿好衣服走出臥室，蓓達用床單包覆著身體拉著我的袖口。

「埃里克，你要去哪裡？」她神情哀傷的看著我。

查克把蓓達從我身旁拉開。「當然是去找下一個蓓達啊！一開始不是說好了嗎？妳可不能破壞遊戲規則喔。」

蓓達聽到查克說的話，無力地蹲坐在地板上哭泣，我吩咐一旁的女傭去照顧她，隨即跟著查克一同走出這棟建築物，她的哭泣聲縈繞在耳邊，我卻一點也不難過，這是為什麼？難道這是身為埃里克應該要有的態度嗎？雖然內心沒有任何不安的情緒，但還是覺得自己做了一件很爛的事，雙腳仍不停的往外走，我想到外面去瞭解過往的生活習慣，也許真能在熟悉的環境中找回之前的記憶。

外面停了一輛價值不斐的加長型禮車，車外站著許多身穿黑色上衣的保鑣，我和查克上車後，那群保鑣才坐上另一輛黑色轎車。

「我以前都這麼奢侈嗎？」

「這叫奢侈？以你之前的排場，肯定比現在還來得誇張，但是這也要歸功於你賺得多。」查克大笑的點起手中的菸。

車子往市區的方向前進，沿途經過的道路全是陌生的街景，若是我真的在這裡生活過，怎麼會毫無印象，為何德瓦的街景比起這裡景色更讓我覺得熟悉，身體雖處於這裡，但心靈感覺卻與事實不相符，我納悶的看著車窗外的風景。

「埃里克，你在想什麼？」查克微笑的盯著我。

「沒有，我只是對這裡的景色沒什麼印象，或許到了酒吧就能想起一些事情吧。」我勉強的擠出微笑，內心突然湧起一陣哀傷，我對未來感到一片茫然。

「也只能試看看了，酒吧內有一大堆熟悉的面孔，那裡的女孩你幾乎都玩過了，總會有一兩個讓你有深刻的印象吧！況且，在那裏我也要和戈登談一筆新的交易。」查克抽一口手中的煙。

「戈登是誰？」

他看出我臉上的疑問，吐出嘴裡的煙說：「啊！我都忘了你還在失憶中，他是我們的一名客戶，比起與達斯汀的交易，他只能算是個小盤商，但不無小補。」

查克接著繼續說：「現在的你只需要專心讓自己恢復記憶，不然藥的原料只有你會調配，到時後若沒有你的腦袋，我們就完玩了！」

「說到那個藥，它的功能是什麼？」我疑惑的看著他。

「不會吧，連自己發明的藥都忘了。」查克將菸灰打在一旁的菸灰缸。

他認真的看著我說：「那種藥是可以刺激人類的腦部潛能的，加速腦內的運轉，它的優點是可以讓服用這藥物的人思緒更清晰，加快做事的效率，缺點是還沒經過人體實驗，不知道它的後勁如何，那時候還請我的手下幫你做了初步的實驗阿，你記得嗎？達斯汀就是一個例子。」

他繼續說：「還好最近沒聽說有任何副作用產生，但就算發生了也沒關係，他們根本不在乎，一心只想得到它，也想把這個藥變得更完美，所以他們也算是我們的意見回饋單位吧！」他大笑的看著前方。

我看著窗外，車子停在一間店門口前，後面跟車的保鑣已經站在車門旁就緒，我和查克走下車，保鑣們跟在我們身後，店內老闆走到門口歡迎我們。

「埃里克，你終於來了，真高興能再見到你。」那名女老闆握著我的手，查克在一旁勾著另一名身穿迷你短褲的女人，我和查克被老闆帶到一間隱密的包廂，裡面的燈光昏暗，查克身旁的女人忙著打開桌上的酒，倒在我們各自的酒杯內。

「埃里克，為什麼你要這樣看著我？像是不認識我似的。」那名女人拿起我桌上的酒杯遞給我，我接過她手上的杯子。

「伊娃，妳不用白費心思了，埃里克現在的記憶只到昨天為止，以前的事情他全都忘了。」查克嘆口氣的看著伊娃，拉住她的手讓她坐在自己身旁。

她一臉驚訝的看著我。「是受傷了嗎？不然怎會突然變成這樣？」

我微笑的看著她，沒回答繼續喝著手上的酒。

「所以才要靠妳們來幫他恢復記憶阿，我還要靠他吃飯，妳們可要盡力的幫他。」查克看見門外站著一群穿著性感衣服的女人，揮手要她們走進包廂，她們在我們面前站成一排，有的女人衣服只有一件薄紗。

我看著那名的女人，手指向她。「她怎麼只穿一件薄紗就來了？」

查克大笑的放下手中酒杯。「這不是你最喜歡一件衣服嗎？對了，現在不能用你以前的標準來看，這些女人都是舞者，會表演給你看的。」他指揮那些女人，她們開始一件件的脫去身上的衣服，不停的在我們面前扭動她們的身體緩慢地走到我身旁。

這時門外突然傳來敲門聲，女老闆帶著一名男子進來我們的包廂，查克看到那名男子時，高興的走向前去。

「好久不見，戈登，過來這裡坐，一邊看表演，這樣我們的交易也可以順利進行。」查克老練的打圓場，一旁的女人也為戈登倒酒。

我喝著酒，一臉疑惑看著他們兩人的談話，那些女孩也不斷的來到我身邊，我揮揮手要她們離開，她們覺得無趣的轉身走向查克他們，伊娃看見我的酒杯空了，繼續幫我把酒斟滿。

「埃里克，你好像很不開心？有什麼心事嗎？」她擔心的看著我。

「我只是在想一些事。」

我把杯子裡面的酒一口氣飲下，心裡對於自己過去的行為感到內疚，我以前真的是這種玩世不恭的人嗎？難怪我老婆會這樣離我而去。

時間不知過了多久，這些酒感覺比起先前的更容易醉，我看著查克和戈登兩人握著手像是談成生意的開心聊天。

戈登突然站起走到我身旁，大笑的摸著我的頭。「埃里克，你好像喝得太醉了！注意身體，玩得開心點。」他走到包廂門口，對查克揮著手。「我先離開了，幫我好好照顧他，才一不注意就喝得這麼醉。」他說完後轉身離開包廂。

查克走到我身旁看著我。「埃里克，你還好嗎？」

我對他點頭，頭仍感到暈眩，想開口說話，卻沒辦法說出口。

「你待在這裡，我先出去辦點事！」他轉身將兩名裸體女人帶出包廂外，只留下我跟伊娃她們四名女人在包廂內。

其中一名裸體的女人走到我身旁，跨坐在我的大腿上，不停地親吻著我嘴唇，我推開她，拿起桌上的酒繼續喝，伊娃在一旁也脫去了她身上的衣服，從上而下親吻著我的身體，一名女孩搶過我手中的酒往她身上倒，把我的臉貼近她胸口，我將她撲倒，其他三名女人也不斷的在我身上挑逗，我的意識也漸漸的模糊⋯⋯

突然有聲音在我耳邊呼喚，我被聲音吵醒，慢慢睜開眼睛。

「埃里克，起來了。」查克搖著我的身體叫我。

「現在幾點了？」我皺著眉頭醒來看著他，發現那四名女人全裸的睡躺在地上。

他大吃一驚的看著我。「已經早上十點了！想不到你就算失憶了，還是比我厲害。」臉上突然露出詭異的微笑。「怎麼樣，記憶有沒有恢復一點啊。」

我的頭痛得比昨天更加劇烈，這是喝太多酒才會有的情況嗎？我穿好衣服後，拿著她們脫在一旁的衣服蓋在她們身上，走出包廂。

女老闆站在包廂門口盯著我和查克。「放心，她們我會照顧的。」

「嗯。」我害羞的不敢直視她的眼睛。

女老闆微笑的看著我。

「這些真的都是我以前過的生活嗎？」我轉頭看著查克。

「當然，只是以前的你比現在更齷齪。」他揶揄地笑著。

忽然外面傳來槍聲，店內的人群四處奔跑場面混亂，女老闆嚇得全身癱軟坐在地上。

我攙扶著她，交給一旁的保鑣。

「該死，戈登他出賣我們！」查克生氣的咆哮，他吩咐保鑣帶我往另一個通道離開，外面的槍手迅速的跑進店內，他們朝著我身旁的保鑣射擊，一名保鑣腿部中彈應聲倒地，酒吧內傳出許多的尖叫與玻璃碎裂的聲音，查克和保鑣不斷的射殺那些的槍手，幾名保鑣已經中彈身亡，我拿起保鑣掉落的手槍，朝著敵方的槍手射擊，跑到查克身旁，發現他腹部中彈，鮮血沾濕他的上衣。

「埃里克，你快走，他們要找的人是你。」查克吃力的說著，一名槍手看到查克還沒死亡拿著手槍指著他。

我身體檔在查克面前，胸口突然感到一陣刺痛，那群黑衣人慌張的跑到我身旁將我抱起，我也逐漸的失去意識⋯

第二章

「啊！」我大叫的從床鋪上跳起來，胸口仍隱約地感到疼痛，外面的天色是暗的，牆上的時間是晚上七點，我剛才是在做夢嗎？

我的叫聲引來房門外的腳步聲，臥室門突然打開。

「夏洛特，妳終於醒了！妳已經睡了兩天半了。」她頭上包著浴巾像是剛洗好澡似的，走到我身旁摸著我的頭髮。

夏洛特？我不是埃里克嗎？怎麼又變成夏洛特，所以我變成埃里克只是一場夢？為什麼會如此真實？若那是夢境，我應該感覺不到疼痛啊，我看著自己的雙手，已經從男人的手變成女孩的手。

「我是夏洛特？那埃里克呢？」我看著身上被汗水浸濕的衣服。

「唉，這是每次必經的程序。」她嘆口氣的說：「聽著夏洛特，我是妳媽媽，那個埃里克只是妳夢中的虛構人物，所以別想太多。」

「妳肚子也餓了吧，快，下樓去吃飯吧！我幫妳弄些食物。」她把我從床上拉起。

我跟著她走到餐廳，她在廚房忙著煮菜，我的思緒久久無法回過神，就算那只是夢境，我的腦海裡依舊能感受到當時的恐懼。

我餘悸猶存的坐在餐桌上，媽媽將煮好的晚餐端到我面前，害怕的情緒讓我難以忘卻，我吃不太下，只扒了幾口飯，她倒了一杯水坐在我身旁。

「我已經將妳的病例報告到學會上，他們說從未聽說有類似的病例，或許我們還需要再觀察一段時間。」她勉強擠出微笑的看著我。

「我的病？」

「對了！現在還不是跟妳討論這件事的時候，等妳的意識清楚後，我再慢慢的跟妳說吧！」

「嗯。」我放空的點頭，腦中仍是一片混亂。

過了一段時間，我終於把盤內的食物吃完，她收拾碗盤走到廚房。

我腦內不停的浮現自己變成埃里克的事情，若那只是夢，我怎麼會在夢中不斷的想起自己就是夏洛特，一個念頭突然閃過，雅西共和國道格區十號，這不是夢中的埃里克住的地方，我拿起紙筆寫下這地址，放在我口袋。

吃完飯後，我走到客廳打開電視，新聞正以快報的方式插播新聞。

「今日雅西地區發生重大槍擊命案，死者共有十位，傷者共有五位，此次事件與當地兩名富商有關，分別為埃里克·巴德和查克·馬丁，這兩名嫌犯疑似涉及非法藥物交易買賣，警方正全力緝查兇嫌的動向。」

我驚訝的看著電視上的照片，那不是我夢中的埃里克和查克嗎？連那槍擊命案的現場也是我在夢中去過的那家店，這到底是怎麼回事？我咬起下唇緊張的直盯著新聞報導，她走到我身邊拿一盤水果給我。

「又是這種新聞，這些人應該是活該吧！賺這種不義之財就會有這種下場。」媽媽在一旁冷靜的評論新聞內容。

「夏洛特，妳是怎麼了？身體不舒服嗎？」她像是看見我的不安。

「電視上的埃里克就是在我夢境出現過的人。」我害怕的看著她。

「喔！拜託，又是夢？」她生氣的繼續看著電視。

我們兩人沉默一會。

她突然像是靈光一閃的轉頭看著我。「這該不會是預知夢吧？電視上曾經報導過，說有人做的夢境跟現實發生的事情一模一樣，可能妳有所謂的特異功能吧。」

我對她翻了白眼後，她拍拍我的肩膀，把空的水果餐盤拿到廚房清洗。

我的內心總覺得有些不對勁，電視新聞也開始播放我不感興趣的新聞，我關掉電視走回房間，媽媽卻突然叫住我。

「夏洛特，不要忘記妳還有工作要做，妳的客戶昨天說要妳在這禮拜把作品寄給他們，這兩天妳一直在睡覺，怎麼叫都叫不醒。」她邊整理客廳，邊抬頭看著我。「既然已經答應對方，就要盡快將作品完成給客戶，千萬不能拖延。」

「知道了。」我走到房內關上門，看著工作臺上的一些設計圖，我拉了把椅子坐在桌子前，將那些預計要繳交的作品完成。

不知過了多久，牆上的時鐘已經早上八點了，我把設計的完成圖寄到對方的電子信箱。

我伸個懶腰，打起精神走到浴室洗澡，腦中卻不斷的想起夢中發生過的事，媽媽的那些話，讓我對夢境中的事物產生質疑，我該相信她的話嗎？認為這一切都只是夢，還是要相信自己心中所想的，若在夢中發生的事情是真的，現實一定會出現蓓達和奧黛莉這兩個人，那個住址也應該會是埃里克的住所。

不曉得是因為之前已經睡了兩天半的關係還是其他因素，洗完澡後，我絲毫沒有任何睡意，我用毛巾簡單擦乾頭髮上的水滴，馬上走到工作台的電腦前，在網頁上搜尋那個地址，看了那附近的環境後，讓我更加確定自己的夢境是真的。

為什麼以前我從未對自己的夢境感到懷疑，總認為自己是罹患一種嗜睡症的疾病，直到看見埃里克的新聞後，才發現自己的夢境竟然是真的，回想起來，我睡眠幾乎都超過兩天以上，其中最快的是十二小時，最久的則是超過半個月，在夢中，總是因為自己被殺死後才會醒來，為什麼死後才會醒來呢？這麼說的話，埃里克他也已經死亡了嗎？

我不知道自己該如何開口向別人詢問這些事，就算跟其他人講這種夢境，也一定會被笑是無稽之談，我不敢再隨意的入睡，看著網路上搜尋的資料和新聞，有蓓達和埃里克的女傭們接受新聞記者訪問的影片。

「記者訪問死者埃里克·巴德的傭人們表示，埃里克生前有委託女傭購買前往德瓦的機票，而死者女友也表示，埃里克最近的行為舉止怪異，像是有短暫失憶症的情形，警方懷疑死者疑似有潛逃到國外的動機，詳細情形尚須待警方將整件案情釐清，我們會持續的追蹤這整起事件的後續結果。」

她們在影片上的每一句話都與我夢境內所經歷過的事情符合，難道埃里克是我害死的嗎？若夢中的我沒有死亡，會一輩子無法醒過來嗎？難道只有透過死亡我才能夠重生並回到原本的身體？我做的這些夢到底有什麼關聯？為什麼我總是取代夢中內的人物？是偶然的還是這其中有什麼含義嗎？這些問題可能永遠無法得到解答。

臥室外傳來一陣敲門聲，我走去開門，媽媽站在門外。

「夏洛特，我要去上班了，記得一定要等我回來才能入睡喔。」她擔心的摸著我的頭。

「放心好了，我現在一點睡意都沒有。」我苦笑的送她走向大門。

她簡單跟我揮手後轉身關起門。

我一個人留在屋內，這種獨處又沉重的氣氛讓我胸口一陣煩悶，我走到臥室整理工作台後，拿起掛在椅背上的軍綠色外套出門，我想到人多的地方，試著忘記內心深處中莫名的恐懼。

我到戶外的公園的椅子坐著，腦中仍不斷的湧入昨天做的夢，雅西共和國跟我們的語言不同，我在夢裡卻能與她們溝通，若在夢中我是進入那角色的身體內，那麼當下的他們又會在哪裡？

我看著手上的錶，已經下午一點多了，我走到附近的餐廳用餐，卻沒什麼胃口，扒了幾口飯，只為了避免讓自己體力不支，吃完飯後我買了幾杯咖啡回家，想讓自己提振精神，把咖啡放在餐桌上，拿了一杯走到自己的臥室，開啟工作台的電腦，把還沒到截止期限的設計作品完成，想藉由工作轉移自己的注意力，但是一個人獨處總會讓我胡思亂想。

若跟先前一樣，讓我認為那只是一場夢，或許我就不會產生這麼多聯想，但是經過這次看到新聞後，先前所有在夢境中的回憶瞬間湧入我的腦中，假如之前的夢境都是真實的，那麼在我夢裡死掉的人物，也是真正生活在其他地方的人嗎？

我猛搖著頭，拿起桌上的咖啡猛灌，使自己專心在繪製設計圖上。

完成了所有案件的作品，我起身離開座位，看著窗外的天色已經變暗，已經晚上八點多，玄關突然有大門開啟的聲音。

「夏洛特，我回來囉。」媽媽在大門口喊著。

我走出臥室看著她手上拿著一袋袋的東西，我幫她提到餐桌上。

「今天我就不煮晚餐了，我買了麵回來。」她把手上的手提包拿去她的房間放。

我安靜坐在餐桌上，幫忙把麵盛裝在碗盤內，坐在她的對面。

她放下餐具擔心的看著我。「妳是怎麼了，哪裡不舒服嗎？」

「沒有，只是對於昨天的夢境感到很害怕。」我努力的想把食物吞進肚子裡，但混亂的思緒仍然佔滿了我的胃，完全提不起勁，只能讓食物默默的在我口腔內咀嚼。

「拜託，那只是夢，我不希望妳一直陷入夢中情境而無法自拔，妳要記住，現實的生活遠比夢境重要，再說，我能跟妳相處的時間，只剩妳醒著的時候，不要連醒著也不斷的回想夢中的事情，我希望妳能活在當下。」她繼續吃著餐盤內的食物。

我勉強擠出笑容的看著她，聽到她的話心裡也較為舒坦，她說的沒錯，對現在的我來說，那只是一場夢，我們吃完晚餐，我跟她一起收拾餐桌上的餐具，所有事情忙完後，我拿起書坐在客廳的沙發上。

我看著牆上的時鐘，已經凌晨一點，媽媽從浴室走出來，用浴巾擦拭著頭髮。

「妳也快去洗澡吧，放鬆一下心情，我明天還要上班，先去睡了，有什麼事記得叫我。」

我點頭的看著她，把書闔上，走到我的臥室，開啟電腦收電子郵件，看有無新的案子。

我回覆完所有信件，關掉電腦，不曉得是否是因為一整天沒有休息睡覺，我開始有了睡意，但決不能讓自己入睡，我用手拍打著自己的臉頰，拿起衣物準備洗澡，想藉由洗澡來消除睡意。

洗完澡後精神比較好，我拿起另一本書到床上看，隔沒多久，睡意使我的眼皮感到沉重，我無法克制想睡覺的欲望，我努力的想睜開雙眼，頭卻漸漸昏沉……

◆　◇　◆

「睜開眼睛！」一名男人的聲音不斷大喊著。

「我叫妳睜開眼睛。」他拿棍子打在我的身上。

身體的疼動讓我意識逐漸恢復意識，我慢慢的張開眼睛，看見一名粗獷的男人站在我面前，他是誰？我怎麼會在這裡？這裡是哪裡？

我看著周圍，這間屋內的擺設破舊，牆角的壁紙還留有漏水的痕跡，空氣中瀰漫著一股噁心的腐敗味，電視的聲音大到讓我耳朵感到刺痛，我跪坐在地板上，雙手被繩子綑綁在背後，感覺左邊的額頭有水流下，當水滑落到我的嘴巴中才發現那是血，乾掉的淚痕使我的臉頰緊繃，我在哭？我為什麼要哭？我內心中有股莫名哀傷，眼淚也不停的落下。

「妳再哭，我叫妳不要哭了，妳沒聽見嗎？」那名男子兇狠的看著我，手裡不斷地揮舞著棍子。

我不能停止哭泣，身體也不停地顫抖，我沒辦法克制住這種情緒，因為哭得太激烈，讓我感到呼吸困難，發出陣陣的啜泣聲。

「妳再吵，妳再繼續吵啊。」那名男子氣得喃喃自語，不停地在四處尋找某樣東西，他拿起一條毛巾往我嘴裡塞。

不知道是眼淚還是頭上的血，液體流入我的眼內，使我模糊得看不清眼前事物，頭也開始發昏，我看著自己身上的穿著，像是十幾歲的小女孩，內心的無助大於恐懼，我該如何向別人求救？

「早知道妳是拖油瓶，當初就不該把妳生下來！要怪就怪妳媽媽，把妳生下後，就丟給我照顧，自己跟那情夫跑，這不是妳的錯還會是誰的錯？」那名男子自言自語的坐在沙發上，邊吃著花生，邊看電視。

他是我爸爸？我是誰，怎麼會在這裡？我怎麼會連自己的名字都不知道，我坐在一旁角落，隱約的聽到他說的那句話，內心頓時感到一陣刺痛，你們可以選擇要不要生下我，但我卻無法選擇自己的父母，這是我的錯嗎？我什麼都還沒做你們就把所有錯怪在我身上。

我視力模糊的看著電視，記者訪問著一名陪父母逛街接的小女孩，問她想要什麼耶誕禮物，電視中那名小女孩笑得燦爛，開心地回答記者問題。

為什麼別人都可以過這種生活，我卻不行，我真的不知道自己做錯了什麼？為什麼我必須承受這種折磨，我不想要任何禮物，我只是想跟父母過一種普通正常的生活，難道這對我來說是一件很奢侈的事情嗎？

難過的情緒一湧而上，胸口一陣悶痛，我無法克制的急促喘氣，再怎麼用力呼吸，空氣都無法吸進肺部，我不斷的咳嗽，把嘴上的毛巾吐了出來，他聽到我發出的聲響，生氣的拿著棍子走到我面前。

「吵死了！妳再吵，連安靜一下子都做不到嗎？」他拿著棍子往我身上猛抽打，我痛到大叫，他卻顯得更生氣，把棍子丟在一旁，他雙手架住我的手臂把我的身體拖起來，不斷的推著我的身體去撞擊牆壁，身體的疼痛讓我無力反應，頭更加暈眩，他停止動作，我癱坐在地上。

我淚流不止，眼睛卻開始感到陣陣刺痛。

他露出詭異的笑容，抓起我的頭髮，我的身體被他拉起。「妳哭到流血，是在說這一切都是我的錯囉？」他抓起我的手臂，把我拖到浴室內。

「妳喜歡哭，我就幫妳把臉洗乾淨。」他不斷的把我的頭按壓進浴缸的水中，我被水嗆得沒辦法呼吸，眼睛進水我無法睜開眼睛，鼻子灌進大量的水，我的鼻樑和額頭感到腫脹和刺痛，嘴巴被水嗆到讓我不停咳嗽，不知道是身體的疼痛還是腦部缺氧，我的意識逐漸模糊，無法再繼續喘氣……

◆　◇　◆

我驚嚇的從床上坐起，胸腔的悶痛讓我感到呼吸困難，我大口大口的喘氣，想調整自己呼吸的頻率，原來是在做夢，我擦拭臉上的淚水，回想夢中的驚恐畫面，立刻讓我回過神，若我醒來，是否就表示那名小女孩已經死了。

我從床上走下來，發現身上的衣服已經濕透，臉頰兩側還有許多乾掉的淚痕，看著窗外天色漸漸明亮，牆上的時鐘停在六點十分，我只睡了幾小時，夢中的恐懼隱約在我心中無法排除，我進到浴室洗去身上的汗漬，洗完後走到客廳拿起遙控器開電視，發現新聞正在報導那名男子的新聞。

媽媽像是被我吵醒的走到客廳。

「妳有睡覺嗎？」她見到我在看電視，坐在我身旁的沙發扶手上，好奇的盯著我頭上的浴巾。「妳又洗澡了？」

「嗯……我又做夢了。」我手指著電視上報導那名男子的新聞，害怕的看著她。「我夢到自己是那名男子的女兒。」

我們兩人安靜的看著電視報導。

「記者所在的地方是案發公寓前，因鄰居聽到樓上有強烈的撞擊聲和小女孩哭聲，馬上報警，警方破門而入，發現小女孩已在浴室內溺水身亡，目前警方推測兇手為死者父親，至於動機，警方還需詳細釐清案情。」

我閉上眼睛不敢看這則報導，她看到我害怕的將身體捲曲縮在沙發上，拿遙控器把電視關掉，把我抱進她的懷裡，我腦內不停的出現那個夢境景象，眼淚卻不由自主的滑落。

「我知道發生這種事讓人很難過，但我不希望妳在清醒的時候，繼續被夢中的情緒所影響。」她安慰的說著，隨即走到廚房準備早餐。

過了一會，她端著早餐放在客廳桌上，拉了一把椅子在我身旁坐下。「雖然我們暫時沒辦法解決妳的難題，但我只希望妳能過得快樂，其他別無所求。」

我沒有回應。

她表情略顯難過的繼續說：「我先跟妳說聲抱歉，或許我不該否定妳的夢境是虛構的，我會盡力找出妳病情的解決辦法。」

我點頭的看著她，慢慢的吃著早餐。

我們吃完早餐後，媽媽進去臥室拿了幾樣隨身物品準備去上班。

她走到門口停頓了一會，轉頭看著我。「親愛的，不要想太多，妳可以到外面走走，或許能讓妳忘記一些不愉快的事。」她說完後關上門離開。

我的心情始終不能平復，昨晚的夢對我來說衝擊太大，我馬上拿起外套和背包走到外面，我漫無目的開著車，想讓自己找點事情做，忘記那場夢帶給我的壓力。

從我有記憶時就有這種嗜睡症狀，也因為這種症狀，我沒上過學，沒認識半個朋友，從小到大都是我一人，不知道是否因為夢境太逼真，讓我擁有許多另類的經驗，除了作夢醒來後所產生的恐懼外，我對於獨處沒有太大的排斥，反而還比較喜歡自己一個人的感覺，我開車到市中心的賣場，添購家裡的必需品，逛完賣場後，我繼續開車到遊樂園，買了票玩一些比較刺激的設施後，再到其他觀光景點晃晃。

到了黃昏，我拖著疲累的身軀回到住家，媽媽今天卻比我還早到家。

「妳回來啦？」她看著我臉上沒有表情，擔心的問：「是去外面散心嗎？」

「嗯，想讓自己找點事情做。」我有氣無力的看著她，把購物袋放在桌上。

「心情有沒有好一點？」媽媽皺起眉頭的看我一眼，轉頭繼續看著電視。

內心的煩躁使我不知道該從何說起，也不知道該怎麼回答她，只能沉默。

自從知道自己的夢境是真實事件後，我開始無法調整自己的心態，生活作息全被打亂，難道夢境出現過的人物都是即將死去的人嗎？而我的作用，只是幫他們承受死亡前的痛苦，還是上天期望我能在夢中幫助他們逃離眼前所遭遇到的困境嗎？

若真是如此，昨天那個小女孩，我該怎麼幫她呢？當下我唯一能做的就是陪著她一起痛苦，除此之外我還能做什麼呢？而且在昨天的夢裡，我竟然沒有想過我是夏洛特，這又是為什麼呢？

「夏洛特，妳在想什麼？」她小聲的在我耳邊呼喚。

「倘若我夢中的人物沒有死亡，我還有機會醒來嗎？」我繼續問：「我夢裡面的人物離他們死期還有一段時間，那我該怎麼做？是自殺讓我回到現實嗎？還是繼續用他們的身體過著他們的生活呢？」

她像是被我的問題嚇到，把原本準備送到口中的水杯放在桌上，安靜的盯著我看。

我們兩人沉默一會，廚房的計時器響起，打破安靜的氣氛，她走到廚房，把煮好的菜盛在盤子上，端到餐桌，拉著椅子坐在我對面。

「妳不需要做任何改變，只要順應上天的安排而為。」她微笑的看著我。

她是我唯一的親人，我只想知道她的看法，雖然會擔心有一天自己不在她身邊，媽媽一個人要怎麼生活，聽見她這麼說，我的內心較為舒坦，有些時候我沒有辦法改變夢中角色的困境，常常處於兩難的狀態，但是我又不想因為一己之私而傷害別人，或許就算我想做任何改變，事情還是會回到原始的狀態，因此我不需要做任何改變，只須依照上天的安排就好了。

思緒放鬆後，胃口也跟著好轉，我掃空了盤內的菜，收拾好餐桌後，我打開電視看新聞，媽媽走到浴室去洗澡，我看了幾小時的電視，直到身體疲憊才關上電視走回臥室，沖完澡後，我坐在工作台開啟電腦，發現有幾筆新的工作。

我播放音樂讓室內多點聲音，一邊著手畫著新案件的設計圖，完成一部分後，我起身走到廚房泡杯咖啡，想藉由咖啡提起精神。

「妳要準備工作嗎？」她頭上包著浴巾走到我身旁，打開冰箱拿水喝。

「嗯，剛才接到幾筆新工作。」我泡著咖啡看著她。

「不要讓自己太累了，我明天還有手術，先去睡了。」她把水瓶放到冰箱後，回到她自己的臥室。

我拿著剛泡好的咖啡走進臥室，繼續未完成的工作，畫完所有的設計圖後，寄出完成的作品。剛過上午六點，我連上網站，隨便瀏覽網頁，但客廳已有聲響，媽媽應該起來了，我走出臥室，看到她急忙地整理身上的衣物。

「夏洛特，剛才接到緊急的電話，我必須去醫院一趟，早餐妳就自己去外面吃吧。」她匆忙的離開屋內。

我坐在沙發上看電視，拿著遙控器不斷的轉台，早上的電視節目總是讓人提不起勁，才一轉眼，時間就已經十一點多，我走到廚房打開冰箱，裡頭可以吃的食物已經所剩無幾，我隨手拿起外套到戶外覓食。

我走到附近一家餐廳，隨便點了一些食物在店內用餐，端著托盤走到一處靠窗的位置坐下，隔壁桌突然傳來兩名男子大聲聊天的聲音。

「達斯汀，你知道嗎？聽說埃里克還活著。」一名男子說。

我偷偷往隔壁桌瞄一眼，埃里克這個名字是我之前夢境的那個人嗎？那個人就是達斯汀？還是只是同名同姓？但是達斯汀他們不是雅西共和國的人嗎？怎麼會說德瓦的語言？

「這我當然知道，我從電視上看到他的女傭說埃里克有買機票來這裡，我到他家去問那些女傭，她們只交給我一張紙，上面還寫了一個德瓦的地址，所以我才會到這裡找人。」達斯汀的體型壯碩，聲音低沉，光憑他說的那幾句話，就能使人感到一股恐懼。

「你找到他了嗎？」那名男子繼續問。

「還沒，有人告訴我在雅西看到埃里克的身影，所以我下午要搭飛機前往確認。」他大口的吃著手中的漢堡。

「這裡的地址怎麼辦？」

「那不重要，現在必須先找到埃里克的人，反正查克已經死了，我想他需要更換另一位合夥人了。」達斯汀大笑的拍著那名男子的肩膀。

他們兩人吃完後，離開餐廳，我腦內回想他們剛才的對話，那名叫達斯汀的男人一定是查克提到的那個人，查克已經死了，但埃里克沒死？為什麼我會醒來？我當初在夢裡寫下的地址，他會不會認為我和埃里克之間有關係，達斯汀他會因此對我們不利嗎？

聽到達斯汀他們兩人談話後，我又沒了胃口，只吃了幾口就放下手中的餐具，拿起外套走出餐廳，我開始懷疑自己先前的推斷是否正確，原先我一直認為夢中的角色死後，我才會醒來，但達斯汀卻說埃里克還活著？也有可能埃里克已經死亡，他們得到的只是假消息，若埃里克真的還活在這世界上，我又是怎麼回到自己身體的？

我走到公園的長椅坐下，抬起頭看著清澈湛藍的天空，已經忘了有多久沒這麼仔細看著天空的景色，我試圖不去回想剛才聽到的事，過了一段時間，我起身走回公寓，在樓下發現剛下班的媽媽。

「妳今天怎麼這麼早回來？」我好奇的問。

「剛才完成一個手術，下午沒事就回來休息，那妳呢？有吃過午餐嗎？」

「我吃過了。」我猶豫了一會，擔心的看著她。「有件事我不知道該不該告訴妳？」

我們走進屋內，她把東西放在一旁，坐在客廳沙發打開電視，我走到她身旁坐下。

「什麼事？」她轉頭認真的看著我，我卻不知道如何開口，安靜了一會。

「就是……上次我跟妳說，夢見自己變成一名埃里克的男人……」

「嗯，怎麼了嗎？」她無奈的轉頭繼續看著電視。

我遲疑了一會，感覺她好像不相信我所說的話，我內心掙扎著，考慮著是否該告訴她我所聽見的，但又害怕達斯汀會到家裡傷害她。

「我今天遇到夢裡面出現的人了，他手上還拿著我在夢中寫下的地址，」我害怕的繼續說：「他們以為那是埃里克留下的紙條，我害怕那個男人會找到我們家……」

她關掉電視，遙控器放在桌上，嚴肅的看著我。「夏洛特，妳還記得我之前向妳提到，把妳的病例報告到學會上的事嗎？」

我點頭的看著她。

「最近有幾名醫師開始和我討論妳的病例，他們認為妳可能是患有一種精神疾病，時常會夢到令妳感到恐懼的事物，嚴重時還會產生幻想，甚至會看見夢中人物出現在現實生活中，直到那些夢境人物把妳逼瘋。」

她表情難過的繼續說：「很遺憾，妳所看到的都只是妳自身的幻想，」她突然哽咽的不斷哭泣。「看著妳痛苦，我卻無能為力，我真的是個很失職的醫生。」

聽見她的話，我愣在一旁，這所有的一切都只是我的幻想？但是新聞也有報導，那新聞畫面是假的嗎？早上看到的達斯汀也是假的嗎？其他人都看不到，只有我能看到嗎？我不敢問，怕會得到我無法接受的事實。

她擦乾自己的眼淚，抱住我。「夏洛特，我真的很抱歉。」

我推開她。「我有點累了，想先回房休息。」我的腳步變得沉重，默默的走到房內。

躺在床上，我已經分不出自己現在是處在夢境還是現實，若這只是夢，能不能讓我趕快清醒，我只想像正常人那樣過著簡單的生活，雖然知道事實已經無法改變，我還是克制不住自己的眼淚，我已經不知道自己到底該相信誰？癱軟在床上不斷的哭泣，直到睡著……

第三章

「小姐，請問妳需要飲料或是甜點嗎？」我聽到一名男子的聲音，睜開眼睛看著他，一名服務人員站在我面前。

「小姐，請問妳需要飲料或是甜點嗎？」他再重複一次。

我從他托盤上拿了一杯酒後，他轉身去服務其他人。

我在參加宴會？我看著我自己的雙手，兩手都帶著白色手套，左手腕上帶著看起來很昂貴的銀色鑽表，身上穿著水藍色的禮服，我看著四周，周遭的人們看起來像是政商名流，我慢慢的走到一面鏡子前，盯著鏡子中的自己，一頭盤起的紅色長髮，白皙的皮膚，看起來像是二十幾歲的女人，鏡子中的人真的是我嗎？參加晚宴之前我在做什麼？這裡又是哪裡？

「小姐，妳一個人嗎？」一名男子的聲音在我身後出現。

我被這突如其來的聲音嚇到，不小心將手上的酒灑了出來。

「抱歉嚇到妳了，我看見妳獨自一人待在這裡，才前來向妳打聲招呼。」

我拍著灑落在裙襬的水漬，宴會現場的音樂突然響起，我轉過身面對他。

「埃里克？」我小聲的說。

「妳知道我的名字，那可真是我的榮幸，不知道我是否有榮幸能得知妳的名字嗎？」他牽起我的手在我手背上吻了一下。

「我叫夏⋯⋯」

我話沒說完，一名男子從遠方喊著：「洛伊絲，我找妳找了好久。」那名男子走向我。

洛伊絲？我不是叫夏洛特嗎？我腦海中怎麼會一直認為自己叫夏洛特？

那名男子牽起我的手親吻一下，轉頭看著埃里克。

「耶，這不是埃里克嗎？聽說最近你的生意又上軌道了，我都還來不及恭喜你呢，什麼時候有合夥的事業記得算我一份。」那名男子看著埃里克，高興的拍著他肩膀。

我開始感到混亂，我不叫夏洛特，我叫洛伊絲？我為什麼會認識埃里克？只是直覺地認為他就是埃里克，我之前認識他嗎？在我眼前的這名男子又是誰？

「嗯，有機會的話我會再跟你聯絡，」他微笑的看著那名男子。「不好意思，冒昧的請問你和這名女孩是什麼關係嗎？」

「你說洛伊絲？我是她的朋友，本想帶她去那邊認識一些人，沒想到卻在這裡遇見了你。」他靦腆的對埃里克微笑。

那名男子害羞的看了我一眼，碰著我的手臂。「真有妳的。」

我疑惑的看著那名男子。

「喔！不好意思，到現在我還沒自我介紹，我叫海曼，」他手指著遠處的一名女人。「在那裡聊天的是我太太比琳達。」

那名女子看到海曼指著她的方向，她先是點頭向我們示意，離開了身邊的一群女人，朝我們走過來。

「洛伊絲，好久不見。」她向我打招呼，隨即轉頭看著埃里克。

「久仰大名，埃里克先生，我叫比琳達，很高興認識你。」她說，埃里克牽起她的手親吻一下。

忽然一名男子走向海曼和比琳達。「抱歉，能否跟你們借一步說話。」

「當然可以，請便。」埃里克看著那名男子。

海曼他們兩人隨著那名男子離開，留下我和埃里克。

「妳叫洛伊絲？我可以這樣叫妳嗎？」埃里克微笑的喝了一口酒。

「嗯，當然可以。」我雖然這樣回答，心中仍感到疑惑，我記得我叫夏洛特，而且，他怎麼會出現在這裡呢？難道這裡是雅西共和國嗎？

「今天只有妳一個人來嗎？」他的眼神直盯著我看。

「我不知道。」

「哈，這還是我頭一次聽過最有趣的回答。」

「嗯……我並沒有惡意，只是我真的不記得了。」我環顧四周，這裡像是某個有錢人的住宅，但又不像埃里克之前的家，我繼續問：「對了，請問這裡是哪裡？」

「這裡是我家，妳應該是被邀請來的，該不會連這個也忘了吧？」他看了海曼一眼，轉頭盯著我看。

「可是，這裡的擺設不像你家。」我摸著身旁的櫃子。

「聽妳這麼說，妳之前有來過我家嗎？」他遲疑的微笑看著我。

對阿，我有去過他家嗎？我今天不是才第一天認識他嗎？怎麼腦中一直湧現他家的場景和住址。

「這裡是道格區十號嗎？」

他驚訝放下手邊的酒杯，瞇起眼睛微笑的看著我。「小姐，妳嚇到我了！我今天才第一天認識妳吧，妳怎麼會知道我有一間房子在道格區？」

「其實我也不清楚自己怎麼知道你的名字和地址？」我尷尬的微笑，突然想到一段新聞畫面。「喔！有可能是新聞報導，對了，新聞上不是說你已經死了嗎？怎麼會出現在這裡。」

「原來是新聞，」他鬆口氣的繼續說：「那是我故意請記者幫我寫的假消息，花點錢就能辦到，」他對我眨眼，另一隻手摸著胸口。「但傷口的痛，倒是真的。」

「為什麼要這麼做？」

「當然是為了引誘一些鼠輩出來阿。」他微笑的喝了一口酒。

「什麼鼠輩？」

他沒回答我，把空杯放在一旁服務人員的端盤上。

我明明是第一天認識他，為何對他的事情如此瞭解？左腦突然感到一陣刺痛，我揉著頭疼的部位。

他見到我疼痛的樣子，伸手幫我按摩。「是這裡痛嗎？」

「嗯，沒關係，我自己來就可以了，」我推開他的手，看著他。「我想可能是這裡的環境太吵，休息一下就好了。」

「要到樓上的房間休息嗎？」他縮回自己的手，幫我拿著我手中的酒杯。

「嗯，麻煩你了。」

他揮手請兩名女傭帶我上樓，我跟隨她們走到臥室，她們把我安置在床上後轉身離開房間。這裡和樓下的喧嘩聲相較之下，顯得安靜許多，我的頭疼也逐漸的緩和，從剛才我一直沒辦法釐清自己的思緒，總覺得腦內有許多奇怪的想法，卻不曉得該如何解釋。

我怎麼會不記得自己是如何來到這宴會場地，我記得我叫夏洛特，住在德瓦，但是在我印象中埃里克是住在雅西共和國，我為何會認識埃里克？是看新聞嗎？我怎覺得他給我一種熟悉的感覺，但是他卻說今天是第一天認識我？這又是怎麼一回事？

門外傳來的敲門聲，讓我停止思考這些事。

「請進！」我對著門外喊。

埃里克身後跟著兩名女傭，其中一名女傭手裡拿著托盤，上面放滿點心與水，另一名女傭拿著換洗衣物走進房內。

「洛伊絲，妳的頭還會疼嗎？」埃里克走到我身旁，手摸著我的頭髮，兩名女傭在一旁忙著。

「已經不痛了，可能是我不習慣吵雜的環境。」

「妳不喜歡太吵嗎？」他像是有心事的沉思著。

「對不起……」我剛才說了什麼讓他感到困擾嗎？

「為什麼跟我說對不起？」他回過神，疑惑的看著我。

「宴會難免會有吵雜聲，是我自己無法適應，真的很抱歉。」

他走到一名女傭身旁交頭接耳，我完全聽不清楚他們在說什麼，他們話題一結束，那名女傭轉身離開臥室。

「怎麼了嗎？」我好奇地看著他。

埃里克走到我身旁坐下。「沒事，我只是請她下去幫我辦件事。」

我仔細的打量他全身，他一頭微捲金色短髮把瀏海往後梳，綁了一個小馬尾，水藍色的瞳孔散發出一種憂鬱的氣息，身上穿著合身的黑色西裝，顯現出他瘦長且結實的身材，不論從何種角度來看，他這類型的男人對所有女人而言，無人不被他吸引。

我們兩人沉默一會，忽然一名女孩從門外走進來，我看著那名女人的身影，有股熟悉感，是蓓達，她一見到埃里克，快步地走到他身後，伸出雙手勾住他的脖子。

「埃里克，為何要停止宴會？我們正玩得起勁呢。」她臉頰靠近埃里克耳邊撒嬌的說。

埃里克沉默沒有回答，蓓達抬起頭看著我。

「咦？」蓓達用不屑的眼神瞄我一眼，對埃里克說：「這不是安格斯家的女兒嗎？她怎麼會在這裡。」

安格斯是我的家族姓名嗎？所以我叫洛伊絲·安格斯嗎？與她四目相對，心裡卻有種害羞的感覺，我刻意避開她的眼神。

埃里克推開她的手，轉頭看著她。

「當時我是因為意識不清才會做出那些事，現在我和妳已沒有任何瓜葛了。」

「你是因為這個女人才要離開我嗎？我到底哪點比不上她。」蓓達哭紅眼的看著埃里克。

聽見他們兩人吵架，總覺得自己待在這裡，像是多餘的外人，我不想打擾他們，默默的起身走出去，埃里克卻拉住我的手，讓我繼續坐在床上。

「小姐，請妳出去，晚宴已經結束了。」埃里克揮手指示女傭將蓓達拉出去，她蹲坐在地上，賴著不走，這時候一名男子走進臥室，架住蓓達的雙手拖她出去，蓓達不停的尖叫。

「住手！不要這樣子對她。」我大喊著，那名男子停下來，在場所有的人全盯著我，我推開埃里克的手。「是我突然出現在這裡，很抱歉造成你們之間的誤會，我現在馬上離開。」

我從床上站起，快步地跑出房外，走到樓下，雖然很想趕快離開這個地方，卻不知道自己該往哪裡去？難道我現在該回去德瓦嗎？

一名女傭跑到我身後拉住我的手。「洛伊絲小姐，請妳等一下。」

我停下腳步轉臉看著她。

「主人請妳到另一間客房等待，他吩咐處理完蓓達小姐的事情後，會過去找妳，他說有些話想跟妳說。」

「埃里克會怎麼對她？」我看著樓上臥房的方向。

「主人要我跟妳說，不用擔心蓓達小姐，她不會有事，只是在處理這件事情上，需要花上一點時間。」那名女傭聳肩笑笑的說。

看她微笑的樣子我好奇地問：「我能冒昧的問妳嗎？」

她歪著頭看我，等我繼續說。

「這種事很常發生嗎？」我小聲的問她。

「妳終於問到了。」她開心的說：「沒錯，他是一個非常花心的人，在這裡，妳眼前所見到的女人幾乎都跟他發生過關係，而我們也瞭解彼此之間不會再有更進一步的關係，」我跟隨她走上樓，她繼續說：「偶爾會出現像蓓達小姐那樣的女人，所以在分手處理上需要一段時間。」

在我印象中，埃里克本來就是一名花心的男人，聽到女傭的說法，並不會讓我感到意外。

「我覺得主人對妳和其他女人不一樣，這只是我的猜想，妳就等著看日後的發展吧。」

「我記得他已經結婚了，不是嗎？」我停下腳步，好奇的看著她。

她驚訝的看我一眼，默默地往前走，「妳怎麼知道主人結婚的事情？」她帶我走到另外一間臥室，等她開啟臥室的門，我們走進去。

我也不清楚自己怎麼得知這個消息，總覺得好像有這回事。

「我聽別人說的。」我隨便找個理由，尷尬的看著她微笑。

她收起驚訝的表情，繼續整理著房間內的東西。

「主人和夫人在幾年前已經離婚了，這件事只有我們這些女傭和一位主人的摯友知道，至於其他詳細的情形我不能告訴妳。」她無奈的聳肩看著我。

她整理好臥室的床鋪後，正準備走出去，我叫住她。

「請問妳叫什麼名字？我還沒認識妳呢。」

「我叫露西，很高興認識妳，洛伊絲小姐，請妳好好的休息。」她向我點頭致意後，關上房門。

我獨自一人待在房間，反覆地回想剛才與埃里克和女傭的談話，為什麼我總是能知道埃里克的事情？還有，我怎麼會突然來到這裡，這裡是雅西還是德瓦？我的腦袋突然感到隱隱作痛，我按摩頭部想減緩疼痛，但發揮不了作用，耳朵內突然傳出陣陣耳鳴聲，刺耳尖銳的聲音在我腦內重複的徘徊，我開始感到頭暈，躺在床上睡著⋯⋯

◆ ◇ ◆

「埃里克，你快走，他們要找的人是你。」查克無力的說著，遠方傳來一陣槍響⋯⋯

我驚醒的從床鋪上坐起，看著窗簾透進來的光，已經是白天了，原來是夢，埃里克是我曾經夢過的角色，在夢裡我為何想不起來，我睡眼惺忪地拿起一旁的鬧鐘，已經早上七點，臥室外卻安靜無聲，不曉得媽媽是否已經去上班了。

我走下床想到廚房去拿水喝，外頭突然傳來一陣敲門聲。

我上前把門打開，發現兩名女傭站在門外，我呆站在門前。

「早安，洛伊絲小姐，我們來協助妳盥洗和更衣。」她們手上拿著衣物和一些毛巾，走進來整理一旁的衣物，忙著準備盥洗的用品。

洛伊絲？我現在還是洛伊絲嗎？我跑到鏡子前看著鏡中的自己，這個女孩不是我昨天夢中的那名女孩嗎？為什麼我睡醒後沒有回到原來的身體？我現在到底在哪裡？

「請問，這裡是德瓦嗎？」我緊張的問她們。

一名女傭抬起頭看著我。「德瓦？不是的，小姐，這裡是雅西共和國。」她對我微笑，繼續忙著她手邊的工作。

雅西共和國？我還在夢裡？我用手掐著我的臉，會痛，為什麼在夢中我會感到疼痛，難道一定要等到這名叫洛伊絲的女人死去後，我才能醒來嗎？

女傭替我換上一件粉紅色的洋裝，幫我把頭髮往後盤起，我實在不太習慣這種穿著，讓我感到有些拘束，她們帶我走下樓。

埃里克穿著黑白相間的襯衫和黑色緊身牛仔褲坐在餐桌上，比起昨日西裝筆挺的樣子更為輕便，他的髮型也從昨天的微捲變成粉金色的短直髮，蓓達披著浴袍一臉不悅的坐在他身旁，我走到餐桌附近，女傭拉椅子讓我坐下。

「妳昨晚睡得好嗎？」埃里克放下手中的杯子擔心的看著我。「那時我到臥室看妳，發現妳已經睡著了，頭還會痛嗎？」

「已經好多了。」我手摸著頭，轉頭往蓓達的方向看過去。「昨天真的很抱歉，害妳們吵架。」

蓓達翻白眼的瞪著我，繼續吃著她的早餐，我避開她的眼神。

女傭把早餐擺在我面前，我吃了幾口，發現我竟然能感受到食物的味道，我放下餐具，換喝酒杯內的酒，一樣能感受到，為什麼會這樣？是因為先前我沒有認真體驗在夢中發生的每一件事嗎？

不，不是，先前我在另一個夢中內，我變成那名小女孩，身上的那些疼痛我能感受到，這是為什麼呢？我注意到自己夢境內的感受是什麼時候開始的呢？好像是看到埃里克的新聞後才開始認為自己的夢境是真實的，我以前認為過去的那些夢只是虛構，並沒有想太多，難道現在這種狀況還不夠真實嗎？但是想起媽媽跟我說夢境內的角色全都只是我幻想出來的，讓我開始產生質疑，我到底該相信誰？是相信我的夢境還是媽媽說的話？哪邊的生活對我來說才是真實的世界？是夏洛特還是洛伊絲？

「妳在想什麼，看起來好像有心事。」埃里克放下手中的餐具，拿著餐巾擦拭嘴巴。

我喝了一口酒，回過神來看著他。「沒什麼，只是想到一些事。」

埃里克起身離開餐桌，走到我身旁，我不知所措的看著蓓達，她卻用不屑的眼神怒視著我。

「妳今天有安排其他行程嗎？」

「我不清楚，但我應該要回去了，我怕家人會擔心。」我記得洛伊絲是安格斯家的人，一晚沒回去家人會擔心吧，雖然我對於自己的說法感到懷疑。

「妳真的完全不記得嗎？」蓓達拿起酒杯喝了一口酒。

我疑惑的看著她，我說錯了什麼嗎？

「妳的雙親在上禮拜過世了，新聞都有報導，難道妳會不知情嗎？」蓓達放下酒杯一臉驚訝的看著我，埃里克皺著眉頭斜眼看著蓓達。

我呆滯的看著前方，洛伊絲的雙親過世了？還有什麼事情是我不知道的嗎？我的眼淚從兩頰旁滑落，但我並不想哭，既然如此，為何我會流眼淚？洛伊絲的意識仍存在這個身體內嗎？我的心漸漸地感到刺痛。

埃里克突然把我抱進他的懷中。

我到底是誰？是夏洛特還是洛伊絲？這個身體同時存在兩個靈魂嗎？從前我完全不相信這些東西，現在卻不得不相信，不然，我怎麼會掉眼淚？

而且，到底哪個是真實？哪個是夢境？我無法肯定，這一切看來是如此的真實，記憶卻使我的存在形同虛構般，混亂的思緒讓我不曉得下一步該怎麼走？我對於洛伊絲的一切完全沒有印象，餘光瞄到蓓達生氣的瞪著我，我趕緊推開埃里克的身體。

「好一點了嗎？」埃里克拉張椅子坐在我身旁。

「嗯，你知道我家哪裡嗎？我想回去看看。」我擦乾臉頰的眼淚。

「妳在裝傻嗎？怎麼可能連自己住的地方都不知道。」蓓達不屑的在一旁說。

埃里克手指著蓓達，阻止她繼續說下去。

「我帶妳去好了，昨天我才剛認識妳，在這之前我對妳的事情完全不清楚，我也想多瞭解妳一點。」

他起身走到一旁打電話，我和蓓達坐在一旁看著他的背影。

「我真的搞不懂，為什麼埃里克對妳有興趣？」她的浴袍從右肩滑落，才發現她浴袍內竟然是全裸的，我急忙撇過頭，不敢看她的方向。

我們沉默一會，我認真的問她：「妳是真心喜歡埃里克嗎？」

她冷笑的直盯著我看。「他身邊有哪個女人不喜歡他？」她哀傷的搖著手中酒杯。「我只想成為他身邊最特別的女人而已。」

我沒回應她，不知道為什麼，我無法討厭她，或許是因為那時變成埃里克跟她交往，對她所產生的同情，還是，因為她是真心喜歡埃里克呢？我的內心突然羨慕起她這種果斷的作為，若我自己有喜歡的對象，能夠像她一樣真誠的對待自己的感情嗎？還是說，這一輩子，我不能擁有愛情？

他講完電話，舉起手機開心的走向我們。

「我查到妳家的地址了，我開車載妳去吧。」

「嗯，謝謝。」

蓓達突然站起，直盯著埃里克。「我也要和你們一起去。」

我轉頭看著蓓達，埃里克無視她說的話，迅速牽起我的手帶我走到外面。

戶外的圓環前停放一台黑色轎車，他幫我開車門讓我先上車，我往車窗外看出去，蓓達掙脫隨扈的手，跑到戶外拍打車窗，幾名女傭追著出來拉住她，我轉頭看著埃里克，正想要求他讓蓓達跟我們一起同行時，他卻開口先說。

「我知道妳想說什麼，我可不想讓妳在沿路上聽見吵雜的聲音，況且，我也不願意再跟她有任何牽連了。」他將車子駛離現場，我轉過頭看，發現蓓達無力的攤坐在地上，就像記憶中的我對她一樣。

我搖著頭，讓自己忘記蓓達的事，說不定這一切都只是夢，此刻的我只想趕快確認心中的疑惑。

「我家在哪裡？」

「在沙馬區，距離這裡大約要二小時，若妳覺得累可以先小睡一下。」

「不，我不累，若是要換我開車的話也可以。」

「不用了，這點距離我還可以。」他看著我說。

沿路的風景讓我感到很陌生，我真的只是失憶嗎？

我們兩人沉默一會。

「嗯……你跟蓓達小姐在一起多久了？」我試著找話題聊。

「沒有很久，大概只有幾天吧。」他無奈的嘆口氣。

「可是她看起來好像是真心的喜歡你…」我好奇的問：「既然你不想跟她有任何關聯，為什麼還讓她住在你家？」

「我跟她只不過是在酒吧認識的，她卻說我對她很好，想進一步跟我交往，還黏著我不放，但是我根本不記得那幾天相處的情形，就連……」他話說到一半突然停下，我轉頭看著他，但他一直沒有往下說，面無表情的繼續開著車。

「怎麼了，話只說一半。」我疑惑的看著他。

「我只是覺得奇怪，為什麼我會不記得那幾天所發生過的事，甚至連我朋友在我身邊死去，我也毫無任何印象。」他憂鬱的表情全寫在臉上。

我轉頭看著窗外，聽見他的話，讓我停頓一會，抿著嘴試圖壓抑自己的情緒，不敢有太多表情，所以我猜想是正確的嗎？我在他失憶的那段期間進入他的體內，而那時的他卻完全不記得當下發生過什麼事，難道說，一定要等我回到自己的身體後，他的意識才會恢復嗎？

「朋友，你是說查克嗎？」

「嗯？」他先是遲疑的斜視著我，繼續說：「我們的工作牽扯到很多利益，黑白兩道都搶著加入，所以會有這種結果，我也不意外。」

「利益？你從事什麼類型的工作？」

「藥品研發，可絕對不是那種只為了產生一時愉悅感，對於人類毫無用處的無聊毒品。」

跟當時查克說的一模一樣，既然不是毒品，為什麼那種藥物能讓黑白兩道的人互相爭奪，甚至還有人雇用殺手只為了要爭奪埃里克，查克說這種藥只有埃里克才知道如何製作，弗雷德又是誰？他周遭的複雜關係搞得我更加混亂，現在重要的是，我必須弄清楚現在究竟是我的夢境還是現實，其他關於藥品的事情我不需要瞭解太多。

車子停在一棟米白色的高樓層的建築物前，從外觀的奢華的設計和牆面的雕刻可想而知，能住進這裡的人一定非富即貴。

「到了，我們可以下車了。」他解開安全帶開門下車，隨即走到我車門旁幫我打開車門。

我下車後，我們從停車場走到大廳。

警衛伸手阻擋在我們面前。「你們是住戶嗎？」

我不知該如何回答，轉頭看著埃里克。

「這位小姐是這裡的住戶，我陪她回來。」埃里克跟警衛說。

警衛將我們帶到大廳的櫃台，上面擺放一台儀器，他要求我按下指紋，當我手指按下去時，畫面顯示出洛伊絲的名字。

「洛伊絲小姐，歡迎妳回來。」警衛微笑的幫我們按下電梯。

電梯關上門，只剩我們兩人在裡面。

「這裡是我住的地方？」我看著這四周的環境，仍無法想起任何事情。

「妳有印象嗎？」

我搖搖頭，眼前所有的景物讓我感到陌生，就像是第一次來這裡。

「也許妳是因為雙親過世，太過於傷心，才會出現短暫失憶。」他默默的說。

電梯停在十二樓，我們走出電梯，這一層只有我們眼前的這一戶。

「我沒有鑰匙。」我聳著肩兩手一攤的看著他。

他緩緩地走到大門旁，研究著一旁的儀器。

「好像是用指紋辨識的。」他轉頭看著我。

我走到他身旁在那台儀器上按下指紋，門突然打開了，我們前腳剛踏進屋內，就被一堆古董和畫作給吸引住，這些物品看來價值不斐，洛伊絲家的來頭一定不小。

埃里克仔細的觀察這四周，好像對這裡很滿意似的，手托著下巴像是在想事情。「決定了，我也要買一戶這裡的房子。」

「為什麼？」

「我想陪在妳身邊，再說，這裡的環境看起來值得收藏。」他高興地馬上拿起手機打電話。

我走到客廳旁的牆面，看著上面掛著的照片，我在裡面笑得很開心，旁邊的兩人應該就是我的父母，從照片看來，我像是他們的獨生女，沒有其他的兄弟姊妹，若父母皆過世，豈不是只剩下我一人，啊！我到底是純粹的失憶？還是在夢境？連我自己都沒有辦法確定，我該怎麼辦？難道真要我去一趟德瓦，看看是否有一名叫夏洛特的女孩嗎？若是確定她真的在那邊，我又能做什麼？我能夠承受這個事實嗎？

埃里克打完電話後，回到我身旁。

「我已經請朋友幫我找這裡的房子，他說大概一個月內就可以找到了，到時候我們就是鄰居了。」他像個小孩一樣喜孜孜的說。

看到他這麼高興，我猶豫著是否要向他說自己內心的想法，一個人住在這麼大的空間，讓我感到有些壓迫，但是在這裡我只認識埃里克……

「請問，我能暫時借住在你家嗎？」我認真的雙手合十求他。

他停頓一會，才讓我感到這種請求有些奇怪，繼續的解釋：「我是說……我對這裡不太熟，自己一人住在這麼大的房子，我不太習慣……」

「當然可以。」他開心的抓住我的手。

「太好了，謝謝你。」我鬆口氣的微笑看著他。

「不用謝我，只要能讓我每天見到妳就好了。」

我不理解他的意思，轉身在屋內隨處晃晃，走到一間房內，像是我的房間，我進到裡面看著桌上擺放的一本筆記本，上面記錄的日期停在前天，所以在那天之前，這個軀殼內靈魂是原本的她，直到昨天才變成我，這其中到底發生了什麼事，才會導致現在這種情況？跟那時我變成埃里克又有什麼關聯？

「妳在做什麼？」埃里克從身後叫我，才讓我回過神來。

「我在看這裡的東西。」

「有想起什麼嗎？」他關心的看著我。

我拿起桌上的日記，呆滯的看著那本書。「沒有，什麼都想不起來。」

「不用勉強，慢慢來就好了，」他拿走我手上的日記本，放回桌上。「先整理行李吧，妳看，都快中午了，等整理完我們一起去吃飯。」

我們翻著衣櫃把一些衣物放進行李袋裡，這些衣服跟我印象中平時穿的衣服的風格相差太多，以前因為長時間在家工作，常常穿著牛仔褲和襯衫就出門，頂多加個外套，但洛伊絲的衣服幾乎都是裙子，而且全是粉色系，讓我很不習慣。

我們整理幾件衣物後，離開這間房子，走到地下室的停車場去取車，車子附近站了許多黑衣人，埃里克伸手擋在我前面。

「我終於見到你了，埃里克先生。」一名紅色領帶的男人從那群黑衣人內走出來。

「你們是誰派來的？」埃里克怒視著他，我們不斷的往後退，試著跟他們保持一段距離。

「你不用害怕，我們是絕對不會傷害你的，你腦袋裡裝的東西可是我們寶貴的資產。」他奸笑地朝我們走過來。

突然，埃里克抓起我的手往一旁的逃生梯跑。

「快追！」那男人對他的手下喊著。

我們跑到一樓，警衛攔住那群人，埃里克抓著我繼續往前狂奔，後面突然傳出槍響，我回頭看，警衛已經中彈臥倒在地，其中一名黑衣人拿起手槍準備朝我們射擊，但遭一旁的人伸手阻止，子彈擦過我們身旁，我嚇到放聲尖叫，我們跑到大門口後，前面停了一台黑色轎車，車門是打開的。

「埃里克，快上車——」車內的男子探頭出來對埃里克喊著。

我們跳上車，關起車門，車子迅速的離開現場，跟隨在我們座車身後的四、五輛轎車的人全部下車，他們雙方人馬拿著槍互相掃射，就連車子行駛一段距離仍隱約聽得見槍響，我害怕的摀住耳朵。

他見到我低下頭，突然抱住我發抖的身體。「對不起，讓妳遇到這種事。」

我抬起頭推開他的手臂，副駕駛座的男人轉頭看著我們。

「埃里克，以後你要出來，先通知我們一聲吧！害我聽到消息後，飯吃到一半急忙趕過來，你再這樣子，我就要派人二十四小時跟在你身邊了。」他調侃視線直盯著我看。「咦？這是你新交往的女人嗎？怎麼之前都沒見過？那個蓓達咧？她算是你維持比較久的女人吧。」

埃里克沒有回答他，反而頭靠近我耳後小聲的說：「已經沒有槍聲了，妳可以放心了。」

我放開摀住耳朵的手，身體放鬆的躺在椅背上，盯著窗外被甩在車後的那群人。

「為什麼那些人想要抓你？」我鬆口氣不解的問他。

埃里克正想表示意見時，副駕駛座的那名男人搶在他前面回答。

「當然是因為他的腦袋阿？」他食指敲著自己的頭說：「他可是腦神經方面的專家，又精通化學，那種藥全世界只有他會做。」

埃里克對他翻了白眼。「專心看外面，不然那些人又要追過來了。」

「是、是。」他馬上轉過頭去。

我的心中的恐懼感仍舊存在，我們的車開到一棟住宅，不是昨天的住處，反而像是另一座莊園，四周的草叢高到看不見外面景色，我們剛下車，屋內幾名女傭馬上站在門口迎接埃里克。

「主人，歡迎回來。」她們看著埃里克。

我們走到一處有落地窗的客廳，他帶我坐在沙發上。

那名男人站在門口看著埃里克。「我先離開了，外頭的幾名隨扈會留在這裡，出去時記得向他們說一聲，讓他們陪在你身邊，我才放心，別再做出讓我提心吊膽的事情了。」他用告誡的口氣對埃里克說，隨即轉身離開。

那名男人離開後，埃里克心事重重的眼睛直盯著地板看。

「你怎麼了？」我擔心的問。

他回過神的說：「沒事，」他收起難過的表情，勉強擠出微笑看著我。「對了，我請她們帶妳去臥室，妳先去休息順便盥洗，等她們準備好晚餐後，我再請她們上樓叫妳。」

「為什麼不回去先前的地方？」

「因為被發現了，所以只好換另一間住處。」他無奈聳肩。

「被發現？可是還有許多人在那裡，蓓達也是，他們不會有危險嗎？」

「不用擔心，達斯汀會安排一切，妳只管好好休息，我不希望讓你煩惱這些事。」他輕摸著我的頭髮，起身隨著女傭走上樓。

達斯汀，是之前查克提到的那名買家，他現在成為埃里克的合夥人了，所以那天我在餐館內聽到的事情是真的，我腦中突然湧現媽媽的話，說這一切只是我的幻想，還是這些事件只是我腦內自動安排好的劇情，難道站在我面前的埃里克，也只是我夢中的人物嗎？

我充滿疑惑的隨著女傭走上樓，但是剛才埃里克的表情在我心中仍揮之不去，他看起來像是不喜歡達斯汀，是我多心了嗎？還是他對所有的合夥人都是這樣，那種藥真的有那麼重要嗎？

我換好衣服坐在床上，看著房內的擺設，去過他三間的房子，每棟的擺設幾乎都差不多，這種裝潢的樣式，柔和的像是女性所設計，是他太太設計的嗎？

過了一段時間，窗外的天色漸暗，我看著牆上的時間已經到了晚上六點，對了，在夢境內的時間跟睡覺的時間是相同的嗎？我在這裡有記憶的時間已經快兩天了，為什麼先前沒注意到，而且一開始時，我完全無法釐清自己的身分，是因為剛到夢中才會產生記憶錯亂嗎？還是待在這裡時間越久，我是夏洛特的記憶才會慢慢恢復？

外面突然傳來敲門聲。

「洛伊絲小姐，晚餐已準備好，請您下樓用餐。」一名女傭站在門外。

我開門出去隨著她走下樓，好奇的看著她。「妳們主人在每個住處都有人服侍他嗎？」

「是的，因為不知道主人接下來會住到哪間寓所，所以我們必須待在這裡隨時候命。」她微笑的看著我。

若真是這樣，他不是得花更多錢讓這些女傭在那待命？有錢人都是這樣過生活嗎？

「這些房子的擺設跟其他住處的擺設幾乎相同，是誰設計的？」我看著屋內四周的裝潢，這裡的色調和配色感覺很溫和，讓我感受到設計者的細膩心思。

「這些全都是主人自行設計的，擺設相同是為了不論到哪間寓所都能有回家的感覺。」

「咦？不是他太太設計的嗎？」我疑惑看著四周。

她驚訝的看著我，突然地皺起眉頭。「妳怎麼會知道夫人的事？」

「難道其他人都不知道嗎？」

「對不起，主人規定我們不能討論有關夫人的事。」她低下頭默默往前走。

不能討論？之前的女傭也說過同樣的話，對這件事保密到家，女傭們似乎不太喜歡談論到關於他太太的事，還是他們之間存在著一些不可告人的祕密？為何不讓身邊的人知道他結婚的事情呢？他們之間到底是發生什麼事，才讓他極力想隱藏這段過去？

我隨她走到餐廳，埃里克換上一套寬鬆的白色高領毛衣，從遠方望過去，像個十幾歲的年輕小男孩，他真的已經三十歲了嗎？他坐在餐桌前，微笑的看著我，女傭帶我走到右邊的位置。

「很抱歉讓妳遇到這種事，真不知道該怎麼向妳賠罪。」他眼神憂鬱地直盯著我，讓我的胸口微微一怔，我刻意往其他地方看，避開他的眼神。

「為什麼他們要搶你？照這個情形看，你應該不是第一次遇到這種事情吧？」我拿起桌上的水喝了一口。

「哈，沒錯，我幾乎每個月都會遇到兩三次，」他喝一口杯中的酒繼續說：「可是就算我給他們藥品的配方，他們也沒辦法做出來，那複雜的步驟目前只有我能調配，畢竟這是我自己研究出來的東西。」

「所以平常你只能待在屋內不能外出嗎？」

「當然不是，只是我的作息都是晚上，要不現在我帶你去體驗我的夜生活？」他才吃了幾口飯就放下手邊餐具，開心提議。

以他的風流的個性來看，該不會又是要去很多女人的地方吧？那種地方不是只有男人才能進去嗎？

「要去哪裡？」我放下餐具，疑惑的看著他。

「一間小酒吧，我常去的地方。」

「今天早上才發生過那件事，現在還能出去嗎？」我擔心的看著他。

「沒關係，我可不會因為遇到這些小事而破壞自己的生活品質。」他自信滿滿的說著：「況且，若發生什麼事的話，我會保護妳的。」

我對他的話感到遲疑，但是看著他開心的臉龐，也找不到任何拒絕他的理由。

他請女傭幫忙備車，我們離開餐桌走到大門外，門口站著幾名身穿黑衣的男人，一名靠近門口的男人見到埃里克出來，馬上用耳機聯繫其他人，我們走到一台白色轎車前。

「先生，請上車。」那名男人在一旁幫埃里克開車門。

「這樣會不會太明顯了？」

「沒辦法，這是達斯汀的意思。」他無奈的聳肩。

我們兩人上車後，隨扈立刻開車出發，車內沉默了一會。

我看著窗外的街景好奇的問他：「遇到這些事你不會害怕嗎？」

他思考一陣子才回答：「我對於生死並沒有太多的強求。」他苦笑的繼續說：「反觀那些人，為了自己的利益，把我的性命看得比我自己還重要。」

「你不是已經結婚了嗎？難道你的家人不會擔心嗎？」我認真的看著他，雖然不知道他們之間有什麼過節，但他太太也不可能會如此無情而不顧他的安危吧？

「妳怎會知道我結婚的事情？」他轉頭疑惑的盯著我。

「我看見你屋內的照片猜的……」我對他編了一個理由，總不能說是我變成他時，查克告訴我的吧。

「相片？」他遲疑了一會，繼續說：「對我來說，那稱不上是婚姻，應該是說，結婚只是為了處理一些程序上的問題。」他像是想起某些不愉快的回憶，輕嘆一口氣。

「對不起……」

「怎麼了？」

「沒事。」我深怕自己再說錯話，停止話題安靜的看著窗外。

車子停在酒吧前，我們下車，這不是我和查克待的那間酒吧嗎？腦中突然閃過當時的夢境，內心又湧起當時的恐懼。

「我們回去好嗎？」我害怕的停下腳步不敢進去。

他勾起我的手臂，指著店內。「既然都來了，就進去看看吧。」

「這不是你遇害的那家店嗎？你怎麼還敢來這裡？」我甩開他的手，心中的恐懼使我往後退一步，不敢靠近那熟悉的場地。

「難道妳沒聽說過，最危險的地方就是最安全的地方嗎？」他完全不把先前的危險當一回事，微笑的看著我。

他的態度讓我感到生氣，使我無法克制自己，一股腦地把自己的情緒全宣洩而出。「你知道這世界上有多少人為了生存，逼不得以才在險惡的環境中努力地求生嗎？你明明有著比別人好的條件可以去做些更有意義的事，但你卻不把自己的性命當一回事。」我氣憤的轉頭離開，就算不知道自己未來該何去何從，我也不想這樣白白浪費自己的性命。

他拉住我的手急忙解釋：「我開玩笑的，現在已經很安全了。」

我蹙眉斜著眼看他。

埃里克手指著外面的那群黑衣人。「喏，妳看，現在進來這裡的人都會經過他們，而且我已經把這家店買下，所以不用擔心。」

我遲疑一會，他牽起我的手，我硬是被他拉進酒吧。

或許是那場夢境對我來說過於真實，印象太深刻，彷彿像是昨天才發生過的事情，待在這個場地總讓我內心有種說不出來的怪。

「埃里克，好久不見了，這兩天你都去哪了。」老闆娘開心的走向埃里克。

「唷，這還是你第一次帶女人來耶。」她驚嘆一聲，在埃里克耳邊小聲的說：「是你認識的新女孩嗎？」

埃里克微笑的看著老闆娘。

「小姐妳好，我叫貝蒂，是這裡的老闆娘。」她伸手到我面前。

「妳好，我是埃里克的朋友，我叫洛伊絲。」我握住她的手，她突然揚起眉毛，眼神打量我全身，瞇著眼睛看埃里克一眼。

「是朋友還是女朋友？她是你第一個不在我店裡認識的女孩，對吧？」貝蒂揶揄的對著他笑。

埃里克沒有回答他。

我們走到包廂內，貝蒂叫一名店員到身旁，交待好事情後，跟著我們走進包廂。

「埃里克，今天還是像平常那樣嗎？」貝蒂抽著菸看著他。

她坐在我身旁，我被她吐出的煙嗆到不斷咳嗽。

「我今天只想跟洛伊絲在這裡聊天，妳去準備一些吃的吧，還有，我想她不習慣菸味。」

貝蒂揮手散去身邊的菸味，馬上將菸熄掉。

「既然你都這麼說，我只好照你的話辦了。」她起身離開包廂。

「平常那樣是什麼意思？」是和查克當初安排一樣嗎？

「妳還是不要知道的好。」他尷尬的對著我笑。

店員們端了些食物和酒進來，她們每個人都用一種曖昧的眼神打量我，讓我很不舒服。

等她們出去後，我疑惑的問：「女孩子來這種店很奇怪嗎？」

「會嗎？這裡還滿多女孩子來玩的。」他指著外面的女孩子。

「既然如此，為什麼那些店員要用詭異的眼神看著我？」我不解的看著他。

他笑笑的聳肩，拿起桌上的一杯酒喝，仍然沒回答我的問題。

包廂的門突然打開，身穿粉紅色的連身迷你裙的長髮女孩走進來，她才一進門便衝向埃里克雙手環抱住他。

「埃里克，我好想你，」她依偎在埃里克的懷中，手指輕扯他的上衣。「既然來了，為什麼沒有直接過來找我？」

「我記得已經跟貝蒂說過，不許任何人進來這裡。」他面無表情的看著那名女孩。

貝蒂匆忙的走進包廂，拉著她離開埃里克身上。

「崔西，我們出去吧，埃里克今天只想跟洛伊絲單獨在這裡。」她慌張的拉著崔西的手。

崔西推開貝蒂，賴在埃里克身上，雙手環抱他的脖子。

埃里克生氣的起身扯開她的雙手，她重心不穩地跌坐在地上。

我走上前攙扶她。「就讓她留下來吧，人多一點也比較熱鬧。」

他像是不贊同我的話，皺眉的猛搖著頭。

我沒回應他，把崔西攙扶到沙發。

埃里克不甘願的坐下，喝了一口酒。

貝蒂聽到後鬆一口氣，小聲的在我耳邊說：「還好有妳，他看起來很在乎妳。」她拍著我的肩膀，笑笑的離開包廂。

崔西斜眼瞧了我一眼，轉頭高興的看著埃里克。

「她就是你新的女人，這次會維持多久啊？」她抬起頭冷笑的等著埃里克回答。

我放下手上的酒杯，認真的看著她。「我和埃里克只是朋友而已，不是你們想的那種男女關係。」

「哈！只是朋友，」她不屑的笑著。「是妳太單純，還是我想法太邪惡，他和身邊的女人從來不會只有單純的友誼。」
我不知道該怎麼解釋，只好沉默不出聲。
埃里克突然用力的將手中的酒杯放在桌上，我們都被這巨大的聲響嚇了一跳。
崔西見到他生氣後，連忙解釋：「對不起，我只對她感到很好奇，若說出任何得罪她的話，我馬上向她道歉。」
他不開心的表情全寫在臉上，包廂內的氣氛瞬間降到冰點。
崔西見現場氣氛不對，偷瞄埃里克一眼。「我再去外面請幾位姊妹一起進來好了，人多一點也比較好玩嘛！」她快步的走出包廂。
看起來這裡的人都很怕他，為何又想接近他？難道跟埃里克說的一樣，都是為了利益而靠近他嗎？我總覺得他內心深處，隱藏著某些不為人知的一面。
我嘆口氣的看他。「你對她們太兇了。」
「有嗎？」他拿起杯子繼續喝著酒。「本來想帶妳來這裡散心，沒想到崔西卻對妳說出那些話，我們還是回去吧。」他放下酒杯起身準備離開。
這時，崔西帶了幾個女孩走進來，她看到埃里克站起來，不知所措的呆站在門外。
「我可以等一下再回去嗎？」我拉著他的袖口拜託他。
「可是……」他皺眉的看著我，遲疑了一會。
「我從沒來過這種地方，感覺還滿特別的，正好也能藉此機會多認識一些人。」我抬起頭看著埃里克。

他無可奈何的坐下，崔西看見埃里克坐下後，馬上將那些女孩帶進來。

那些女孩圍繞在他身旁，聊著她們之前和埃里克相處的情形，我邊吃東西邊聽她們談話內容。

「埃里克，你要認真了嗎？不然怎麼會對我們崔西那麼兇。」一名褐色短髮穿著黑色緊身長褲的女人說。

「那女人真的有那麼好嗎？」另一名女人用斜眼盯著我。

眼前的景象讓我想起先前查克帶我來這裡時，那些女孩之前也是用同樣的方式待我，現在她們卻用另一種態度對我，不禁讓我覺得好笑。

我笑出聲時，全場一片安靜，他們全都往我的方向看，埃里克對我的反應也感到好奇，他推開那些女孩坐到我身旁。

「什麼事這麼好笑？」他好奇的問。

我喝了一口杯中的酒，一邊看著他，「就算我說了你也不會相信。」忽然感到有些醉意。

他更加不理解的看著我說：「妳說，我保證一定會相信妳的。」

我懷疑的瞄他一眼，那些女孩在一旁竊竊私語的看著我們兩人。

我轉頭看著埃里克，小聲在他耳邊說：「等回去的時候我再告訴你。」我繼續喝著手上的酒。

他摸著我的頭，繼續跟那些女孩聊天，這時候達斯汀也從外面走進包廂，坐在埃里克身邊，他們兩人像是在聊重要的事情，那群女孩被支開到一旁。

我不停的喝著酒，看著他們聊天，我的頭也逐漸感到暈眩，不知過了多久，達斯汀和那群女孩離開包廂。

埃里克拿走我手中的酒杯。「不要喝了，我們回去吧。」

我試著讓自己站起來，卻重心不穩的倒在地上，他將我抱起走到包廂外，外頭的客人全都驚訝的看著我們，貝蒂急忙的走到埃里克身旁。

「埃里克，這麼快就要回去了，怎麼不多待一會？」貝蒂跟在他身旁，拍著他的肩膀。

「她喝醉了，我要帶她回去，幫我準備車。」

貝蒂看了我一眼，走到櫃檯撥了電話，轉頭看著埃里克。

「為何不叫達斯汀送她回去？」

「我不放心。」他斜眼的瞄貝蒂一眼。

她似乎明白埃里克的意思，眼角微笑的點著頭，接著繼續講電話。

「車子等一下就會來了，你要不要先到裡面去休息，這樣手不會酸嗎？」她掛上電話直盯著埃里克的雙手看。

我聽見她的話，急忙地從埃里克的手臂中跳下來。「抱歉，我可以自己走的。」我看著四周景色，地板像是變軟似的，無法站穩，我扶著旁邊的牆壁避免自己跌倒。

他擔心的伸手想扶我，突然我的頭又開始像昨晚一樣疼痛，我蹲坐在地上，雙手抱著頭。

「妳怎麼了？」埃里克蹲在我身旁。

「頭有點痛。」我接著說：「沒關係，昨天也有類似的情形，睡一覺隔天就會好了。」

耳鳴聲在我腦內打轉，他抱起我匆忙地走到外面，在茫然的意識中，我依舊感受得到他的心跳，他眼見車子還沒來，就隨手攔了一輛計程車，把我抱進去。

「去醫院！」他慌張向司機說，雖然頭痛的讓我無法思考，耳邊依稀傳來他的聲音，原本不安的情緒頓時感到放鬆，我全身無力躺在他身上，眼前的景色一片模糊⋯

◆　◇　◆

我的眼睛慢慢睜開，發現埃里克趴在我的病床旁，窗外的天色已經是早上了，我拿起一旁的鏡子看，還是洛伊斯的臉，我緩慢的從床上坐起來，卻吵醒了一旁熟睡的他。

他揉著眼睛的看著我。「妳醒了？」

「我怎麼會在這裡？」

「我原本以為妳只是喝酒醉，沒想到卻突然昏倒，情急之下我帶妳來醫院，沒想到⋯⋯」他臉色凝重，話說到一半就停下來，彷彿有事情瞞著我。

「發生了什麼事嗎？」

「沒有。」

「可是你的臉看起來怪怪的，」我笑笑地看著他。「有什麼事可以跟我說，不需要悶在心裡。」

他手指敲打著床沿，苦惱的思考著，像是有話停留在嘴邊，正猶豫著要不要說出口。

「⋯⋯我請他們幫妳檢查，發現妳腦波放電有一定的規律，這種情形通常到睡眠時間時，會快速放電，導致妳的頭產生劇烈疼痛。」

我摸著自己的頭，難怪我幾乎都是在晚上的時候頭痛，這種疼痛的情形應該只會在這裡出現吧，當我還是夏洛特時並沒有感到如此疼痛，所以到底哪一個才是真實，哪一個才是夢境？

「妳不是洛伊絲對吧？」他嚴肅地看著我。

他的話讓我完全愣住，他怎麼會知道我不是洛伊絲，所以我真的是夏洛特？夏洛特才是我原本的身體嗎？

「其實我自己也不知道……」我無奈苦笑著。「我知道這很瘋狂，就算說出來你也一定不會相信。」

「妳是誰？」他手托著下巴靠在病床旁，好奇的看著我。

「若我說我是住在德瓦一名叫做夏洛特的女人，你會相信嗎？」

他遲疑一會的緊皺眉頭。

「相信，可是德瓦的語言跟我們這裡是不同的。」

我點點頭的回應他。

「妳是原本就會說雅西語嗎？」

「不會。」我搖頭的看著他。

他低下頭繼續沉思。

「對不起，我不是洛伊絲，讓你失望了。」我對自己隱瞞這件事感到慚愧。

「所以妳是從什麼時候進到她身體內的？」

「自從上次宴會就變成她了，抱歉，一開始沒說清楚，因為我根本不確定現在是在夢中還是現實。」

他抬起頭看著我。

我繼續說：「我不會造成你的困擾的，回去後我會馬上收拾行李離開。」

他突如其來的大笑，我不瞭解他的意思，疑惑的看著他。

「我從來都沒有說這會造成我的困擾，再說，我也是才剛認識妳，我接受的也是現在的妳，所以妳根本不用感到抱歉啊。」

雖然聽到他這句話雖讓我鬆一口氣，卻始終無法消除我內心的茫然感。「所以你是我所幻想出來的人物，還是現實世界的人物？」我思緒混亂，已經分不清現實和虛構。

這句話又引來他的大笑。

「當然是現實世界的人啊。」他努力克制自己的笑聲。

被他這樣笑，讓我羞愧地無地自容，雖有些生氣，卻不知道該如何反駁他。

「我知道有些事還需要釐清，但妳不用害怕，我會幫妳的，現在妳需要做的事，就是去德瓦確認是否真有夏洛特這個人。」他擦乾眼角的淚水，緩和自己的情緒看著我。

「要怎麼去？」我拉開被子，身體打直的看著他。

「我會帶妳去，如果妳想去的話。」

去確認我的身體？聽起來很瘋狂，依目前的情況來看只有這個辦法，到了那裡，若沒有這個夏洛特這個人，就能證明這所有的一切全是我的幻想，若是在德瓦發現真的有這名夏洛特這名女孩，我又該如何回到自己的身體？難道真的只有讓洛伊絲死亡，我才能回到原本的身體嗎？

「嗯，我想去確認。」我走下床，埃里克小心翼翼地扶著我，像是怕我又再一次的跌倒，我們踏出病房外，見到兩名身穿黑衣的隨扈站在門外守著。

「埃里克先生，請問你們要去哪裡？」其中一名隨扈伸出手來阻擋在我們面前。

「我現在要去德瓦，幫我買兩張機票。」他交代那名隨扈。

他們接到指令後，馬上打起電話。

埃里克轉頭看著我，「我們先去吃飯吧，空著肚子也不好行動。」他微笑的摸著自己的肚子。

我點頭的看著他。

一名保鑣走到他身旁。「埃里克先生，機票已經買到，下午兩點的班機。」

「知道了。」他回答那名保鑣後，手機突然響起，他走到一旁接電話。

我站在原地等待，內心的恐懼依然存在，要是我的身體確定是在德瓦，我又能做什麼？我沒辦法傷害無辜的洛伊絲？倘若我選擇繼續待在這個身體內，夏洛特就會死亡嗎？我的靈魂是否會從洛伊絲身上抽離？若真是如此，我情願自己死亡也不願意傷害洛伊絲。

埃里克講完電話走到我身旁，牽起我的手，我們跟著隨扈上車，他們把車開到附近的一家餐廳，我們下車後，隨扈一群人跟著我們走進屋內。

過了一會，服務生把早餐放在我們面前，我才吃了第一口，就見到達斯汀就從門口走進來，為何他總是能馬上得知埃里克的行蹤？

「埃里克，你為什麼突然要去德瓦？」達斯汀氣喘吁吁的坐在埃里克旁，服務生詢問他要點什麼，他隨手指了菜單。

「我只是想陪洛伊絲去確認一些事情。」他面無表情的吃東西。

「確認事情？你坐私人飛機去就可以了，為什麼還要買機票？」服務生把咖啡放在桌上，他拿起小酌一口。

「我不想太張揚，」他眼神不悅的盯著達斯汀。「我們只是合作關係，我不需要連私生活都一一的向你報備。」

達斯汀聽見他的說話的口氣，神情略顯緊張的連忙向他解釋：「我不是想干涉你的生活，只是怕你會受到傷害，」達斯汀苦笑的看著他。「你應該也不希望洛伊絲小姐因為你的事而受到波及吧？」

埃里克沉思一會，放下手邊的餐具斜眼盯著他。

「好吧，你去安排。」埃里克嘆了一口氣，揮揮手叫他離開。「快走，不要破壞我這一小部分的私人時間。」

「是，是，全都聽你的。」他笑笑的對埃里克說，把剩餘的咖啡一口氣喝光，起身走到隨扈身旁交待一些事情，隨即離開餐廳。

我看著埃里克，每當達斯汀離開後，他表情就顯得憂鬱，他不喜歡達斯汀嗎？既然不喜歡，為什麼還要跟他合作？我不敢開口問，也不知道從何問起，只好默默的用餐……

我們在餐廳休息一陣子，直到牆上的時鐘走到一點整，我們才乘車離開餐廳前往機場。

車子行駛了一段時間，我被突如其來的一陣聲響驚嚇到，轉頭看著窗外，車後的擋風玻璃被子彈打成網狀，沿途有幾台黑色轎車包夾在我們轎車的周圍。

坐在副駕駛座的隨扈轉頭看著埃里克。「先生，我們被包圍了，可能會稍微有些碰撞，還請你們坐穩。」

車子突然加速，身體像是被一股重力壓在椅背上，我緊張的盯著埃里克，他卻握住我的手對我微笑，難道他都不會害怕嗎？後方幾台車直接朝我們的車尾衝撞，我害怕的看著車窗外，隨扈將我們的車子停在路邊，後方黑色轎車內的兩名男子朝我們走過來，他們不斷地拍打著我身旁的車窗，在外頭咆哮要我們下車，埃里克斜眼瞪著那幾名男人，點頭暗示前方副駕駛座的隨扈，他接到指令後走下車，拿槍射死車窗外的那兩名男人，槍聲馬上在外面蔓延開來，我害怕的大叫，低下頭不敢看窗外的情形，等那名隨扈上車，我們的車迅速的駛離。

「沒事了，我們已經遠離他們了。」埃里克小聲在我耳邊說。

我慢慢的抬起頭來，發現我身旁的玻璃有幾道槍痕，我回頭看，那幾台黑色轎車已經被甩在後頭，我全身虛脫的往後躺，那些男人完全沒打算傷害埃里克，他們真的只是想爭取與他合作的關係嗎？

「對了，妳還記得德瓦的地址嗎？」他微笑看著我，就像不曾發生過任何事情般。

我深呼吸努力地緩和自己的情緒。「有紙筆嗎？」

前面的保鑣從抽屜內拿出紙筆，轉頭遞給我。

我克制發抖的手在紙上寫下地址，交給埃里克。

他遲疑一會問：「這不是當初達斯汀拿給我的地址嗎？妳確定這是妳的住家？」

我點點頭。

「妳是不是知道我失憶時候的事情？」

「或許吧。」我尷尬的對他笑。

「怪不得我看到妳，總有一股熟悉的感覺。」他猛點著頭像是理解了什麼。「當時我有發生什麼事嗎？」

「我也不知道該從何說起⋯⋯」我尷尬的笑著，我該跟他說那時候的事嗎？那應該真的純粹只是夢境吧，因為埃里克沒有死亡，我就可以醒過來，說不定那只是一種預知夢，還是讓我醒過來有一個關鍵的原因，那原因又是什麼呢？

我反覆的思考著，車子不知不覺地行駛到機場，達斯汀已經在那裡待命，我們才剛下車，埃里克就被達斯汀拉到一旁，原本待在達斯汀身旁的女孩朝我走過來。

「我叫黛娜，是達斯汀他們的朋友。」她手伸到我面前。

我微笑地跟她握手。「妳好，我叫洛伊絲。」

「之前有在酒吧看過妳，當時你和埃里克在一起。」

「嗯。」我停頓一會，眼角卻瞄著埃里克他們。

她繼續說：「妳可能當時沒有注意到我，但這不是重點，我聽貝蒂說，埃里克對妳是認真的？」

「我和他只是朋友關係，不是妳們想像的那種男女關係。」我急忙解釋。

這幾天遇到的女人，只要看到我跟埃里克在一起，就認定我們在交往，雖然很早就知道他的私生活很亂，但我可不想被其他人誤會。

「喔，朋友關係？」她嘴角露出一抹微笑。「我認識他到現在，還沒遇過跟他有純粹友誼關係的女性，妳算是第一個囉。」她伸手撫摸我的頭髮，輕聲的說：「要當他的女人，可是會被很多人忌妒的唷。」

我沒回答她的話，只能尷尬的對她笑。

「但是，也要有足夠的勇氣才能跟他長久的交往，我想你最近應該遇到一些麻煩事吧？」她突然表情嚴肅的看著我。

我原本沒有很在意她說的話，聽到這句後，才回過神轉頭看著她。

「他身邊的女人總是不停的換，不知是為了好玩才不放真感情，還是怕女人跟他在一起會受苦，這點我不清楚，那天看見他帶妳出現在酒吧時，我們全場的人都嚇到了。」她靠近的在我耳邊小聲的說：「我猜埃里克可能真的想定下來了」

埃里克跟達斯汀走向我們，黛娜對我使了眼色回到達斯汀身旁，我呆站在一旁。

「黛娜跟妳說了什麼？」他彎下腰直盯著我的臉看。「妳看起來像是有心事。」

「沒事。」我轉頭避開他的視線。

「可以上飛機了。」達斯汀突然喊著。

埃里克牽著我走上機艙，裡面有幾名服務人員，達斯汀到機長室跟機師聊了一下天後，走到埃里克身旁。

「我在那裡已經安排好住宿，到時還需要什麼，你再跟我聯絡。」他拍拍埃里克的肩，離開機艙內。

機上的服務人員忙著準備東西，埃里克眼神銳利的注視著我。

我臉頰突然感到一陣微熱，轉臉看著窗外。「你幹嘛這樣盯著我？」

「因為妳還沒回答我的問題啊。」他手托著下巴挑眉的看著我。

「什麼事？」我疑惑的看著他。

「我失憶的那件事，我想聽看看妳說的，是否和我猜的一樣。」他像是知道原因的看著我。

「我也不確定自己所想的是否正確……」我猶豫了一會。「我還是等到去德瓦確認後，再告訴你。」

他無可奈何的聳著肩。「好吧，那也只能等囉！」

當飛機已經順利起飛後，埃里克突然從坐椅上起身，走到我身旁。

「妳先好好的休息，因為到德瓦還須一段時間。」他牽起我的手吻了一下，到機艙的廚房找服務人員聊天。

看著他的背影，讓我想起黛娜對我說過的話，埃里克對我是認真的？我卻一點都感覺不出來，總覺得他對其他女孩的態度比對我還要好，或許他只是對我的遭遇很感興趣吧，再加上這又不是我的身體，我怎麼能利用別人的身體去跟他談戀愛呢，光用想的就覺得奇怪。

我望著機艙外的天空，已逐漸變暗，可以看到的星星比起地面上來的多，這種景色我還是第一次看到，美麗得讓我忘記先前所有的煩惱。

我們活在這世界上所追求的到底是什麼？倘若人生一直都是快樂的事物圍繞在身邊，而沒有悲傷作為陪襯，或許我們就不知道什麼是真正的快樂了，這些遭遇可能是上天給我的考驗，但我卻不知道下一步該怎麼走，我能有其他的選擇嗎？一整天緊繃的精神瞬間放鬆，卻也使得我的眼皮逐漸感到沉重，盯著窗外的景色漸漸入睡……

◆　◇　◆

我睡醒揉著眼睛，看見埃里克躺在我斜前方睡著，一名女性服務人員衣衫不整的躺在他身旁，我的胸口莫名的感到一陣刺痛，我在他眼中或許真的只是朋友的關係，既然如此，為何我的胸口會覺得鬱悶，難道我對他已經產生感情了嗎？我猛搖頭讓自己清醒一點，轉頭看著窗外，試圖移轉自己的思緒，想趕快忘掉這種感覺。

「妳醒了？」另一名服務人員走到我面前。「需要為妳準備些什麼嗎？」

「不用了，妳也去休息吧。」

「我可以坐這裡嗎？」她看著我，眼神中像是在揣測我的想法。

「當然可以，請坐。」

「其實妳根本不必放在心上，因為埃里克本來就是這樣的人。」

「妳怎麼知道我在想什麼？」我驚訝的看著她。

「跟他在一起的女人都知道，埃里克只是玩玩的，所以我們都盡量不放真感情，」她無奈的嘆口氣：「還是有不少女人陷入而無法自拔。」

我明白她所說的話，仍然無法消除內心的難過。

「難道妳不是嗎？」她雙手環抱胸前，等我回答。

「當然不是，雖然我沒談過戀愛，但是我才不允許自己被別人玩弄感情。」我認真的看著她。「大部分的女人應該都是這樣想的吧？」我反問她。

「我也不知道，不過我想，我的內心對他還是有些期待。」她若有所思地看著窗外。

原來每個女人內心總是期待自己就是那個特別的人，然而她們卻始終猜不透埃里克的心思，只能在他身上賭一把，可是，受傷的往往是最先陷入這場遊戲中的人。

我們聊天的聲音彷彿吵醒了他們，我們兩人朝他們的座位方向看過去，埃里克睡眼惺忪地看到我們正盯著他看，突然慌張地站起，遠離躺在他身上的女人，走到我們身旁。

她立即起身離開，把我身旁位置讓位給埃里克。

「希望妳不要誤會，我跟她沒發生什麼。」他坐下急忙解釋。

我微笑沒回應他，轉頭看往窗外，努力壓抑自己內心的情緒，不敢表現出來。

我們沉默無聲，使得整個機艙內瞬間安靜，只剩下服務員忙碌的聲音，過了一會，她們把點心送到我們面前，我卻沒什麼胃口，只喝了幾口茶，腦中卻不停的思索，我跟他只是朋友關係，為什麼我會感到生氣？我漸漸不明白自己內心所隱藏的那份思緒。

到德瓦時，已經是早上六點，等飛機停穩後，我從座位上站起，埃里克突然牽起我的手，我默默地把手抽回。

他快步的走到我面前阻擋。

「妳為什麼不想聽我解釋？」他雙手緊抓住我的肩膀，眼神卻顯得悲傷。

我勉強擠出微笑的看著他。「其實你不需要跟我解釋，你選擇做自己喜歡的事，那是你的自由，而且我們也只是朋友的關係。」我掙脫他的雙手，繞過他繼續往前走。

他拉住我的手，我回過頭他卻突然地親吻我的嘴唇。

我驚慌失措的推開他往後退幾步。「你在做什麼？」

「妳難道不知道我對妳的感覺嗎？」

我嚴肅地看著他。「你只是對洛伊絲的外表有感覺。」

「我只知道，我喜歡的是妳。」

「這不是我的身體，我沒辦法替她做決定。」我嘆口氣看往別處。

「重點不在洛伊絲，而是妳，」他認真的看著我。「妳怎麼想，對我來說才是最重要的，不管妳是誰，我都不在乎。」

我楞在原地，我不知道該如何回應他，我盡力的讓自己不去多想，眼淚卻不聽使喚的掉落，以前經歷的這些事，從來沒有人會這樣完全的信任我，也沒有人會不計任何代價的陪在我身邊，我真的能接受他的感情嗎？

他見到我哭泣，把我抱進他的懷裡，擦拭我臉頰的眼淚。

以前的我都是活在夢境帶給我的恐懼，完全忽略自己的想法，我甚至不知道自己是否有權利去選擇自己喜歡做的事，只能過一天算一天，我要以何種身分過生活？這是我從未認真考慮過的事，該放棄原本自己的身體？還是放棄這不屬於我的身體？選擇其中一方，就會傷害另一方，我到底該如何決定？難道人總會因為恐懼，而害怕選擇嗎？話雖如此，但此刻的我，內心仍無法立刻擺脫這種懼怕感。

我們才剛下飛機，外面一名穿灰色西裝的男人走向我們。

「請問是埃里克先生嗎？」那名男人問。

埃里克點頭盯著他看。

「我是達斯汀先生派來的隨扈，我叫柯特。」

我們跟隨他走到機場外，一台轎車停在我們前方，那名男子等我們兩人上車後，自己繞到副駕駛座。

他繫上安全帶，轉頭看著埃里克。「先生，我們可能要等明天才能出發至您提供的地址，因為那個地址位於德瓦的郊區，從市區到那裡需要花上半天以上的時間，今日請你們先到飯店休息。」

「沒辦法，也只能這樣了。」埃里克無奈地嘆口氣。

我安靜的看著窗外，這裡景色熟悉的讓我感到吃驚，我甚至可以清楚的指出下個路口有什麼商店，難道我真的是夏洛特嗎？我不敢去想明天會發生什麼事，任何結果都不是我樂見的，但我還是必須先做好心理準備。

我們到了飯店，隨扈讓我們在大廳門口下車，我們走到櫃檯辦理入住手續。

「請問是埃里克先生嗎？」櫃台服務人員看著他說。

「對。」

「您有訂一間總統套房，請問是和夫人一同入住嗎？」那名服務員微笑的手指向我。

「我不是他的……」我的話說到一半，他突然摟住我的腰，開心的看著那名服務員。

「沒錯，和我太太一起，再麻煩妳給我鑰匙。」

我瞪大眼睛看著他，他卻沒往我這裡看，辦好入住手續後，接待人員帶我們走進電梯內，我仔細看著四周的擺設，住了德瓦這麼久，還是頭一次住進這間酒店。

「你都幫我這麼多了，飯店的費用我可以自己付的，」我皺著眉頭的說：「再說，怎麼會只訂一間房間，我們兩人才剛認識不久，睡同一間未免也太奇怪了吧。」

「不會啊，我喜歡有人陪我。」他笑笑的甩著手上的鑰匙。

我無可奈何的看著他。「好吧，不過你要睡地板喔。」我可不想成為他身邊的那種隨便的女人。

他用一種好笑又哀怨的表情看著我，讓我笑出聲來，不知道為什麼，跟他在一起總能使我原本緊繃的情緒，瞬間放鬆下來，我已經不知道有多久沒像現在這樣放聲大笑。

我們走到房間，兩名隨扈站在門外守候，這間房位在高樓層，走進裡面還有兩層樓，我掃視著這整間房，跟我當初想像的房間有所不同，我走上二樓看，外頭有個大露臺，開門出去可以觀望這整座城市的風景，我從來都不知道原來德瓦的景色如此漂亮，難道人只要待在同一個地方越久，越容易忽略身邊周遭的事物嗎？

埃里克在我身後輕拍了我的肩膀。

「妳喜歡這裡嗎？」他微笑的看著我。

「嗯，以前住在這個城市內，都不知道有這麼美麗的風景，為什麼所有的事物都是等到失去後才懂得珍惜呢？」我難過的看著遠方，雖然這裡的景色讓我感到熟悉，但內心的無助卻將我拉回到陌生的現實。

「人活在世上，所遭遇的事情誰也無法預測，我們只要好好的珍惜現在就可以了。」他面無表情地看著前方。

我轉頭看著埃里克，他幾乎每天都會遭遇這種無謂的爭奪，他卻可以從容不迫的面對這些事，是因為習慣了嗎？為什麼他要繼續從事這種工作呢？是為了家人嗎？跟他太太有關嗎？可是他說過，那不算是婚姻，他們之間又發生了什麼事？我突然覺得自己對他的事情完全不瞭解。

「你有想過停止這些藥物的研究，讓自己過平凡的生活嗎？」我斜眼瞅著他。

我們沉默了一會。

他嘆口氣，身體靠在圍牆上看著我。「當然有，可是一旦利益產生了，就算我想退出，他們也不會讓我走。」他抿起嘴角像是在思考某些事。

「為什麼？」

「當初我研究那個藥，只是為了興趣和論文所做出來的成品，雖然它能增進大腦運作，讓人可以徹底發揮腦內所隱藏的潛能，但是尚未得到人體實驗，查克當初也是覺得很新奇，就擅自將藥拿給他的手下吃，幫我做實驗。」

我沉默的看著他。

他繼續說：「有幾次實驗的對象讓我們看到藥效發揮，但是也有一些實驗對象卻在幾個月後暴斃在他們的住處，我請認識的法醫幫我看暴斃的原因，再根據其原因加以改良，查克則繼續讓他的手下當實驗對象，雖然這個藥物不再對人體造成必要的傷害，還是有副作用，可是那些人一點也不在乎，一心只想得到它。」他雙手靠在矮牆上，看著景色沉思。

「既然如此，你可以把藥的製作過程賣給那些想要的人，這樣一來你就可以擺脫他們了，不是嗎？」我興高采烈的將自己的想法告訴他。

「我當然也希望能因此解決，所以先前就試著教那些查克派來的製藥專家，但是沒有人可以調配出跟我那完成品相同，」他嘆氣的繼續說：「而且，就算那些人學會了，我還是不可能完全脫身，因為其他人還是會過來找我。」

「其他人？」

「是查克的手下，就是那些當初參與實驗的人，達斯汀和那天在停車場追我們的卡里都是從查克身邊離開的人，因為吃了那些藥使他們做事的方式全部改變，得到現在的地位，但是他們沒辦法停止使用這個藥，不然他們的腦內記憶又會回到原先的狀態，甚至有可能會造成記憶的喪失。」

我驚訝的看著他，最近遇到的那些人都是查克的手下，他們都想從查克身邊奪走埃里克，但是，那天在酒吧內殺死查克的又是誰呢？人是否只考量自身的利益而不去思考背後所引發的後果呢？何時那些人才會清醒，不再做這種無謂的爭奪呢？

外面的天色漸漸的變暗，坐了一整天的飛機，讓我的身體感到很疲憊不堪。

「風越來越大了，我們進去好嗎？」他把外套脫下，披在我肩上。

我點頭的看著他，他私底下對我的方式跟對其他人不一樣，在外人面前他總是表現出嚴肅的樣子，而我們兩人獨處時，偶爾能看見他流露出一種單純的性格，他對其他女人也會這樣嗎？

我們走下樓到飯店的餐廳用餐，埃里克不希望隨扈跟在身旁，讓他們在外面等候，服務員說著我聽不懂的語言，埃里克回答她的問題後，她帶我們走到座位。

「你會講德瓦語？」

「當然。」

「為什麼我聽不懂她說的話？還有我怎麼會講雅西語？我應該是不會說第二種語言阿。」

「這我就不知道了，需要好好的研究一下。」他開玩笑的指著我的腦袋。

這時候埃里克的手機突然響起，他走到一旁接電話，我看著玻璃反射的自己，這張臉仍舊讓我覺得陌生，若是不能變回夏洛特，我又該用什麼身分去對待他呢？

埃里克講完電話後回到座位，餐廳服務人員將晚餐送到我們面前，聞到食物的香味，我的肚子也漸漸感到飢餓，我吃了幾口，餐廳門口突然傳出一陣騷動，有兩名身穿西裝的男人走了進來，我抬起頭往大門口看，他們正朝我們的方向走過來，看起來不像柯特他們，那會是誰？埃里克見我直盯著前方，也將頭轉過去，那兩名男人走到我們身旁，拉了椅子坐下。

「是埃里克先生吧？」他脫下墨鏡放在前胸的口袋。

埃里克從座位上起來，拉起我的手想離開，一旁綁著馬尾的男人卻用力抓住我另一隻手，他的力量太大，讓我感到疼痛無法掙脫。

埃里克怒視著那名男人。「這件事跟她無關，快放開她。」

「我們絕對不會傷害你，但這名女孩可就難說了，我老闆要你跟我們回去一趟。」那名男人放開我的手，他抓的力道太強，就算他放開我的手，疼痛卻沒有馬上消失。

埃里克看著我思考了一會，我不知所措的看著他。

他閉上眼睛嘆口氣。「可以，我跟你們去，但你們不能傷害她。」

「只要你跟我們走，我們保證絕對不會弄疼她。」那名男人從座位上站起，我們跟著他們走到餐廳外，埃里克對隨扈們使眼色，那兩名隨扈安靜地站在原地像是不認識我們似的。

那名男人從口袋拿出墨鏡戴上，轉頭看著埃里克嘲笑：「你這麼搶手，出來都不會帶保鑣在身邊的嗎？」

埃里克給了他一記白眼。

「若是你和我們老闆合作，他一定會好好的保護你這棵搖錢樹，才不會如此輕易的讓你落入別人手中。」那名男人大笑地看著他。

我們才踏出戶外的停車場，眼前隨即開來兩台轎車。

「埃里克先生，很抱歉，你必須和這位小姐分別坐這兩輛車。」那名戴墨鏡的男人手指著白色轎車。

「為什麼？」埃里克生氣的瞪著那男人。

「避免你分心我們接下來的談判。」那名男人再次的保證：「你放心我們不會傷害她。」

我被他們拖到另一台車上，埃里克用力捶著車窗，生氣的開車門進去，他等我和埃里克都上車後，指揮車子迅速開離飯店。

我看著窗外，不停的整理我的思緒，為什麼會突然遇到這種事情，我好不容易有了可以確定自己想法是否正確的機會，現在卻停滯在這無法繼續向前，難道這是夢境中的規劃嗎？讓我無法看清事情的真相？

他們是絕對不會傷害埃里克的，若我只是他們用來約束埃里克的籌碼，我該怎麼做才能讓他脫離這種紛爭呢？是否該逃離這裡？讓埃里克不要為了我而與他們妥協，但是這樣做又會傷害洛伊絲的身體，真希望這一切都只是我的夢。

車子開到一處荒涼的郊外，樹叢中有一棟別墅，我下車後隨即被帶到一處臥房。

「妳先在這裡待著，等到結束後，自然會有人來帶妳離開。」那名男人說完後將房門反鎖，我試圖用身體撞門，但沒有任何作用，我蹲坐在地上看著這四周的環境，發現在臥室角落有落地窗，我走到外面的露臺，這裡大概有三層樓高，若是沿著旁邊的柱子慢慢的爬下去，說不定可以爬到外面。

我思索著爬下去的路徑，跨過露臺正準備要爬出去時，臥室的門突然打開。

「洛伊絲小姐，妳這樣爬下去很危險喔，下面可是有很多守衛的。」一名女人的聲音從房外傳到露臺。

我抬頭看著她，是黛娜。

「達斯汀過來了嗎？埃里克呢？」我馬上從露臺走進臥室內。

黛娜突然舉起手槍指著我，我頓時感到疑惑，往後退幾步。

「妳不是達斯汀的朋友嗎？」我驚訝地盯著她。

「我跟他在一起只是為了要得到埃里克的行蹤，」她嘴角揚起的冷笑著。「但現在我想要的，可不是那麼簡單的東西了。」她慢慢的走到我身邊。

我難過的看著她，不理解她說的話，她拿手槍抵住我的頭，另一手拿起手銬逼我走到一旁的角落，把我的雙手銬在背後。

「不過，這倒也讓我得到一個很好的情報，埃里克既然那麼喜歡妳，我們只要把妳顧好，埃里克就很容易操控。」她用手槍劃過我的臉。

「我實在想不到他竟然會對妳如此深情，先前我們幾個女人跟他在一起，還沒見過他這種表情，他對我們向來都只是玩玩的，不放任何感情，」她的槍在我的臉和胸口來回磨蹭。「真看不出來妳到底有哪一點能吸引他？」

我努力的想掙脫手上的手銬，卻被手銬上的鐵片割破手腕，血不停的竄出。

她諷刺地嘟起嘴說：「我早就提醒過妳，待在埃里克身邊只會受苦，妳就是不聽，妳知道嗎？這幾天妳遇到的每個女人，每個都和埃里克發生過關係，」她故作無奈的聳著肩。「就連我也不例外。」

她突然把我踹在地上，腳上的鞋根踩在我背上。

「妳憑什麼跟他在一起？是妳的臉嗎？還是妳的身體？難道他身邊沒有比妳更漂亮的女人嗎？」她的高跟鞋根用力踩在我的胸口上，我難過的咳出聲音。

這時候，門外傳來聲響，達斯汀帶著一群人走了進來，黛娜把我從地板上拉起來，用槍指著我的頭。

「你們不要過來，不然我要開槍了！」黛娜激動拉住我的手臂。

埃里克從門外走進來，看到黛娜用槍指著我，他想衝上前，卻被達斯汀阻止。

「放下妳的槍，若她有什麼閃失，妳也不用活了。」埃里克生氣對黛娜咆哮。

「埃里克，你為什麼要這樣大聲的兇我，以前的你都不曾這樣對我，自從這個女人來了以後，你就開始不理我們，你難道不知道我們很在乎你嗎？」她情緒激憤的對埃里克大吼，不斷用手肘勒住我的脖子，讓我沒有辦法呼吸。

「黛娜妳不要亂來，放開洛伊絲，埃里克馬上就會回到妳的身邊，妳快把洛伊絲帶過來。」達斯汀小聲的安撫著，埃里克在一旁神情顯得哀傷的望著我。

黛娜拿手槍用力的抵在我的太陽穴上，雖然疼痛我卻不敢叫出聲，我閉上眼睛試圖讓自己不去多想，但這種恐懼感，使我克制不住自己的眼淚。

「都是這個女人，都是這個女人害的！」黛娜突如其來的大喊，她手肘更使勁地勒住我的脖子，我開始感到暈眩，忽然聽到一陣槍響，我無力的倒在地上，達斯汀他們衝上來抓住黛娜，她舉起手槍，朝自己的嘴巴內開槍，我慢慢的閉上眼睛，漸漸的聽不見他們的聲音……

第四章

我從床上驚醒的坐起，整張床單沾滿了我的汗水，時間過了多久我毫無頭緒，呆滯看著自己的雙手，我現在到底是洛伊絲還是夏洛特？

房門外突然傳來敲門聲。

「夏洛特，我可以進來嗎？」

「請進！」似乎是睡太久，我全身虛脫的無力撐起身體。

媽媽進來後，走到我身旁坐下。

「妳終於醒了，」她喝著手上的咖啡說：「妳已經昏睡五天了。」

我看著窗外，天色已漸漸變亮，剛才我是在作夢？在我夢裡面所發生的事情，是我腦內自行產生的補強作用嗎？是因為我一直很期望自己猜想是對的，使自己在腦中製造假記憶，也因為如此，才導致我做出那種夢嗎？那些夢中出現的人到底是真實還是虛假，我差點就可以確認了。

「妳這次又做了什麼夢呢？」她好奇的問。

我搖搖頭。「又是跟之前一樣的夢，沒有什麼差別。」雖然夢裡的一切讓我感到很真實，但又害怕媽媽會說這些都只是我的幻想，我不敢向她表達自己的夢境。

她摸著我的頭，微笑的看著我。「沒事就好，妳今天就乖乖的在這裡吧，我先去上班了，記得要等我回來才能睡覺喔。」她說完後轉身離開我的臥室。

我努力地釐清自己的思緒，但是夢境內容卻一直在我腦中徘徊，埃里克和洛伊絲他們真的存在這個世界上嗎？若是在夢中我沒有死亡，我和埃里克會到這裡來嗎？假如真的來到這裡，遇見的我和現在的我會是同一人嗎？還是夢中發生的所有一切都只是我的幻想，就算在夢中遇到現實的我，醒來後我依舊看不到埃里克這個人，我的思緒開始混亂，甩著頭讓自己停止繼續思考。

我聽見客廳大門關上的聲音，才緩慢的從床上爬起來，我拿著衣服走到浴室，剛才在夢裡被槍射到的疼痛感，仍舊存在我的體內，讓我感到頭痛，洗完澡後身體才逐漸恢復清醒，我走到廚房想弄點東西吃，冰箱內卻沒有任何食物，我拿起外套和鑰匙，正想外出去超市採買，門鈴突然響起，是媽媽忘了拿東西嗎？我走到玄關開門，兩名穿著西裝的男人站在門口。

「請問這裡是夏洛特小姐的家嗎？」一名男人問。

「請問有什麼事嗎？」我疑惑的看著他們。

「夏洛特小姐在嗎？」

「我就是，請問你們是……」

「請您跟我們來一趟，我們老闆有事找您。」

老闆？是我合作的那些廠商嗎？我和他們一直都是用電子郵件通信，從來沒有與他們面對面交談，怎麼會突然找上門？

我跟著他們走下樓，看到外面停放著一台黑色轎車，車窗拉下來裡面的人看出窗外，是埃里克?!我驚訝的說不出話，眼睛直盯著他。

他怎麼會出現在這裡？難道我夢境是真的嗎？我用力掐著自己的臉，想確認自己是清醒還是在夢中，但是這招對我來說沒有效，因為我在夢中也做過同樣的事情，一樣會感到疼痛，我該怎麼確認他們是真實的人，還是我虛構出來的人物呢？

「請問是夏洛特小姐嗎？」埃里克拿下墨鏡走到我面前。

「你是埃里克嗎？」

他下車走到我面前，突然的抱仹我。

「我終於找到妳了，洛伊絲死掉時，我真的好害怕從此以後再也見不到妳了。」他眼眶濕潤像是難過的樣子。

「所以你們是真實的人嗎？」我好奇的問他。

他抓起我的手，讓我摸著他的胸口，感受他的心跳。

「妳認為這樣算是假的人嗎？」他微笑的看著我。

我難為情的將手縮回來。

「妳還好吧，身體有感到不適嗎？」

「沒有，只是睡太久，身體有些累。」不知是否睡太久，我的身體有些提不起勁。

「妳吃過早餐了嗎？」他擔心的問。

「還沒，我正準備去買。」

他帶我進到車子內。「走吧，我帶妳去吃東西。」

達斯汀坐在副駕駛座上轉頭看著我。「原來妳就是夏洛特，一開始埃里克跟我說有關妳的事時，我以為他是因為洛伊絲死了而發瘋，沒想到還真有其事。」他好奇地打量我的全身。

埃里克坐到我身旁，牽著我的手不放，隨扈看到埃里克上車後，隨即駕車離開公寓。

「洛伊絲她真的死了嗎？」我害怕地把手抽回。

他安靜點著頭。

「會不會她只是短暫休克，就像你上次在酒吧那樣。」我緊張的繼續追問。

達斯汀突然插話：「不可能的，上次埃里克是因為子彈打到他的胸口，所幸沒打到心臟，但是洛伊絲這次是黛娜直接朝腦袋打過去，當場死亡。」

我的臉頰完全感覺不到眼淚掉落，直到淚水滴到我的手背，當時的恐懼感仍在我的心中，我轉過身望向窗外，不想讓埃里克看見我哭泣的模樣，洛伊絲的死是我害的，若是我沒回到房間內去找黛娜的話，她就不會死亡，若我沒有讓她跟埃里克在一起的話，或許她現在依舊活在這世界上，我沒辦法控制自己的情緒，難過的不斷啜泣。

「不要難過了，若要說洛伊絲的死是誰害的，那個人應該是我。」他將我抱進懷裡安慰我。

我沒有回應他，我甚至連自己是處在真實世界還是虛假世界我都不知道，就算能感覺得到疼痛和心跳也不能用來確認現在是夢境或現實，因為我在兩邊都有這種感覺，還是其實這兩邊都只是夢，我必須在這裡死亡後，就能回到最終的現實，也可能在最終的現實，我只是一個躺在病床上昏迷且什麼都不能做的植物人，才使我一直陷入夏洛特這個夢境，到底哪個才是真實的我，我已經無法確定了。

車子開進餐廳停車場，也許是埃里克他們人數過多，所有用餐客人全都往我們的方向看，我們走到一處包廂前，達斯汀開啟包廂的門。

「埃里克，為了安全起見，我幫你們訂了一個包廂，我會讓人在外面守著，」達斯汀擔心地再次警告他：「記住，為了夏洛特，你千萬不要再離開隨扈的視線範圍了。」

「我知道，你現在可以離開了吧。」

「好！好！好！我馬上離開，不打擾你們兩位。」達斯汀對埃里克揮揮手後，轉身離開。

服務人員走進來，幫我們點餐，埃里克坐在我身旁把菜單放在我面前。「妳想吃什麼嗎？」

「你點就好了。」我勉強微笑的看著他。

對我來說，夢中出現過的人物就像是我身體的一部分，而我也是屬於他們的一部分，彼此之間有著密不可分的連結，每次醒來，我無法即刻遺忘夢中所發生過的事情，我嘆口氣努力調適自己現在的心情。

女服務生端著我們的餐點放在我們面前，我拿起餐具準備開動，她轉身走向埃里克和他聊著天，不論到哪裡，埃里克身旁總會有女孩子包圍他，他流利地用德瓦語跟女服務生聊天，我現在已經是夏洛特了，應該只會講德瓦的語言，若是到了雅西，我還會說那邊的語言嗎？我疑惑的直盯著聊天中的他。

埃里克斜眼瞄到我盯著他看，馬上停止和那名服務員聊天轉頭看著我。

「怎麼了嗎？妳為什麼一直盯著我？」他揶揄的瞇起眼睛：「難不成妳不喜歡我和其他女人聊天嗎？」

我放下手邊的食物，用一旁的紙巾擦拭著嘴巴。

「我只是很好奇一件事？」

他讓那名女服務員出去，包廂只剩下我們兩人。

「什麼事？」

「我看達斯汀能和這裡的人溝通，他會說德瓦語嗎？」

「基本上我跟他是用雅西語對話的，他會哪幾國語言我不知道，不過我剛才看他能和服務員聊天，他應該也會德瓦語吧。」他邊吃飯邊回答我。

我似懂非懂的點著頭，但心裡還是感到很疑惑，我繼續用餐，若是依照媽媽的說法，這些可能是我自己在夢中安排好這一切，他們全部都會照著我的設定去做，若真的是這樣的話，那麼埃里克跟我說雅西語我應該也聽得懂吧。

「埃里克，你現在能不能跟我說幾句雅西話？」我想試看看，這一切是否都會照我的安排進行。

「可以阿！但是為什麼要這麼做？」他放下餐具，拿起酒杯喝一口酒。

「我只是想證實一件事。」

他微笑的看著我，講了幾句我聽不懂的話，說完後直盯著我看。

「我說完了，這樣可以證明什麼嗎？」他繼續的吃東西。

「我怎麼會聽不懂你剛剛說的話？那真的是雅西語嗎？」我皺著眉頭的看著他。

「當然，我說，能跟一位漂亮小姐一起吃飯，是我的榮幸。」他開玩笑的說，但是我卻笑不出來。

他見到我嚴肅的在想著事情，像是感到抱歉地收起玩笑表情。

「妳是為了聽不懂雅西語而煩惱嗎？」

我默默的搖著頭。

「我覺得這是正常的，我猜妳可能在夢境中使用的是對方腦內的技能，」他看到我滿臉疑惑，一口氣喝光杯內的酒，繼續解釋：「這可能有點難理解，簡單的來說，技能就像反射動作一樣，語言也是一樣。」

「你怎麼知道？」我好奇的問。

「可能我對這方面比較有興趣吧。」他聳聳肩，繼續用餐。

所以我做的那些夢是操控對方的身體，但是我每次進到的身體都是不同人，又是為什麼呢？這算是某一種腦部的病變嗎？

我們吃完飯，坐在位置上休息一會，我思考著剛才埃里克說的話，若這真的是病，會有好的一天嗎？我不知道接下來該怎麼辦，現在我唯一能做的就是盡量不讓自己入睡。

「妳還想去哪裡嗎？」他滿心期待的問。

「回家吧，我平常除了買東西以外，很少出來外面的。」

「妳不會跟朋友出去嗎？」他好奇的問。

「我怎麼可能會有朋友，像我這種嗜睡的症狀，上課和工作全都是在家裡完成的，」我苦笑的繼續說：「從我有記憶時，就是一直待在家裡。」

他沉默了一會，突然起身，開心的走到我身旁。

「從現在起，我就是妳的朋友了，今天就由我帶妳到處逛吧。」他高興的拉起我的手。

我被他拉著走到車上，我們到遊樂園和市區內閒逛，這還是我第一次跟媽媽以外的人逛街，我們走了幾個景點後，天色也逐漸的變暗，我看著手上的錶，已經下午五點了。

「我們是不是該回去了？」我不安的問。

「還太早了吧？」他抬頭看著天空。

「通常這個時候我都是在家等我媽回家。」我無奈的聳著肩，大多數時間，我都是處在睡眠狀態，能和她相處，也只有清醒的時候了。

「不如這樣吧，我帶妳回去，我也想藉這個機會認識妳母親。」

我猶豫了一會，看到他高興的表情，我不知道該怎麼拒絕。

媽媽看到埃里克會有什麼反應？畢竟我先前從未遇過類似的情形，把自己夢境內的人物帶回家，媽媽會相信嗎？

他請隨扈將車子開到公寓的樓下，埃里克和他的隨扈在這裡格外顯眼，街上的人全盯著我們，等車停穩後，我立即下車，頭也不回的快步走到樓上，埃里克和兩名隨扈跟在我身後，我拿鑰匙開門。

「妳回來了？有去哪裡逛街嗎？」媽媽放下手邊準備的東西，從廚房走到客廳。

她看見站在我後面的埃里克，愣住的站在原地。「請問，你是……？」

「我是夏洛特的朋友，我叫埃里克。」埃里克揚起嘴角伸出手想和她握手。

她驚訝了一會，沒跟他握手，反而走到我面前拉住我的手臂。

「不好意思，借我們幾分鐘。」她緊張的把我拖到臥室內。

我坐在床鋪上，她拉了椅子坐在我身旁。

「那個男人是誰？我記得警告過妳，不能隨便接觸不認識的人，不是嗎？」她激動的問。

「我以前就向妳提起過，只是妳不相信我。」

她疑惑地盯著我。

「我知道這很難相信，因為上次妳對我說，夢中出現人物都是我幻想出來的，而埃里克出現在這裡時，我不知道自己是否還在夢中，還是妳們全部都只是我所幻想出來的人物，埃里克是在我夢中出現的人，就是上次新聞報導的其中一人。」我一口氣的把心裡的話全都宣洩而出，卻無法消除內心的難過。

她嚴肅看著窗外，我們兩人沉默了一會。

「夏洛特，我很抱歉之前沒有相信妳，因為我第一次遇到這種情況，真的不知道該如何反應。」她煩悶的用手指頭敲著額頭，彷彿有心事般。

「沒關係，妳能理解就好。」

她回過神，睜大眼睛繼續問：「妳是怎麼認識他的？」

「我之前不是睡了五天嗎？那時我是變成一名女孩才認識他。」

「是因為那名女孩死了，妳才會醒過來嗎？」

我點頭看著她。

「他來我們家做什麼？」

「我本來想透過那名女孩的身體回到這裡，確認我的想法是否正確，但是遇到了一些事情，那女孩被殺死，我也就醒過來了。」

媽媽兩眼放空看著一旁，我現在的思緒仍舊感到困惑，若將此事說給其他人聽，別人可能會當作玩笑話看待，只有真正遇到的人才能體會這種感覺。

她抱著我，親吻我的額頭安慰我，先前對於夢中的恐懼我只能埋藏在心裡，孤獨的承受這種感覺，何時我才能卸下長久累積的壓力，我該怎麼做才能阻止自己再次進入夢中呢？

我們走出臥室外，埃里克依然站在原地，她走到埃里克的身邊。「你好，我叫吉爾，是夏洛特的媽媽。」

她跟埃里克握手，埃里克看了媽媽手腕一眼，媽媽突然抽回自己的手，面有難色的走進廚房。「你先坐一下，我倒杯茶給你。」

我們兩人到客廳的沙發坐下，埃里克像是在煩惱一些事，皺著眉頭沉思著。

她把茶杯放在埃里克面前。「我已經從夏洛特那裡聽說了你們之間的事情，我想你應該也知道她的狀況了。」

「嗯，我知道。」埃里克微微地點頭。

「我不希望她再受到傷害……」她眼眶泛紅地握住我的手。

他點點頭。「妳放心好了，我會保護她的。」

我對他們談話內容感到納悶，不理解為何這種疾病對我會造成傷害，是怕我的身體無法負荷嗎？難道還有機會能治好它嗎？大門外突然傳來急促地敲門聲，我走去開門，兩名隨扈慌張的走進屋內。

「埃里克先生，我們可能需要換個地方，達斯汀先生剛才打電話通知，亞倫的手下已經朝這裡過來了。」那名隨扈神情慌張看著門外。

埃里克起身牽著我的手，轉頭看著媽媽。

「吉爾女士，很抱歉，我們必須先到安全的地方，之後我再慢慢向妳解釋。」他抓著我的手匆忙走下樓，隨扈帶著媽媽跟在我們身後。

「快上車。」埃里克拉著我坐在前面的一台車上，媽媽被隨扈帶到後面另一輛車，等我們都上車後，車子馬上駛離我們的公寓。

「發生了什麼事？為什麼突然就……」我緊張的回頭望著她坐的那輛車。

「殺死查克的那個人又來了，他一直想拉攏我合夥，」他無奈地望向車窗外，「他做事比較極端，小心一點比較好。」

「他也是查克的手下嗎？」

「嗯，他也是最早脫離查克的人，我看不慣他的做事方式，所以才沒跟他合夥。」他突然身體坐正，觀察窗外的動靜。

「可是他的目標是你，為什麼連我們也要一起去？」我疑惑地盯著他。

「他們已經知道地點了，怎麼可能會放過妳們，」他嘆了一口氣，憂鬱的看著前方。「再說，留妳一個人在那裡我也不放心。」

車子突然加速，我不停地轉頭往後看，發現有幾輛車圍繞在我們這兩台車的四周。

埃里克拿起手機打電話跟達斯汀交代一些事情，我們行駛了一段距離，終於擺脫那群人的追趕，隨扈們將車開到一處別墅外，車子才剛停穩，我等不及他們開門，就急忙跑下車，到媽媽面前抱住她，突然有一種快要失去她的感覺，幸好她沒事。

埃里克走到我們身旁。「幸好吉爾女士之前沒被亞倫他們看過，我請隨扈換台車送妳回到另一處住所，這幾名隨扈會在暗中保護妳。」

「為什麼？媽媽不能跟我們一起去嗎？」

他皺眉的牽起我的手。「我也很為難，達斯汀說亞倫的手下是從餐廳一路尾隨在後，他們已經知道妳的長相，」他看了媽媽一眼，繼續說：「他們還沒見過吉爾女士，趁現在讓她回去，她就可以不必跟著我們到處跑，我也會請幾名隨扈在這裡保護她。」

媽媽走到我身旁，抱著我親吻著我的臉。

「夏洛特，我們還是照著埃里克的話做吧，不論到哪裡，妳一定要好好照顧自己，」她難過的掉下眼淚。「對不起，夏洛特……」

我疑惑的看著她，為什麼她要跟我說對不起？是因為沒有辦法繼續陪在我身邊嗎？

「我想吉爾女士可能要快一點出發，否則他們找上門，到時候再離開就比較麻煩了。」他馬上吩咐幾個隨扈，他們開出另一台白色轎車，媽媽擦拭臉頰的眼水回頭看著我，對我微笑後上車離開。

我無力的蹲坐在地上痛哭，埃里克蹲在我身旁抱住我，這一切都是我害的，畢竟是我拜託埃里克來德瓦的，我不應該把媽媽牽扯進來，接下來的日子我該怎麼辦？

「妳放心，我絕對不會讓妳們受傷的。」

我只能無奈的點頭，心裡卻不知道下一步該怎麼做？對於我來說，我沒有選擇的權利，所有事情我都只能默默的接受。

他牽著我走進屋內，裡面卻沒有半個人，只有幾個簡單的家具，這外觀與他先前的住所相較之下有極大的差距，我記得埃里克的房子內不論在哪一間，都有女傭在裡面待命，為什麼這裡卻空無一人。

埃里克看到我疑惑的四處張望，站在我背後偷笑，像是知道我在想什麼，他讓我坐到吧檯前。

「這間是達斯汀買下的房子，因為還來不及整理和僱人，所以今天就由我來服侍妳吧。」他走到一旁拿起圍裙穿在自己身上，其他隨扈把一些用品拿到屋內，一名隨扈走向埃里克。

「埃里克先生，這些事交給我們來做就可以了。」那名隨扈走到他身旁，伸手想接過他手中的餐盤。

「不用了，你們去休息吧。」他揮手請他們離開。

我看著他在吧檯內做菜，突然讓我想起蓓達，我能感覺到她對埃里克是真心的，不像其他女人只是為了名和利，為什麼埃里克就是不肯接受她呢？他身邊向來都不缺乏女人，像我這種女孩，外表沒有蓓達那樣妖豔，穿著也很中性，他真的會喜歡上我嗎？還是他對我也跟其他女人一樣，只要其中一方開始對他認真，他便會立刻感到厭倦？

況且，我有資格喜歡他嗎？

他把盛裝食物的餐盤放在我面前，我看著眼前的晚餐，開始對他烹飪技術感到敬佩，就算是我也沒辦法弄得如此精緻，他脫掉身上的圍裙放在一旁，坐在我面前。

「妳在想什麼？想得好入迷。」

「我想，你經常為其他女人做飯吧？」我故意挖苦他：「熟練到像是飯店主廚做的料理。」

他遞給我餐具。「沒有，這是我第一次為女人煮飯，」他理直氣壯的說：「妳應該要感到榮幸。」

「你老婆呢？」腦中突然想起之前和他的對話，我懊悔自己為什麼會脫口說出這句話。

「對不起。」我難過低下頭，不敢看著他。

他無所謂的吃著東西。「沒關係，反正都是過去的事情，而且我對她也沒有任何感情。」

「沒感情？既然沒感情，為什麼要結婚？」

「她是查克的妹妹，跟我在一起，說好聽一點是為了要維持親信的關係，說難聽一點就是監視。」他放下餐具拿紙巾擦嘴。

「監視？」我不解的皺著眉頭。

「查克害怕我會去找其他人合夥，所以才安排他的親妹妹嫁給我，」他喝了一口酒接著說：「那時候我沒有任何目標，只想透過其他女人，讓自己忘記她的存在和被查克利用這些事實，他們當時覺得我跟其他女人都只是玩玩的，所以也沒多說什麼。」

「難怪……」

「難怪什麼？」

「那時查克對我說，若我對蓓達放真感情，會對不起你老婆，我一開始不知道那句話是什麼意思。」我恍然大悟的點著頭。

「吼！我才在想奇怪，蓓達怎麼會認為我對她很好，」他嘟起嘴，拿著叉子指著我，像小朋友般生氣的問：「快說，那時候妳到底拿我的身體做了什麼事？」

「我只是不希望她在別人面前穿得太裸露……而且……又抱她到房間內……」一想到那個畫面，我害羞的臉頰一陣脹紅，到現在我仍不明白自己當下為何沒辦法克制那股衝動的意念，我怎麼會對那些女人做那種事呢？

「哈，原來如此！」他笑得上氣不接下氣的繼續說：「想不到在我失憶的時候，潛意識的慾望還是那麼強烈阿。」

「那應該是你的反射動作吧。」我低頭繼續的吃著東西，想忘掉先前尷尬的記憶。

他放下手邊的餐具，緩慢的移動到我身旁，伸手拿走我手上的食物，突然把臉貼近我的臉頰，一股熱氣充滿我全身，我的心跳逐漸加快。

他輕聲地靠在我耳邊：「若那是我的反射動作的話，妳現在就得小心了。」

我腦中一片空白，他右手抬起我的下巴，嘴唇慢慢的靠近我。

「不要。」我大叫一聲，急忙的推開他。

「怎麼了？」他拉了椅子坐在我面前，疑惑的看著我。

「我不喜歡這樣，」我慌張的站起來，往後退幾步與他保持距離。「而且我也不想成為那些女人的其中一人。」

他不停地在一旁大笑，他的反應讓我感到奇怪，難道我說錯了什麼嗎？

「你在笑什麼？」我摸不著頭緒的站在原地。

他努力的緩和自己的情緒，擦乾眼角的淚水。「妳真的和我之前認識的女人不一樣。」

不一樣？聽到他講這句話時，我內心卻有點生氣。

「妳要知道我是絕對不會對妳亂來的，」他克制自己的笑聲的繼續說：「對我來說妳是特別的。」

特別的？是因為我像他的哥兒們一樣所以才是特別的嗎？剛才他的舉動，讓我的思緒一直處於混亂的狀態，我走到餐桌前坐下，繼續吃著東西，逼自己不去多想。

我們吃完晚餐，他帶我到一間臥室內，裡面的設備跟盥洗用品，一點也感覺不出來像是沒整理過的樣子。

我洗好澡走出浴室，穿著床上擺放的白色洋裝，這種衣服不是平常我會穿的衣服，使我覺得有些彆扭，我盤起頭髮，整理身上的衣服後走下樓。

埃里克已洗好澡，坐在客廳看電視。他穿著一件合身的灰色針織衫和黑色的薄外套，微捲的金髮綁一小撮瀏海在後面，看起來和平常穿西裝的嚴肅樣子截然不同，他見到我下樓，馬上走到我身邊。

「這件衣服很適合妳。」他微笑的眼神不停打量我全身。

「沒有其他的衣服了嗎？」我坐在沙發上不停地拉著自己的衣服，穿不習慣的衣服總讓我感到渾身不自在。

「這是我特地為妳挑的，喜歡嗎？」

「我平常穿的衣服都是褲子，突然要我穿裙子，我不太習慣。」

「我覺得很好看阿。」他坐在我身邊，身上散發出一種花香，我注視著他的側臉，他炯炯有神的眼睛彷彿能吸引人似的，讓人無法忽視他的存在，難怪那些女孩子總是想接近他，我的心頭微微一怔，臉頰卻開始發燙，埃里克突然轉頭盯著我。

我避開他的眼神看著電視。

「妳怎麼了？哪裡不舒服嗎？」他脫下身上的薄外套放在我肩膀上。

「沒事！」我緊張的把頭轉向另一邊，思緒一片混亂，難不成我喜歡他嗎？但是我對他的個性和背景完全不瞭解，甚至不知道他是好人還是壞人，為什麼還會對他產生情感？他對我的態度比較像是朋友，跟其他女人不同，再說，他身邊總是不乏漂亮的女人，會喜歡我這種普通人嗎？我該怎麼抑制自己對他的感情呢？

牆上的時鐘已經走到凌晨兩點了，今天發生太多事，使我的身體感到疲累，睡意不斷的湧入腦中，埃里克看到我眼神朦朧，關上電視。

「妳想睡了嗎？上樓去休息吧。」他擔心的看著我說。

「不行，我不能睡著，不然又會進入夢境。」我拍打自己的臉頰，試圖讓自己保持清醒。

「你先睡吧，我一個人待在這裡沒關係。」我拿起遙控器打開電視。

他安靜靠在沙發扶手旁，手托著下巴，像在思考某些事情。

「不然，我帶妳去外面晃晃吧，說不定可以趕走想睡的感覺。」他興奮的移到我身旁。

「可是，外面不是很危險嗎？」

他手指著站在門外的隨扈。「有隨扈跟在身旁，不會有事的。」他高興的從沙發上站起，繼續說：「就指定妳這個當地人做我的私人導遊吧。」

「好吧，或許讓身體多動才不會想睡覺。」我站起來，脫下身上的外套還給他，他請隨扈拿一件厚外套給我。

我們走到外面，隨扈把車停靠在我們面前，不知是因為走動，還是外頭的冷風的影響，剛才的睡意瞬間消失，但眼睛卻有腫脹的感覺。

「妳要帶我去哪裡呢？」他好奇的盯著我看。

說實話，我從以前到現在很少外出走動，除了對於這裡街道的景色很熟悉外，並不知道太多的娛樂場所，以前常去的地方都是為了取材和放鬆心情去的自然景觀，至於其他的地方，像是酒吧或那些能讓他感興趣的娛樂場所我一概不清楚。

「可是，我現在能想到的只有海邊耶。」我尷尬的苦笑著。

「好阿，我們現在就去海邊。」

我跟隨扈說了地點後，他設定好導航系統，車子隨即出發前往海邊，看著沿途的風景，難過的感覺瞬間湧上心頭，被他這麼一問，我才發現自己對於家鄉的瞭解又更少了，之後我還能回復以往的生活嗎？還能像平常那樣獨自一人到外面散心嗎？

「妳這種症狀是什麼時候開始的？」

「好像從我有記憶以來就會做這種夢，醫生和我媽媽都認為我有嗜睡症，他們說我夢境的內容都是虛構的，直到我夢見自己變成你，又在新聞上看到你的消息，我才發現原來自己的夢是真的。」

我無奈的繼續說：「通常是我在夢中扮演的角色死亡後，我才會醒來，」我停頓了一會轉頭看著他，「但我一直搞不清楚，為什麼你會沒事？」也許，在我這一生中永遠不會得到答案。

「我想可能是腦波的連接斷裂導致的，聽我身邊的隨扈說，我中彈之後，心臟有停止跳動一會，是在醫生不斷的搶救下才使我恢復心跳。」

我質疑的盯著他。「所以必須讓對方經歷頻死狀態，我才會醒過來？」

「或許吧。」

「我這種症狀有辦法可以醫治嗎？」哪怕機會依舊很渺茫，但我還是不想放棄任何希望。

「妳要相信我，我一定會盡全力的幫妳，」他摸著我的頭，揚起嘴角的說：「但是需要給我一點時間。」

「謝謝你。」我內心雖然有種不安念頭，還是勉強的擠出微笑看著他，我從未想過要積極地為自己的病情找到解決辦法，倘若有一日能夠治癒，即使冒著生命危險，我還是願意嘗試看看。

我們一到海邊，我馬上帶他走到我平常沉思的地方，那個地方就算是白天，也很少人會從附近經過，大海的兩側可以看到整排夜景，我們走到一處角落坐下。

「這邊光害很少，可以看到許多星星。」我把自己知道的全都告訴他。

「妳常常來這地方散心嗎？」

我開玩笑的說：「嗯，這裡可是私人景點喔。」夜晚的寧靜，更能清楚地聽見海浪的聲音，冷空氣伴隨著微微的海風，瞬時讓我腦袋更加清醒。

「以前我只要遇到難過的事情時，都會來這裡放鬆心情。」我抬起頭看著天上的星空。

「妳可以說給我聽嗎？」他眼神專注的看著我。「我想多瞭解妳一點。」

我不知道該怎麼向他說，現在仔細回想起來，我好像從小到大還沒遇過真正開心的時候。

「若要說讓我難過的事情，應該就是我這一生幾乎都是為別人而活。」

他表情凝重安靜的看著我。

我繼續說：「我從小夢境中的最終結局都是死亡，雖然小時候一直認為夢境內容只是自己的幻想，但是那種夢境，對我來說太真實，彷彿親身經歷般，我難以抹去心中的那份懼怕，就算我說出來，別人也不會相信，那時我常常為了夢裡的自己，獨自一人躲在房內哭泣。」

「長大後，我只要睡醒就會開著車到處逛，試圖讓自己忘記夢中的一切，有時候夢到自己變成跳樓死亡的人，有時候夢到自己成為跟人火拼而身亡的黑道人物，夢境內出現的人都沒有一定的規律，我不知道自己下一次會進到哪個人的身體，也不曉得這些夢對我來說有什麼意義，直到遇見你後，我才能確定自己的夢境是真的，然而，在離開你的身體後，我又變成一個被家暴的小女孩，那時候我才曉得，或許上天這樣做有祂的用意，可能是希望我能幫助夢境中的角色，分擔他們生命中最後一段的痛苦記憶吧。」我苦笑的說，但一想起夢裡面出現的景象，眼淚仍不自主的從兩頰滑落。

他突然抱住我的肩，讓我貼近他的懷裡，或許是周圍安靜到只剩海浪的聲音，我漸漸的感受到他的體溫，內心的不安也逐漸消失。

雖然我經歷過無數的次死亡，但是夢醒了，發現自己還活著的那一瞬間，我從來都不曾感到難過，反而很慶幸自己能活下來，我永遠無法瞭解那些自殺的人為什麼腦中會產生放棄自己生命的念頭，既然連死亡都不怕，還有什麼能使他感到恐懼呢？

以前在情緒找不到出口時，我都會來這裡，每當我聽見海浪聲，總能讓我忘記過去種種的不愉快，看著天上的星星，就能忘了時間的存在，不知過了多久，我抬起頭看著天空，微弱的光線逐漸從海的另一端升起。

他拿起手錶看著時間。「已經六點多了，我們去覓食吧。」

「嗯。」

他開心的笑著，但依然能隱約地看出他眼神中的疲憊，在現實上我們是完全不相干的兩個人，卻因為夢境而認識，這種奇妙的感覺，直到現在我仍覺得很不可思議，雖然我的人生有一大半都是過著別人的生活，我希望就這 次，能讓時間停止在這一刻，只希望就這麼一次，能讓我為自己而活。

我們從沙灘站起，拍掉身上殘留的細沙，兩名隨扈走到我們身旁，引導我們走到車內，埃里克讓我先上車，我盯著站在車外伸起懶腰，揉著眼睛的他，我微笑注視著他上車。

「抱歉，被你看到了。」他害羞的低著頭。

「謝謝你陪我一整晚，若你累了可以先休息，不用顧慮到我。」我認真的看著他。

「沒關係，我應該還可以再撐一段時間，」他手摸著肚子靦腆的笑。「再說，我的肚子也餓了。」

等所有人員上車，隨扈立即開往餐廳，埃里克的手機突然響起，他接起電話，默默的聆聽另一頭傳來的聲音，突然收起笑臉，表情凝重往窗外看，臉上瞬時變得嚴肅，過了一會，才無奈掛掉電話。

「怎麼了嗎？」看見他的反應，我的心情也跟著緊繃。

「抱歉，我們可能要改變行程回去雅西一趟。」他勉強擠出微笑的看我。「達斯汀說，雅西那邊有些狀況要我回去處理，我們可能要在飛機上用餐了。」

「我們？我也要跟你一起去嗎？」

「當然，妳這次可不是在做夢，而是處在現實中，我不放心留下妳一人在這裡。」他擔心地握住我的手。

「可是，媽媽怎麼辦？」

「妳放心好了，我會把這裡所有的隨扈全都放在吉爾女士身邊，況且她的住處有我精心安排，不會有事的，等我們到雅西後，妳再跟她聯繫。」

「我現在能打電話跟她說一聲嗎？」

「暫時不行，不過，我想亞倫他們應該也會跟我們一起到雅西吧。」他腦中彷彿在盤算什麼。

亞倫？這跟打電話有什麼關係？

埃里克指示隨扈前往機場，車子隨即在馬路上大迴轉，埃里克一臉嚴肅的看著車窗外，像是發生了嚴重的事情，但我卻不曉得該從何問起，只能安靜待在一旁。

我們到機場等候，先前的兩名女服務人員站在外面等我們，她們兩人疑惑的直盯著我，讓我感到不自在，這時埃里克的手機響起，他走到一旁接電話，我經過她們身旁，自己一人的走到機艙內。
「才過一天而已，埃里克怎麼又換女人了？」一名紅髮的服務員說。
「他本來就是這種人啊，沒什麼好大驚小怪的吧！」另一名捲髮女人轉臉看她一眼。
「是沒錯啦，不過那女孩是誰啊？我之前好像沒看過她。」
「那不重要吧，重點是這個女人能讓埃里克持續多久。」捲髮女人用不屑的語氣，眼神充滿嘲諷的看著我。
我低著頭經過她們面前，假裝沒聽到她們的對話，但情緒仍無可避免的被她們影響，埃里克講完電話後小跑步的走到我身旁。
「怎麼了，妳的氣色好像不太好。」他壓低身體把臉貼近我。
我往後退幾步，試著跟他保持一點距離。
「我只是在想到那裡語言不通該怎麼辦？」我故意轉移話題。
「哈，原來只是這種小事，這妳不用擔心，我會請一位翻譯跟在你身旁，順便讓她教妳雅西語。」他鬆一口氣的把手機放入袋中。
我微笑的回應他，走到一處靠窗的座位，埃里克坐在我正對面，我不想讓他看到我內心的不安，刻意轉頭看往窗外，那兩名服務人員將早餐端到我們面前，其中一名女人對埃里克使了眼色，我假裝沒看到繼續吃東西，當初跟我聊天的那名紅髮女人站在我身旁。
「請問妳叫什麼名字？我好像之前沒有見過妳。」她好奇的問。
埃里克想請她離開，我阻止他。

「我叫夏洛特，很高興認識妳。」我放下餐具手伸向她。

「夏洛特，我還真的沒聽過，」她遲疑一會，握住我的手。「妳好，我叫帕蒂，很高興能認識妳。」

她不像蓓達她們那樣的勢利，看起來似乎很好相處，讓我鬆了口氣。

另一名服務員見到我們在聊天，也走到埃里克身旁，她穿著那極短的迷你裙，露出大部分修長的腿，坐在椅子的把手上。

「埃里克，你什麼時候再開派對，我們很久沒有參加活動了，身體都快生鏽了。」她撒嬌的手搭在埃里克的肩上。

「我記得前幾個禮拜才辦過，有很久嗎？」他放下餐具喝一口酒，遲疑的斜眼看著那名女孩。

「對阿，就是認識洛伊絲那次，妳忘了喔？」帕蒂像是在提醒那名服務員。

「說到洛伊絲，我記得她是雅西人阿？怎麼沒跟你一起回來？」那名女人聽到後，起身走到埃里克身旁坐下，勾著埃里克的手臂。

我聽見洛伊絲的名字，放下手中餐具，內心卻不停的掙扎，到底該不該告訴她實情。

埃里克突然放下酒杯，瞪大眼睛的看著她。「我需要把她的行蹤都告訴妳嗎？」

「對不起！」那名女人察覺出埃里克在生氣，連忙向他道歉。

「不要提她了，剛才不是說要辦派對嗎？埃里克你應該要辦一場，介紹夏洛特給我們認識阿。」帕蒂打圓場，試著轉移話題。

「嗯，這個提議不錯，回到雅西我們就舉辦一場歡迎派對吧。」他的表情一下子從嚴肅轉變為高興，帕蒂她們兩人像是鬆一口氣的互看對方。

「好嗎?夏洛特。」埃里克像是在等我回應。

「我只希望待會我不會睡著。」我開玩笑的對埃里克說。

我和埃里克互看對方的笑著，她們兩人不知道我所指的是什麼意思，疑惑的盯著我們看。

「我和卡洛先去整理東西，你們慢慢享用。」帕蒂說完，拉著卡洛離開。

卡洛轉頭看著我，眼神流露出濃濃的警告意味，我低下頭避開她的目光，卡洛會不會和黛娜一樣對埃里克身邊的其他女人不利呢?我開始擔心，自己是否會落得像洛伊絲一樣的遭遇。

「妳不舒服嗎?需要請醫務人員過來嗎?」

「不，我沒事。」我喝一口水，抬起頭微笑的看著他。「你先休息吧，昨天你一整晚都沒有睡。」

「沒關係，我不累。」他隨手拿起桌上的書翻閱。

我注視著埃里克，還是無法理解為什麼帕蒂和卡洛會那麼怕他，他們之間發生過什麼事嗎?他跟身邊的那些女人到底是什麼關係?我真的可以相信他嗎?

我闔上手中看完的書，轉頭看埃里克，他已經睡著了，他睡著的樣子不同於平常那種嚴肅的表情，多了幾分單純，最近發生太多的事情，讓我無法好好的喘口氣休息，看著他，我的身體也逐漸感到困乏，看著窗外發呆一陣子後，我的眼皮也慢慢沉重……

第五章

「繼續啊，妳停止做什麼？」一群男人在我耳邊大喊。

我睜開眼睛，發現自己全身赤裸站在一個小舞台上，我用手遮掩身體，快步跑到沒人的地方，一名年紀稍長的女人走到我身旁。

「艾維，妳怎麼了？」那名女人在我耳邊用低沉的菸嗓說著。

我害怕地不停啜泣，抬起頭看著那名女人，是貝蒂，她怎麼會在這裡？我仔細的觀察這棟建築物的四周，這裡是那間酒吧。

「為什麼突然不跳了呢？」她疑惑的場內，把手裡拿的衣服遞給我，我接過她手上的衣服，迅速穿上。

「妳是貝蒂嗎？」我穿好衣服後問她。

「妳是第一天認識我嗎？連我叫什麼名字妳都不知道。」她抽著手裡的菸笑著。

「埃里克他在哪裡？」

她丟掉手中的煙，雙手用力抓著我的肩膀。

「醒醒吧，妳不要老是想著埃里克，他已經有其他的女人了。」她激動的看著我。

「其他女人？我記得剛才我還跟他在一起的。」

「就是洛伊絲阿，埃里克上次帶來的那名女孩，聽說他已經跟那女孩去了德瓦，不知道什麼時候才會回來。」她又點起菸，無奈地的說：「妳還是回到現實吧，不然回去馬休又要打妳了。」

「馬休？」我對她口中說的名字完全沒有印象。

「就是妳的男朋友阿，上次來店裡找妳，還動手打妳，我勸妳早點跟他分手吧！雖然找不到像埃里克那種男人，但妳也不必隨便找一個吧。」

「他會打我？」我皺著眉頭看貝蒂。

「對阿，打的可兇了，真不曉得他的個性有哪一點好到，讓妳遲遲不肯放手，」她嘆口氣的繼續說：「其實我早就勸過妳幾百次了，只是妳之前都聽不進去。」

我毫無頭緒的盯著她。

「我看妳今天也沒辦法繼續工作了，還是早退好了。」她話一說完，轉身走進酒吧內，把手上的煙丟在地上踩熄。

我走到廁所內想藉著洗臉，讓自己清醒，當我看到鏡子時，發現我的臉完全變了一個人。這女人是誰？是貝蒂說的艾維嗎？我是夏洛特啊，我什麼時候變成她的？我為什麼一點印象也沒有呢？我剛才不是還跟埃里克在一起的阿？我來這裡之前在做什麼？

我一頭霧水的走出廁所，看到一名體型壯碩，皮膚黝黑的男人站在廁所外。

「艾維，妳終於出來了。」他使勁拉著我的頭髮走到門外，我痛到大叫，酒吧外的人眼睛直盯著我看，卻沒有人敢作聲，這個男的是誰？是馬休嗎？

他扯著我的頭髮，用力的把我甩在地板上。

「妳現在是在反抗嗎？敢在大家面前丟我的面子。」

「你是誰？」我趴在地上，抬起頭來瞪著他。

「我是誰，」他睜大眼睛，露出詭異的笑容。「哈，我是馬休阿，難道妳不認識我了？」

我沒有回答他，身上的疼痛讓我重心不穩，我吃力地站起，往後倒退幾步，試圖與他保持距離，他卻慢慢的朝我靠近。

「妳又想逃跑了是嗎？我看，妳是需要我幫妳喚起記憶，逃跑後會有什麼下場。」他拉著我的頭髮，不停的朝我揮拳，他的力氣大到我無力反抗。

身體的疼痛讓我的頭開始感到暈眩，這真的是我嗎？為什麼我會跟這種男人在一起呢？我的眼淚不停的流下，天空也開始下起雨，雨滴在我身體上，我卻感受不到……

◆　◇　◆

我醒來後，身體還在隱隱作痛，仔細看著周圍的環境，裡頭擺滿了兩個小朋友的照片，是家族照，牆上幾處油漆斑駁的痕跡，像是在老舊的房子內，但我還是記不起自己是怎麼來到這裡的？

我的右手背上有個刺青，難道說我現在還是艾維嗎？

我下床走到鏡子前，看著鏡子中的自己，樣貌依舊是艾維，但臉和身體上全是瘀青，我怎麼會變成這樣？腦內瞬間閃過馬休毆打我的場景，我害怕地不停啜泣，突然房間的門打開，我趕緊擦拭臉上的淚水。

「妳終於醒了，」貝蒂走進來，把裝滿水果的盤子放在桌上。「妳已經昏睡兩天了。」

「這裡是妳的家嗎？」

「嗯，那天我讓妳早退，卻沒發現馬休也在現場，等我下班後，看到妳倒在酒吧旁的巷口，就把妳帶回來了。」她說。

「妳應該要好好休息，不能亂走動。」她帶我到床鋪上坐下，自己拉了椅子坐在我身旁，幫我換上新的繃帶。

「妳怎麼會這麼笨呢？那種男人到底哪裡好？」她遲疑的斜眼看著我，等我回應。

我安靜沒回答她，回想那天發生的事情，原來還有人每天生活在這種恐懼之下，為什麼馬休都這樣對她了，艾維還會選擇跟他在一起，是馬休威脅艾維不讓她離開嗎？還是有其他原因？若真是如此，我該怎麼辦？

「要我陪妳回去拿東西嗎？妳應該不會想繼續住在馬休那裡吧。」她嘆了一口氣，繼續幫我的傷口擦藥。

我猛搖頭的看著她。「可是妳知道我住哪裡嗎？因為我完全不記得了。」

「妳該不會被他打到失憶了吧？馬休真是個人渣，怎麼可以把一個漂亮的女孩打成這樣？」貝蒂氣憤的將手中換下繃帶丟到垃圾桶。

聽到她提起馬休的名字，我的內心頓時湧入一陣恐懼，我真不知道這些年艾維是怎麼熬過來的？想到這裡心中突然難過起來，我還有機會變回夏洛特嗎？

「我先去準備了，等一下還要去開店，吃的東西我放在這裡了，妳這個模樣也不能去上班，這幾天就好好休息吧！等妳的傷口都好了，我再陪妳回去拿東西。」貝蒂轉身離開房間。

當她關上房門後，我獨自思索著要如何解決眼前這個困境，我應該要去找埃里克，只有他才知道我的狀況，可是我要怎麼接近他呢？他在雅西的住處都是透過隨扈開車載我們過去的，我根本不知道要怎麼到達那裡，但我必須要想辦法接近他，因為只有他能幫我了……

我在貝蒂家休息了幾天後，身上傷口好得差不多了，我下床走到客廳，貝蒂剛從浴室洗完澡，坐在我身旁用浴巾擦拭頭髮。

「我看妳的傷口都好了，今天就陪妳回去拿東西吧。」

「今天？妳不用開店嗎？」

「我開完店後，交給員工處理就可以了，誰叫我是妳的朋友呢？」她斜眼的盯著我。

「只有我們兩個女人？若是馬休動手打我們該怎麼辦？」我擔心的看著他，又讓我想到馬休當時的模樣。

「這妳就不用擔心了，埃里克有配幾名保鑣給我，帶他們一起去不就行了嗎？」她走到廚房倒水喝。

「埃里克為什麼會配保鑣給妳？」

「妳真的什麼都不記得了？」她在廚房洗著碗，一邊看著客廳跟我說：「他很喜歡這間店，就跟我買下它，又擔心會發生像上次查克的事情，就配幾名保鑣給我，保護店裡的安全。」

「妳知道埃里克住在哪裡嗎？」我眼神充滿希望看著她，期望能從她口中得到答案。

「唉，真不該向妳提起他的，不然妳又會沒完沒了。」她懊悔的長嘆一口氣。

「為什麼？」

「妳看起來像是失去記憶，為什麼就是沒有忘記埃里克呢？妳最好還是忘記他吧，我這幾天聽說他身邊的女人又換了，現在跟卡洛在一起，他們最近還有來店裡呢。」她冷笑的說著。

「卡洛？這個名字好耳熟。」

「就是那個空服員阿，每次在派對上都會看到她，好像是埃里克從德瓦回來後才在一起，我勸妳還是醒醒吧，埃里克是絕不會對一個女人認真的。」她從冰箱拿出一盤水果給我。

我沒有回應她，若是埃里克和卡洛在一起，那洛伊絲呢？我現在腦中只記得自己是夏洛特，艾維這個身體不是我的，我認識埃里克，埃里克應該會知道我為什麼會變成艾維，但是其他的事情我怎會完全沒有記憶呢？我變成艾維之前到底發生了什麼事？

「埃里克還會去酒吧嗎？在那裡可以見到他嗎？」

「妳又想做什麼？還想去見他嗎？」她激動放下準備要入口的水果。「拜託，小姐，上次有一個崔西，這次又換妳了，是嗎？妳難道忘記崔西那件事了嗎？」

「崔西的事？」

「上次就是她去鬧埃里克和那個洛伊絲，幸虧洛伊絲小姐是好人，否則我的店可能就會被埃里克收回去了。」她表情不悅的吃著水果。

「我求妳不要再去找他了，我覺得埃里克最近的心情好像很差，保險起見，妳還是少去惹他吧，」她雙手合十的哀求我：「拜託，算是幫我一個忙。」

我默默地點頭看著她。

貝蒂換好衣服，從臥室內走出來。

「面對現實吧，我們現在必須去那個地獄。」她微笑的看著我。

我被她的話逗笑。

「妳還笑，不知怎麼搞的，我們兩人都遇到這種壞男人。」她的手搭在我的肩上。「不過我跟我先生離婚時，幸好有妳陪在我身邊，否則我真不知道該怎麼熬過那時候。」

「現在不是換妳幫我了嗎？」我無奈的兩手一攤。

「唉，之前怎麼勸妳都不聽，希望這次妳可以從那人渣的手中脫離，不要再陷入其中了。」

我們走到屋外，進入一台保鑣駕駛的黑色轎車，車子停在一處老舊的社區，兩名保鑣跟在我們身後，貝蒂帶我到一棟白色建築物前停了下來，那棟房屋外牆的磁磚嚴重剝落，外面的草皮看起來像是很久沒有人整理，這社區的街道髒亂，街上沒有半個人，這裡真的是艾維住的地方嗎？

貝蒂在那棟建築物前敲著門，我和保標站在她身後。

「是哪個混蛋破壞我的美夢？」一名男人的吼聲從屋內傳出。

他打開門，裡面散發出一陣刺鼻的味，他發現我站在門口，用詭異的笑容看著我。

「妳還敢過來找我啊？還帶了這麼多人來？」他兇狠的瞪著我，不停地大聲謾罵。

「我們是來拿艾維的東西，你閃一邊去。」貝蒂推開他走進屋內，馬休正想朝貝蒂揮拳時，兩名保鑣架住馬休的手臂。

「放開我，你們這是在做什麼？」馬休大喊，沒有人理會他。

我和貝蒂走進去，屋內地板上垃圾散落一地，沒有一處是乾淨的，我們跨過垃圾堆走到臥室，看見有艾維和馬休兩人一起微笑的照片，她們之間到底是發生什麼事？當初甜蜜的兩人怎麼會淪落到這種地步，我望著臥室內的周圍，許多相框的玻璃全都破碎，相片內的人物依舊微笑著，顯得格外諷刺，臥室的牆壁和地板有幾處血跡，不曉得是不是馬休毆打艾維所造成的。

我拿起地板上的紙條，是馬休寫給艾維的道歉信，難道她是因為這樣就原諒了馬休嗎？艾維每次心軟的再給馬休一次機會，但他仍做出讓艾維失望的事，為何要這樣對待她呢？她有做出什麼對不起他的事情嗎？有什麼事情是嚴重到要拳腳相向？我看著另一封短信，裡面寫了艾維對馬休的話。

馬休：

我不知道自己這樣一而再，再而三的原諒你是對還是錯
每次下定決心想離開你時，又會想起剛開始跟你在一起時，你對我說過的話
你說會永遠保護我，不讓其他人傷害我，但諷刺的是，你才是那個傷害我最深的人
我真的不知道該怎麼做，才能讓我們回到最初，但我相信你能改變
所以我選擇原諒你，希望你能明白我對你的用心

艾維

我盯著那張紙條，悲傷的心情占滿了我的思緒，艾維看起來很喜歡馬休，對於他所犯的過錯完全不追究，但馬休卻一點也不珍惜這段感情。

「妳在看什麼？」貝蒂突然站在我背後。

「沒有，看一些之前寫過的小紙條。」

貝蒂拿走我手中的紙條，她讀完後揉成一團丟在一旁。

「妳不要留戀了，再這樣下去，那個人永遠不會清醒。」她警告的眼神瞪著我。

貝蒂用手煽去鼻子附近的味道。「我們還是趕快拿妳的東西吧，我可不想繼續待在這裡。」

「嗯。」我從衣櫃內拿出幾件衣物放在手提包內，我拿完東西後，跟著貝蒂走到客廳，我們迅速的離開這間屋子，我和貝蒂先上車，保鑣放開馬休的手，進到車內開車離開，馬休在後面不斷追著車子不斷咆哮。

「艾維，妳小心一點，我會再去找妳的，妳永遠別想離開我身邊。」馬休不停地咆哮。

聽見他的怒吼，先前的恐懼再次湧入腦海中，貝蒂在一旁安慰我，等車子駛離那棟住宅一段距離後，我的心才鬆懈下來，貝蒂看我放心也漸漸的露出微笑。

「妳什麼時候要回來上班？」她點著菸看我。

「我可以不做跳舞的工作嗎？我想當一般的服務員。」我難為情地問她，她吐出嘴裡的菸，我卻被她的煙嗆到。

「當然可以啊，」她看著前方思考著。「我就覺得奇怪，妳一直都不屑從事那種工作的，我不知道為什麼妳會主動要求那份跳舞的工作，當時妳只跟我說想賺更多錢，但我看妳平常也沒把錢花在其他地方，真不知道妳那些錢都用在哪裡？」

跳舞的工作是艾維主動要求的，她賺這麼多錢要做什麼？

「所以妳今天可以去工作嗎？還是要多休息幾天？」貝蒂問。

「就今天吧，以後要去妳家打擾妳了，我怎麼還可以自顧自的休息。」讓自己忙碌，或許能忘記許多不愉快的事。

她在菸灰缸彈了菸灰，轉頭看著我。「其實我也希望妳能夠出來走走，我怕妳待在家會想不開。」

「我才不會這麼傻呢，我已經把我跟馬休之間的事情全都忘了一乾二淨。」我可不想再跟他有所關聯。

她點頭的看著窗外，叫保鑣載我們到酒吧，我不知道自己是否還有機會能夠變回夏洛特，未來對我來說充滿許多變數，但我還是想繼續往前進，人或許是因為不知道日後會發生什麼事，才必須從過程中慢慢地發掘自己存在的意義，就算沒有辦法回到夏洛特的身體，我也應該要好好的過著接下來的人生。

我們到了酒吧，貝蒂到櫃台裡忙著準備，我幫她打掃四周的環境，隔沒多久我們就完成開店的預備工作，只剩等待營業時間的到來。

「還好有妳幫忙，讓事情順利不少，」貝蒂高興的坐在吧台內。「下班後我請妳喝一杯。」

店裡的電話突然響起，她接起電話，我安靜地待在一旁，她的表情開始緊張起來，直到她掛上電話。

「埃里克今晚要來，我們必須把包廂整理好。」她匆忙地走出吧台。

「妳先去休息，我來整理吧。」我走到包廂內，清掃裡面的環境。一人獨處時，我的思緒也跟著混亂，聽見埃里克要來時，我的內心又開始產生矛盾，要去找埃里克說明自己的狀況呢？還是讓自己安於現狀？我要怎麼做才能變回夏洛特呢？我不能犧牲艾維，我用雙手拍打自己的臉頰，試圖將自己拉回現實。

整理完包廂後，隔沒多久馬上就要開店了，這時店外停著一輛黑色轎車，一對男女走了下來，貝蒂走上前迎接。

「埃里克你來了，今天想叫女孩們陪你嗎？」貝蒂問，我站在櫃台準備東西。

「我今天只想待在包廂內，不希望其他人打擾我。」他面無表情走進酒吧。

「耶，怎麼艾維今天這麼早就來了？她不是晚上才上班嗎？乾脆叫她進來表演好了。」那女人眼神上下打量地盯著我，跟貝蒂說。

「妳是卡洛吧，我跟妳說艾維她現在不跳舞了，現在的她只做服務員，若妳們想要看表演，要不要我叫其他人過來？」貝蒂難為情的詢問卡洛。

「太可惜了吧，艾維不表演了？這裡客人豈不就少了一大半？」她驚訝的睜大眼睛，眼神不時的往埃里克方向瞄。

埃里克轉頭看著我，我趕緊低下頭做自己的事，他往我這裡走來。

「艾維，妳發生什麼事了嗎？」他擔心的看著我，但我不知道該不該向他說實話，我沉默一會，貝蒂在他身後不斷的用手勢跟我對話，像是要我回答他。

「我……不知道該怎麼說。」我避開埃里克的眼神，不敢看他。

他微笑的靠近吧檯，拉了椅子坐在我面前，卡洛見此情形，神情不悅的瞪著我，貝蒂一直在後面用嘴型跟我說話，但我不清楚她的意思，皺著眉頭看她。

「妳說吧，或許我能幫妳。」他雙手交叉的放在吧台上，等我回應。

我深呼吸整理自己的情緒，眼神鎮定的看著他。

「若是我說自己是夏洛特你會相信嗎？」我說完後緊閉著雙眼，怕會惹他生氣。

他突然衝進吧檯抱住我，我被他的舉動嚇到。

「妳是夏洛特？」他激動的雙手抓住我的肩。「我終於找到妳了，妳知道我一直到處在找妳嗎？」

「你真的願意相信我嗎？」我難以置信的看著他，眼淚不斷的滑落。

「我怎麼可能不相信妳，從剛認識妳的時候我就說過，不論如何我都相信妳，難道妳忘了嗎？」他欣喜若狂的緊緊地抱住我，不肯放開。

「我只是不知道該如何跟其他人說這件事，畢竟以前從來沒人相信我。」

埃里克牽起我手，把我拉進包廂內，貝蒂和卡洛被他突如其來的舉動嚇到呆站在一旁，我們走進包廂，卡洛也跟著進來。

「請妳出去，我有說妳可以進來嗎？」埃里克生氣的阻擋卡洛進來包廂內。

卡洛聽到後，氣得往外跑，我皺眉的看著埃里克，我真的很不喜歡他這樣對其他女人，或許她們可能只是喜歡埃里克的錢或地位，既然不喜歡那些女人，又何必給她們希望呢？

「妳怎麼了？」他疑惑的看著我。

「我不喜歡你這樣對她們。」

他不能理解的看著我。

我繼續說：「每次看到你用那種態度對她們，我就為那些女人感到很難過。」

「為什麼？我跟她們交往只是因為好玩，這是大家一開始就知道的。」他理所當然的說著。

「玩弄感情這一點已經是錯的，而且感情的事本來沒有一定規則，你怎麼知道那些女人嘴巴跟你說不介意，實際心裡卻對你是認真的呢？」

他面無表情的看著我，我們兩人沉默一會。

「我無法相信任何人，」他無聲地嘆口氣。「所以，對於那些女人我無法放真感情。」

我安靜看著他。

他繼續說：「但我不知道為什麼，只要跟妳在一起，就能讓我感到很開心。」

聽到這句話，我的情緒頓時複雜了起來，我不知道自己的內心是怎麼想的，以我現在的狀態，我能夠擁有屬於自己的感情嗎？

貝蒂突然開啟包廂的門。

「艾維，外面有一名女人說要找妳，」她說：「妳要出來看嗎？還是要我請她等一下？」

「我去看一下好了。」我起身，埃里克卻拉住我的手。

「我跟妳一起去。」

「沒關係，我自己去就可以了，反正我很快就會回來了。」我輕撥開他的手。

我跟著貝蒂走出包廂外，看到一名女孩高興地向我揮手。
「艾維，好久不見，最近過得好嗎？」她看起來像是艾維的老朋友。
「妳是？」
「妳不記得了嗎？我是瑪莎啊。」她遲疑了一會。
「不好意思，我有點記不得了。」我尷尬的笑。
貝蒂見到我們開始聊天，她拍拍我的肩膀，回到櫃台內繼續忙著她的工作。
瑪莎直盯著貝蒂離開的背影，我內心卻有一股不安。
她轉頭看著我。「聽說妳不跳舞了，為什麼？」
「我覺得當服務員也不錯，想嘗試其他不同類型的工作。」我不好意思跟他說實話。
「妳知道嗎？我們超想妳的。」
「妳們？」
「有幾個好久不見的老朋友在外面等著呢，我帶妳去找他們。」她高興的說，她的舉動讓我感到有些不對勁，我轉頭看著貝蒂，她正忙著調酒，我不甘願的被她拉到酒吧外。「妳見到他們一定會很開心的。」
我們走到外面，我回頭往後看，已經離開貝蒂的酒吧一段距離，她帶我走進一處小巷子。
「瑪莎，妳要帶我去哪裡？」這周遭的環境陰暗，路過的人不多，我開始感到害怕。
「妳馬上就知道了。」她微笑地看著我，但不知怎麼地，她的笑臉讓我心裡發寒。
走到一個死巷，路燈像是壞掉似的不斷閃爍，空氣中瀰漫著令人作噁的臭味，我用手摀住鼻子看著瑪莎。

「妳帶我來這裡做什麼？」

「當然是見妳最好的朋友啊。」

她走到巷子旁的大門，裡面突然出現三名壯碩的男性，天色太暗我看不清楚是誰，他們緩慢的靠近我，是馬休。

我轉身想跑，但他身邊兩名男人飛快的跑到我身邊，架起我的手臂，讓我無法動彈。

「妳好大的膽子，竟敢和貝蒂一起讓我沒面子。」他朝我臉上打一巴掌，我的嘴角滲出血。

「我已經跟你沒有任何瓜葛，為什麼不肯放過我？」我害怕的開始哭泣。

「放過你？」他說：「哼！我怎麼可能輕易的放過我的搖錢樹。」

瑪莎走到他身旁，馬休摟住她的肩。

他們兩人在一起，那麼艾維跟馬休又是什麼關係？我難以置信的睜大眼睛看著她們。

「這有什麼好驚訝的嗎？除了我以外，妳還有很多姊妹呢，自以為很受歡迎，可以讓所有男人都巴著妳不放嗎？」瑪莎走向我，朝我的身上吐口水，用高跟鞋踩住我的腳，我痛到叫出聲。

「不過，妳至少做對了一件事，」她說：「按照馬休吩咐接近埃里克。」

「接近埃里克？」

她沒理會我說的話，繼續說：「妳啊，現在就乖乖的待在埃里克身邊，他有的是錢，只要跟他打好關係，那種藥要多少有多少。」

「我才不會幫妳們幹這種齷齪的事。」

「該不會妳對埃里克產生感情了吧？」她看了馬休一眼，馬休不屑的瞪著我。

「這也難怪，」她說：「誰叫埃里克他人帥、聰明、又有錢，但是妳可不能愛上他，因為他是不會認真對待妳喔。」

我不想理她，撇過頭不去看她。

「只要妳乖乖的幫我們從他身上拿到藥，往後妳的日子會好過一些。」瑪莎的手摸著我的臉。

「我不要。」

「難道妳連自己的家人也不顧了嗎？」馬休怒視著我。

我抬起頭來看著他們，家人？艾維有家人？他們會對她的家人怎樣嗎？

「看來不給你一個教訓，妳是不會清醒的。」她對我身邊那兩名男人使眼色。

他們把我甩在地上，不停用拳腳毆打我的身體，頭和嘴角滲出大量鮮血，我的臉貼著微熱的柏油路，陣陣的暈眩讓我無法起身，他們朝我的胸口猛踹，瑪莎走到我身旁，她腳上的高跟鞋踩在我的手掌心上，我痛到大叫。

天空開始下起雨，他們馬上停手，跑到一旁的屋簷下躲雨，我使勁全身的力氣爬起來，拖著疼痛的雙腳想趕快逃離這現場，突然，一陣槍響，我的胸口湧出大量鮮血，我無力的癱倒在地上。

馬休和瑪莎走到我身旁，他們一群人圍在我身旁。

「她還有意識嗎？要送她到醫院嗎？」瑪莎嫌惡的用手摀住口鼻腳輕踹我的身體。

「妳瘋啦！若將她送到醫院，被發現是我們做的該怎麼辦。」

「埃里克會不會知道是我們幹的？」

「就算他知道又怎樣，只不過是讓他身邊少一個女人，他再去找其他的女人就好啦。」

「哈，也對。」

他們四人的聲音慢慢變小，離我也越來越遠，只剩下雨聲和經過街道的汽車聲圍繞在我身邊，雨滴不停地打在我身上，像是在清洗我遺留在地上的血漬。

突然，我的胸口劇烈的刺痛，呼吸變得急促，我大口喘氣仍感覺快窒息，這種痛苦使我的頭像是炸開般的感到劇烈疼痛，身體也漸漸昏沉。

我一次又一次的上演著死亡劇情，死亡對我來說究竟是什麼？人死後是否存在著另一個世界？還是人的死只不過是一種思想上的消失，當所有的想法全部消失，只剩下軀殼，那麼人活在這世界上的意義到底是什麼？難道生命只是出生與死亡的一種循環？艾維的靈魂還在這個身體內嗎？我的眼皮開始感到沉重，意識逐漸模糊，全世界彷彿只剩我一人……

第六章

我驚醒後胸口仍感到些微的刺痛，讓我難以喘氣，艾維死了，這裡又是哪裡？我努力的深呼吸平復自己的情緒，我急忙地走到鏡子前面，看著鏡中的自己，我的臉上全是乾掉的淚痕，汗水浸濕身上的衣物，臥室門突然打開，我驚嚇轉過身，看見一名女傭走進來。

「夏洛特小姐，妳終於醒了。」她把手上的東西放在桌上，朝我走過來。

「這裡是哪裡？」

「這裡是埃里克先生的住宅，需要我和他連絡嗎？」

我驚慌失措的在臥室四處走動，思索著剛才的夢境，我要去確認艾維是否還在那個地方。

「能麻煩妳帶我到埃里克常去的那間酒吧嗎？」

「可是，沒有主人的吩咐……」

「我有件很急的事情想確認。」我心急的抓住他的肩膀。

她猶豫了一會，接著說：「好吧，您跟我一起下樓，我馬上請隨扈去備車。」

我跟著那名女傭走下樓，她與樓下的隨扈交談了幾分鐘後，走到我身邊。

「小姐，這名隨扈會開車載您過去。」

「謝謝妳。」

她帶我走到戶外，門口停了一輛車，那名隨扈在一旁幫我開車門。

我急忙的跳上車。「可能要麻煩你開快一點。」

「好的。」

在車上，我腦中不斷回想我變成艾維的事，馬休不是艾維的男友嗎，怎麼還會跟瑪莎在一起？既然都知道馬休有其他女人，為什麼艾維還要執意的和馬休在一起？難道他們拿艾維的家人威脅她？越接近酒吧，我的心跳也逐漸加快，希望艾維能像埃里克那樣還存有一絲生命跡象。

到了酒吧門前，我等不及隨扈幫我開車門就自行下車，他們的手臂擋在我面前，想讓我直接進入酒吧內，我推開他們，站在酒吧外的人全盯著我們，我迅速的離開酒吧門口，滂沱的雨水打在我的臉上，內心的不安讓我忽略了臉上的刺痛，我狂奔到艾維出事的巷口。

看到艾維橫躺在地上，她的周圍流滿了鮮血，雨水不斷的沖刷地板的血漬，我呆滯的攤坐在地，不知所措的看著前方，幾分鐘前我還在她身體內，她死亡的那幕景象不斷湧入我腦中，我已經分不清停留在自己臉上的究竟是淚水，還是雨水。

忽然後方傳來一陣腳步聲，埃里克和一群隨扈跑到我身旁。

他震驚的停下腳步望著躺在地上的艾維，我一時之間還沒有辦法回過神，眼前的畫面讓我害怕的縮起身體，我緊閉雙眼，不敢再繼續的看著她，身體依然不停的顫抖，又是什麼原因讓我進到她們的體內，這其中有一定的規則嗎？我無法控制自己的眼淚，在這之前雖然我不認識艾維，但看著躺在地上的她，彷彿像是看見自己一般。

「夏洛特，還好妳沒事。」他用力的從我身後抱住我。

在他懷裡，我無法克制自己的情緒的大聲哭泣，埃里克指示隨扈處理後續的事情，隨扈在一旁忙著打電話聯繫，他將我從地上拉起，雨不停的下，我全身被雨淋濕，他撐著隨扈遞給他的雨傘，脫下自己身上的外套披在我肩上，攙扶我走到酒吧門外。

兩台警車停在我們面前，一名警員出面阻擋在我們前面。

「有民眾向我們報案，請問你們知道這裡發生了什麼事嗎？」

「小巷子內有發生命案。」埃里克手指著艾維出事的巷子方向，警員們走下車到命案現場。警車的鳴笛聲音太大，貝蒂聽見聲音後，從酒吧內走了出來。

「發生了什麼事，怎麼會有警察來呢？」

我聽不懂她所說的話，轉頭看著埃里克。

「艾維死了。」埃里克說。

貝蒂難以置信的看著我們，她先是呆滯一會，抓著埃里克的衣服。

「怎麼可能，她剛才還在跟一名女孩聊天……」她話說到一半手摀住嘴，突然放聲大哭。

「是馬休，一定是他，我真該死，怎麼會讓艾維一個人去見她。」她不斷的哭泣，攤坐酒吧門口的樓梯。

「馬休是誰？」埃里克低頭問我。

「是艾維的男朋友。」我擦乾眼淚的看他。

貝蒂吃驚的停止啜泣盯著我。

「是他害死艾維的。」我忍住自己難過的情緒，氣憤的抓著埃里克的衣袖。

「妳怎麼會知道艾維的事？」貝蒂突然用德瓦語說。

我慌張的看著埃里克。

「這不重要，先告訴我馬休人在哪裡？」埃里克說。

貝蒂帶我們走進酒吧內，她拿著寫了馬休住處地址的紙條交給埃里克，我站在一旁，貝蒂和埃里克說了幾句話，她擦乾眼淚試著調整心情，轉頭走回櫃台，兩眼無神的癱坐在椅子上，埃里克拿著紙條走向我。

「你為什麼要拿馬休的地址？」

「當然是幫妳和艾維出一口氣。」

「幫我出口氣？」

「嗯，難道妳沒有感受到那種折磨的痛苦嗎？」

死亡前的折磨，是我在夢中唯一能幫助那些人承受的痛苦，但這種痛苦比起那些失去性命的人來說，太過微不足道，再說，這種折磨對我來說算是真正的痛苦嗎？抑或是精神方面的折磨？為何上天要這樣對我呢？還有其他人像我一樣能在夢中進入別人的身體嗎？

「其實馬休對艾維做的事我都知道，」他摟住我的肩，無奈的看著我。「每次我問艾維是否需要幫她解決和馬休之間的問題時，她都避而不談。」

我沒回應默默地抬起頭看他，想起在馬休家內看到的那張紙條，就能想像艾維以前對馬休的真心，但馬休的思想卻被利益所蒙蔽，艾維就是這利益下的無辜受害者，想起她的遭遇，內心不禁為她感到悲哀。

「我以前都覺得艾維很傻，」他忿忿不平的說：「不論我和貝蒂怎麼勸她，艾維就是不肯離開他。」
「我想她不能離開馬休是有原因的。」
「什麼原因？」
「因為之前馬休有提到，若是艾維想逃跑，他們就會對她家人不利。」
埃里克嚴肅的思考著。
「但是，她只有一個妹妹……」
他像是突然想到某件事情，急忙地走到一旁角落拿起手機打電話。
過一會，他打完電話後，牽著我的手走進包廂。
「什麼事這麼緊急？」
「因為之前聽艾維說，馬休差點性侵她妹妹。」
「什麼？」我睜大眼睛的看著他。
「艾維臨時回家時發現的，當時還帶著她妹妹來找我幫忙。」
我沉默呆站在原地。
「我想艾維死了，馬休一定不會放過她妹妹。」
「那該怎麼辦？不能再讓他繼續傷害那些無辜的人。」
「別擔心，我剛才已經打電話請達斯汀派人去保護她妹妹了。」
我難過的坐在沙發上，想不到馬休竟然這麼可惡，可以這樣一再的欺負她們姊妹，像他這種只會利用別人的軟弱來滿足自身的利益的人，反而令人更加厭惡。

我們兩人聽見開門聲，目光同時轉向門口，卡洛從外面走進包厢。

「耶，夏洛特，妳終於醒啦？」她走到埃里克身旁坐下，手勾著他的手臂，繼續說：「好久沒有見到妳，難道妳一直都在睡覺嗎？」

「妳來這裡做什麼？」他生氣的瞪著卡洛。「我有說妳可以進來嗎？」

「唉唷，埃里克，你怎麼可以這樣，剛才是艾維，現在又是夏洛特，我都不知道你現在到底喜歡誰了。」

「是妳跟瑪莎說艾維的事情，對吧？」埃里克突然開口，我驚訝看著卡洛。

「什麼？」她驚慌的表情全寫在臉上，故作鎮定的看著埃里克。「你在說什麼？艾維發生什麼事情了嗎？」

「妳還在裝蒜。」埃里克把她的身體推向牆面，手緊緊地掐住她的脖子。

卡洛難以呼吸，無法說出任何話。

「住手！埃里克，不要傷害她。」

他沒聽到的繼續掐著卡洛，卡洛痛苦的流下眼淚。

「若你這樣做的話，跟馬休又有什麼差別呢？」我害怕地大喊。

他放下手，卡洛癱坐在地上不斷咳嗽。

「妳沒事吧？」我走過去攙扶她。

「不用妳多管閒事！」

她推開我的手，生氣的站起離開包厢。

他難過坐在椅子上嘆氣。

「很抱歉，讓妳看到這種畫面。」

「你知道錯就好，」我收拾著掉落在地上的物品，走到沙發上坐下。「想不到你對艾維用情這麼深。」

「用情？」他大笑的看著我。

「難道不是嗎？」

他搖搖頭的說：「當然不是，我只是覺得她的身世跟我很像，想幫她而已。」

身世？直到現在我還不知道他的過去，若是他跟艾維一樣，是否也有不可告人的祕密呢？雖然很想進一步瞭解埃里克，我卻不敢開口問他。

「妳怎麼會認為我喜歡她？」

我停頓了一會，聳肩的說：「可能是剛才你對卡洛的行為吧。」

「我還以為我表現的夠清楚了……」他話說到一半，深呼吸的繼續說：「今天發生那麼多事，妳應該也不想繼續待在這裡，對吧？」

我猛點頭看他。

「上次妳帶我去妳私房的景點，這次就換我帶妳去我的祕密基地吧。」

「祕密基地？」

他牽起我的手走到酒吧外，店內的人全都注視著我們的方向，他帶我快步地走上車。

隨扈開車停在一處遊樂園前，我看著錶上的時間，已經凌晨兩點，他迫不及待拉著我下車，我們走到遊樂園門口。

「可是，這裡已經關門了。」裡面一片漆黑，大門深鎖著。

「是嗎？」他不以為意的帶我走進遊樂園旁的一條小徑，他的表情就像尋寶的小孩子那樣天真。

「你要帶我去哪裡？」

他沒回應，牽著我一直往前走，周遭的草長得茂密，足以把我們掩蓋，我們走在草叢堆中，隨扈緊跟在後，努力的想追上埃里克的腳步，草叢光線昏暗，只有月光照在草堆上，越往裡面走，四周的吵雜聲音也漸漸消失，埃里克突然放慢腳步，這時我們的身邊不再是草叢瀰漫，而是來到了一座森林，中間有兩座木屋，木屋之間用吊橋串起，這裡完全被樹木包圍，像是為這間木屋設計的專屬圍牆，他放慢腳步走上木屋的階梯。

「這裡是什麼地方？」

「我的祕密基地。」他開啟木屋的門，裡頭隨即飄散出一陣陣木頭香，隨扈沒跟上來，停留在木屋下方，我們走進木屋內，裡頭的裝潢看起來像是普通的住宅，除了幾台突兀的電子儀器擺在那裡。

「這些儀器是在做什麼實驗？」

「前幾天妳睡著後，我有對妳的腦波做了一些檢查。」他忙著整理木屋內的環境，邊看著我說。

「檢查？」

「我發現妳的腦波跟當時洛伊絲的不一樣。」

我疑惑的看著他。

「所以，這些儀器是要釐清這個問題。」他講得頭頭是道，但我還是不懂。

他見到我的疑惑，放下手邊的東西走向我。

「妳還記得，妳變成洛伊絲的時候，我有請人幫妳檢查過腦波的事情嗎？」

「嗯……」我總覺得有這件事，模糊的記憶讓我不太確定。

「洛伊絲睡著的腦波顯現出的是意識層面波紋，但妳睡著的腦波卻是無意識層面的波紋。」

「那樣有什麼關聯嗎？」

「我想，若是將妳睡眠的波度調整為潛意識的波紋後，讓妳處於淺眠狀態，說不定妳就不會再進到別人的身內。」

「真的嗎？」我激動地看著他。

「嗯，但要完全治好，可能還必須排除一些因素……」他突然面有難色的看往別處。

「什麼因素？」

他沒回答我，繼續整理東西。

我從來沒有想過自己能有一天不用再為別人而活，對我來說，能夠過著像正常人般的生活，擁有完全屬於自己的人生，可能才是我真正的夢。

不曉得是之前睡太久讓我感受不到睡意，還是聽到能夠改變自己的現狀，現在我興奮的完全睡不著，我腦中列出一大堆清單，高興的規劃著未來，等自己的病好了，就能完成這些想做的事，但一想到艾維和媽媽的事情，我開心的情緒瞬間消失。
我走到埃里克身旁，他在廚房內整理物品。
「埃里克，我能打通電話嗎？」我小聲的問。
「怎麼了，為什麼突然想打電話？」他放下手邊的東西，直盯著我看。
「我想告訴媽媽這個好消息。」這段期間都沒有她的消息，我心中有些許不安。
他猶豫了一會看著我，神情顯得哀傷。
「怎麼了嗎？」我疑惑地盯著他。
「沒事，我想等成功後再說也不遲。」他繼續整理東西。
「嗯，好吧。」雖然嘴巴上這麼說，但心裡卻有些疑慮，感覺他像是有事情瞞著我。
我坐在木屋內的餐桌前，看著他烹調料理，仔細一看，這裡沒有半個女傭，他不是都喜歡安排女傭在身邊嗎？
「為什麼這裡沒有安排女傭服侍你？」
他端著盛滿食物的餐盤放在我面前，在我身旁拉了椅子坐了下來。
「我才不想讓別人破壞我獨處的時光，這裡只有我能來，連隨扈都不能上來。」
「那些女人都沒有來過嗎？」我揶揄問道，邊吃著東西。
「當然沒有，妳是第一個來這裡的人。」
「怎麼可能，」我微笑的斜眼盯著他。「你太太呢？她不可能沒來過吧？」
他沉默不出聲。

我又發現自己說錯話，急忙道歉。「對不起，我不是故意的……」

「除了妳以外，我這一生中從來沒有愛過其他人。」他手托著下巴看著我，表情顯得認真。

我臉頰開始發燙，我不知道該如何回答他，把臉撇到一旁不敢跟他對望。

「怎麼了嗎？」他伸手摸著我的頭。

「嗯……我吃飽了，想去洗澡。」我移開自己的身體，害怕讓他看到自己臉紅的樣子，站起來走到一旁。「這裡有浴室嗎？」

「有，在走廊的盡頭，衣服我也幫妳準備好了。」他忙著整理餐桌上的餐具。

我快速離開餐廳走到浴室，想讓自己的心情平靜下來，我從小到大很少與其他人接觸，有在互動的人只有媽媽而已，她也因為工作的關係很少待在家中，所有的事幾乎都是我一人完成的，習慣孤獨的我，有辦法跟埃里克在一起嗎？還是說，我能喜歡他嗎？

我洗完澡出來，穿著他準備的衣服，是一件粉紅色的洋裝，為什麼他總是喜歡幫我準備洋裝，穿著洋裝讓我感到很彆扭。

「不好意思，還有其他的衣服嗎？」我走出浴室不斷拉著裙襬。

「這是我為妳準備的，我覺得很適合妳。」他開心的看著我，把我拉到客廳的沙發上坐下。

「可是，我不習慣穿裙子……」

「怎麼辦？我只幫妳準備裙子。」他抿著嘴眼睛低頭看地板，像是難過的樣子。

我站起來安慰他。「算了，反正明天就會回去，今天就暫時這樣吧。」

他突然開心的看著我，那表情的轉換讓我頓時感到好笑，我在這間木屋到處走走，發現只有一間房間，他坐在客廳看著我。
「妳在找什麼嗎？」
「這裡只有一間房間，今晚我睡沙發好了。」
不知道是因為情緒的放鬆，還是知道自己的症狀可以治癒，洗完澡後更加深我的睡意，我身體逐漸的感到疲憊。
「我怎麼可能讓妳睡沙發，當然是妳睡房間，外面就由我來守著。」他抱著一顆枕頭身體直挺挺地坐在沙發上。
「謝謝你。」我伸懶腰走進房間，回想埃里克剛才看我的眼神，感覺有些哀傷，是發生什麼事不想讓我知道嗎？但我也無心多想，躺在床上沒幾分鐘就入睡了⋯⋯

◆　◇　◆

我驚醒的從床上坐起來，發現埃里克趴在我床邊，我急忙的走下床，拿鏡子照著自己臉，我還是夏洛特？怎麼可能，我沒有作夢？沒進入其他人的身體？埃里克是正確的？我興奮的掐著自己的臉，想確認自己是否清醒，會痛，我真的已經擺脫死亡的循環嗎？
埃里克被我的聲音吵醒，走到我身後抱著我。
「妳醒啦？」
「不好意思，吵到你了，」我掙脫他的手轉身看著他，高興的舉起手中鏡子。「你看，我沒有變成其他人。」

「嗯。」他彷彿有心事的直盯著我看。

「怎麼了，難道你不開心嗎？」

「沒有，只是⋯」他欲言又止的看著前方，突然轉移話題。「這裡也沒其他食材了，我們回去吃飯吧。」

「嗯。」我原本高興的心情，被他的冷漠澆熄，只能無奈的看著他。

他像是有事情瞞著我，我卻不知道該從何問起？我換下身上穿的粉色洋裝，我們走出木屋，他不發一語牽著我，昨天在我睡著後有發生什麼事嗎？為什麼才一夜之間，他的態度就變得如此冷淡，這種疑慮在我腦中沒有停留太久，我只想快點跟媽媽說這個好消息。

隨扈帶領我們走到車上，他們開車前往一間餐廳，在車上我們沉默不說話，他一直盯著窗外看，難道他對我已經沒有感覺了，還是昨晚對我說的那些話，只是例行公事？而我只是他眾多女人的其中之一？難道真的像蓓達所說，過了這個禮拜，他便會再尋找下一個女人。

我們到一處外觀看起來頗高級的餐廳，若是以前的我一定沒辦法來這種地方，不知怎麼的，內心漸漸覺得自己和他之間的隔閡越來越大，直到現在，我還是不瞭解他的過去。

「這家餐廳我很常來，希望能合妳的胃口。」

他的話讓我回過神，我暫時讓自己不去多想，勉強擠出微笑看他。

我們走進餐廳，達斯汀和蓓達已經坐在裡面，埃里克不悅瞪著他們兩人，蓓達一見到埃里克，馬上衝到他身旁抱住他，我走到一旁的位子坐下。

「哎唷，蓓達，妳要克制自己舉止，這樣才能讓他對妳產生新鮮感啊。」達斯汀喝了一口酒的看著他們。

「沒辦法，誰叫我太久沒見到埃里克。」她直接親吻埃里克的嘴。

埃里克推開她，突然往我的方向看過來，我轉頭盯著菜單不敢看他們。

「這就是埃里克新的女人嗎？」她走到我身旁伸手摸我的臉，我害怕的身體往後退。

「我有說妳能碰她嗎？」埃里克推開她的手，蓓達難過地走到達斯汀身旁坐下。

「還是我們去別的地方用餐？」他小聲的在我耳邊說。

我看見蓓達的眼神，眼睛瞪大看著我，我轉頭看著埃里克。

「沒關係，既然都來了，我們就待在這裡吃吧。」我對他微笑後，隨即繼續低頭盯著手上的菜單，這裡隨便一個套餐的價格都昂貴到讓我覺得不可思議，我點了一個最便宜的簡餐。

菜送到我們面前，整個餐桌都是達斯汀和蓓達的聲音，埃里克隨口附和她們的對話，我沒有胃口，吃了幾口後就放下餐具。

他看到我的行為，擔心的問：「妳怎麼了，吃不下嗎？」

「嗯。」我點點頭。

蓓達突然眼神不屑地瞪著我，我避開她的眼神。

「有什麼事可以跟我說。」

我沉默了一會，看著他。「我可以打通電話給我媽媽嗎？」

他突然放下餐具。「夏洛特，很抱歉……」

「為什麼要跟我說抱歉？」我疑惑的看著他。

「妳媽媽幾天前在德瓦失蹤了。」

「什麼？」我驚訝的從椅子上站起來，原本在大聲聊天的蓓達和達斯汀被我的聲音嚇到頓時安靜，同時往我的方向看過來。

「我已經派人去找了。」他抓著我的手，我推開他。

「你為什麼從來沒跟我說過這件事？」我難過的喊著。

「我只是不希望妳擔心。」他摸著我的臉，我的眼淚卻滴在他手背上。

「你知道這麼做只會讓我更難過嗎？」

「對不起，我……」

「我應該要早點認清事實的。」或許是我太相信埃里克，才會讓自己陷入他的擺佈。

「什麼事實？」

「對你來說，我只是其中的一個女人，」我哭著的看他。「不，確切的說，我只是你的玩具。」

「不是，妳誤會了……」他不斷的走向我。

「玩弄別人的感情，會讓你感到快樂嗎？」我難過的不停往後退，我只是他的玩具，玩弄我只是他用來打發時間的一場遊戲，我看著蓓達和達斯汀，蓓達像是在看笑話，用嘲笑的眼神看著我。

「夏洛特，妳聽著……」他伸手想抓住我的手臂，我掙脫他。

「是我太傻，才會這麼的相信你。」

我轉身跑出餐廳，想遠離這所有的一切，媽媽失蹤了，她會不會和洛伊絲一樣，只因為跟埃里克有關聯就被囚禁在一處無人知道的地方？我不停的奔跑，直到全身無力才停下腳步，我看見前方的一處海岸邊，回頭已經不見餐廳的蹤影，後面依舊跟著埃里克身旁的兩名隨扈，我不想理他們，走到一旁的涼亭坐下望著眼前的海。

從以前到現在，只有我和媽媽兩人相依為命，我沒有任何人生目標，只希望有一天自己的疾病能夠被治癒，跟她過著平凡的生活，那也是我活在這世上唯一的一個願望，現在，我的病已經好了，卻失去了她的消息，若是媽媽死了，我該怎麼辦，我從來沒有想過自己會有和她分開的一天。

現在的我又該何去何從？我要怎麼回到德瓦找她？在這裡我只認識埃里克，他會幫我嗎？還是玩完了他就會把我丟到一邊呢？我真的好傻，為什麼當初會這麼的相信他？

天色漸漸的變暗，海面上的冷風吹進我的皮膚內，我捲曲身子，雙手抱膝想讓自己更暖活，身後突然有腳步聲接近，我往身後看，是埃里克，我跳下椅子轉身離開，他卻用力抓住我的手，我無法掙脫，他脫下身上的外套披在我身上。

「夏洛特，我給妳看一樣東西。」

我撇過頭不想看他，他從紙袋中拿出一些文件放在我面前，ExD計畫？這是什麼，為什麼要給我看著些文件？

「我想這可能是妳媽媽失蹤的原因。」

「這是什麼？」我疑惑斜眼看他。

「我一直在思考到底要不要向妳說明這件事，」他放開我的手，走到一旁。「我真的很害怕妳會無法接受。」

我接過那份文件，仔細地閱讀內容，**Extension of Death**？死亡的延伸？是以人體實驗的計畫嗎？為什麼這會跟她的失蹤有關？

「這是我十幾年前被邀請加入的一個國際性的計畫，當時我才十八歲，在好奇心的驅使下，想藉由這個場合，測試自己的實力，」他牽著我走到涼亭內坐下。「但是我發現裡面有一些問題後，我才退出這個計畫。」他神情哀傷的把頭撇向另一邊。

「這為什麼會跟她有關？」

「我想吉爾女士應該也是這計畫的其中一員。」

「這個計畫失敗了嗎？還是，她因為參與這個計劃而被綁架？」

「不，我認為這個計畫應該已經成功一部分了，至少我是這麼認為，」他無奈聳著肩。「我們先回去吧，回去之後我再慢慢的跟妳解釋。」他起身想拉著我一起走。

「為什麼不能在這裡說？」

「因為我怕到時候說錯話，妳又會突然跑掉了。」他故作生氣，雙手抱胸揶揄地說，讓原本還在生氣的我，被他舉動逗得呵呵笑。

我從來都不知道媽媽有參與那項計畫，這計畫是機密嗎？現在回想起來，我對媽媽的認識好像不多，我只知道她在某家醫院上班，其他的一概不知，對於我的父親是誰，我卻從來都不知道，這是一個正常的家庭該有的樣子嗎？

隨扈的車子停在路旁，我們上車，我不曾懷疑自己的家人，或許是我在夢中的時間比清醒的時間還要長，而忽略掉這一點，沒仔細的去探究，當時我內心一直認為父母是因為我的疾病而離婚的，既然如此，為什麼我的內心仍有種不安的感覺呢？

「我知道妳現在有很多疑惑。」

我停止思考的盯著他看。

「但這還只是我的猜想，說不定吉爾女士並未參與其中。」

我低頭閱讀著他給我的文件，裡面一堆像是藥品名稱和專業術語，我完全看不懂，這個計畫到底是做什麼的？我毫無頭緒。

我們來到一處別墅外，裡頭傳來一陣陣的吵雜聲，女傭們看到我們的座車，急忙的出來迎接，我把文件還給他，他接過牛皮紙袋後，我們走下車。

我聽見屋內傳來音樂聲，停下腳步，好奇的問他：「裡面還有其他人嗎？」

「等一下妳就知道了。」他興奮的牽起我的手，走上階梯。

我從未感到如此茫然，直到現在我才發現，我並不瞭解我的母親，若要說出自己對於她的認識，可能就僅限於外表的印象，儘管如此，她仍是我唯一的親人，現在的我只能祈禱她能平安無事。

我們一進到屋內，蓓達高興的勾著埃里克的另一隻手，這裡所有的人我都不認識，一名女子走到我面前。

「妳好，夏洛特，我叫格蒂。」

我驚訝的看著她，這裡除了埃里克跟達斯汀以外，竟然有人會說德瓦語。

「格蒂是我的朋友，在這段期間我請她當妳的語言老師。」埃里克微笑的站在我和格蒂中間。

「語言老師？我為什麼要學雅西語？」

「因為妳可能要在這裡住上一段時間，我當然希望妳能快點適應這裡的環境。」

「可是，我想回德瓦。」

「妳放心，我一定會帶妳回去，只是需要一點時間。」他安慰地摟著我的腰。

「但是，我不放心……」

他壓低身體的靠在我耳邊。「我知道妳擔心吉爾女士的安危，但是妳不用怕，她會沒事的。」

我嘆口氣的看著他，聽到他這句話，讓我內心又增添了更多不確定感，若是現在回到德瓦，我又能做什麼呢？我開始討厭自己的無能為力，埃里克才剛說完話，馬上就被一群人包圍著，我走到餐桌旁，隨手拿起擺在桌上的酒。

「妳認識埃里克很久了嗎？」格蒂跟在我身旁的問。

「沒有，才幾個月而已。」我猛灌著手上的酒眼神直盯著埃里克。

他皺著眉頭盯著我，像是想擺脫那些人過來我這，他被那群人團團包圍住無法動彈。

「看起來妳很在意他。」

「我嗎？」我被她的話嚇到，睜大眼睛的轉頭看著她。

「我勸妳不要放太多心思在他身上。」她揚起嘴角，淡淡的說：「他身邊從來都不缺女人，只要新鮮感沒了，馬上就換下一個，我也是其中之一。」

一名服務生走到我身旁，我把空杯放在托盤上，拿了兩杯酒，一杯交給她。

「妳們明知道埃里克是這種人，為什麼還要跟他在一起？」

「一開始我們都說好了只是玩玩的，但是在交往過程中他的貼心舉動，讓人很難不愛上他。」她喝了一口酒繼續說：「愛情這種東西，誰先認真，誰就輸了。」

我喝著手上的酒，是因為這種酒太烈嗎？還是我喝了太多杯，我的頭感到一陣暈眩，再加上聽到她的話，突然間，我一股腦說出心中的悶氣。

「我不這麼認為。」我努力的用手撐著一旁的桌子。「妳們到底把愛情當作什麼？當妳一開始就抱著玩樂的心態去接近一個人時，那種愉悅感根本不叫愛情。」

我喝一口手中的酒，繼續說：「真正的愛情應該是全心全意、不求任何回報的付出，那才是真正愛情。」

埃里克走到我們身旁看我們在聊什麼，蓓達也跟他一起走過來。

「夏洛特，妳喝醉了。」他擔心的在我耳邊輕喚。

「你來正好，我們正在說你的事。」我微笑的手指著他。

「我？」埃里克疑惑的看著我。

我點點頭，眼睛模糊的盯著他。「嗯，說你為什麼這麼花心。」

格蒂在一旁竊笑，一邊跟蓓達解釋著我說的話。

「妳們剛才到底在聊什麼？」埃里克不解的問著格蒂。

我試著掙脫他的手走到一旁的椅子坐著，但頭暈的脹熱感頓時讓我雙腳癱軟，我蹲坐在地上，埃里克將我抱起，帶我到一間無人的房間，後面跟著一群女傭，她們忙著整理東西，埃里克在一旁不斷的呼喊我的名字，但我的意識逐漸模糊……

第七章

我醒來後看到身旁站著一名女傭，劇烈的頭痛使我一時之間爬不起來，我看著自己的雙手，我還是夏洛特嗎？我拖著沉重的腳步，緩慢的走到一旁的鏡子前，我沒變成其他人，但這種喜悅隨著我的頭痛而消失，我走到床邊坐下，試著回想昨天的記憶。

「請問，妳知道埃里克在哪裡嗎？」

她沒回答我，眼睛朝浴室的方向看過去，一名裸著上半身的人從裡面走出來，是埃里克，我驚訝的大叫。

「怎麼了，妳還好嗎？」他擔心的跑到我身旁，頭髮的水滴在我身上，我撇過頭往女傭的方向看，她待在一旁竊笑。

「你可以先把衣服穿好嗎？」我緊閉雙眼，不敢看他。

「妳不習慣嗎？」他口氣像是在懷疑似的，難道我應該習慣嗎？雖然我不是第一次看到他的裸體，但突然站在我面前，我還是很難適應。

他無可奈何的穿著衣服。

「好了，妳可以轉過來了。」

我鬆口氣的坐在床邊，他坐在我身旁手摸著我的頭。

「妳的頭還會痛嗎？」女傭在一旁幫他整理頭髮。

「託你的服，我現在完全清醒了。」

「昨晚妳又嚇到我了。」

「又？」

他推開女傭的手，轉身面對著我。

「妳不能喝酒，就不要喝這麼多，否則我要有幾個分身才夠用？」

「我昨天做了什麼嗎？」我心虛的看著一旁的女傭，她們只對我微笑點頭，我努力的回想昨天和格蒂討論過的事情。

門外突然傳來一陣敲門聲，女傭幫忙開門，格蒂獨自站在門外。

「我依約前來了。」我看到她後馬上從床鋪上站起來，埃里克站在一旁打呵欠的看著我們。

「夏洛特，我最近有些事情要先處理，這幾天暫時由格蒂陪妳。」他的臉突然靠近我耳邊小聲的說：「我會繼續幫妳注意吉爾女士的事情。」

「我不能一起去嗎？」

「妳現在可不是在做夢，是真實的活在現實中，再說，我可不希望妳受到任何傷害。」他吻了一下我的額頭，我呆滯的站在一旁，他走到格蒂身旁交代了一些事情，女傭幫他換好衣服後，他彷彿有急事，一轉眼馬上就離開了臥室。

「看來，妳應該可以待在埃里克身旁一段時間。」她笑笑的走到我身旁。

「妳誤會了，我跟他不是妳想像的那種關係。」

「喔？」她遲疑了一會的看著我。

「應該說，雖然我對他有好感，但我到現在都不確定他是否真的喜歡我？」我難過的看著窗外，他的心裡真的有喜歡過我嗎？還是就像昨天格蒂說的一樣，每個女人都認為自己就是那個最特別的人，我也只是其中之一而已。

她發出笑聲，盯著我看。「妳難道從來沒有交過男朋友嗎？」

聽見她的笑聲，讓我心裡感到很不是滋味，沒交過男友是一種錯嗎？我沒理會她，隨著女傭走下樓準備用餐，她也跟著下樓。

「對不起，我是笑得有點過頭了。」

「妳知道就好。」我嘆口氣的繼續往下走。

「說真的，妳真的沒有交過男朋友嗎？」

「沒有，這很重要嗎？」她走到餐桌前坐下，埃里克不在後，我不習慣女傭服侍的感覺，走到一旁幫忙。

一名女傭拿走我手中的餐具。「小姐，這裡我們來用就好了，妳坐著休息吧。」

「沒關係，現在埃里克也不在這，妳們先去休息好了。」我推著她們背後，讓她們離開餐廳去休息。

我把早餐端到格蒂前面，也拿了一盤自己的放在餐桌上。

「所以妳們還沒那種關係？」

「什麼關係？」我一邊吃著東西，一邊看著她。

「嗯，沒事，」她欲言又止的停頓一會，發出感嘆說：「妳真的跟其他女人很不一樣。」

我沒理會她說的話，或許是昨天吃的比較少，我肚子餓到吃了兩份早餐，我們吃完早餐後，我整理桌面上的餐盤拿到洗手檯洗淨，才剛走到客廳，一名女傭馬上走到我身旁。

「達斯汀先生來訪，要請他進來嗎？」那名女傭說。

「可是，埃里克今天又不在這裡，他來這裡做什麼？」我看著女傭，她也一頭霧水的等我回應。

「算了，讓他進來好了。」

過了一會，女傭帶他走進客廳，格蒂見到他馬上站起朝他走過去，給他一個擁抱。

「夏洛特，妳還好嗎？」他關心的問著，但不知道為什麼他總是讓我有一種莫名的恐懼感，我不敢直視他的眼睛。

「嗯，可是埃里克不在這裡。」

「這我知道，是他叫我來看看這裡有沒有需要幫忙的，聽說妳讓埃里克整夜沒睡喔？」

整夜沒睡？我自己也不清楚，昨晚我記得在床上躺下後，馬上就睡著了，根本不知道接下來發生什麼事，他是在想什麼事嗎？不然為什麼會沒睡呢？

「還好，今天他去德瓦辦事情還能夠在飛機上小睡一會。」

「德瓦？他去那裡做什麼？」

「我也不清楚，他說有些事想確認，但不用擔心，這次我派了一大堆保鑣跟在他身旁。」

他是想去確認媽媽的事情嗎？

不知道她現在過得怎樣？之後，我也能回德瓦找她嗎？

「我現在能去德瓦找埃里克嗎？」

「不行，我也很希望能夠讓妳去，但是他已經交待我了，所以妳還是先待在這裡等他的消息吧。」他點起菸，才抽第一口，我就被他的菸嗆到，他急忙的把菸熄掉。

格蒂和達斯汀聊著天，我腦內卻想起那個計畫，為什麼埃里克聽到那個計畫會這麼不開心？媽媽是計畫中的一員，我卻毫不知情，到底誰說的話是真的？我又該相信誰？

達斯汀跟格蒂聊完天後，起身離開這裡，等到只剩我們兩人獨處時，格蒂也開始教我這裡的語言，埃里克才離開沒多久，我就已經開始想起他，倘若有一天，我和其他女人一樣離開他身邊，還能有機會再見到他嗎？

時間到了晚上，我一如往常的洗完澡準備睡覺，那些女傭開始在我身旁忙起來。

「妳們開這些儀器要做什麼？」我看著她們操作的那幾台儀器。

「這是主人要求我們做的。」

「這些儀器要用多久？」

「這我也不清楚。」她繼續操作手邊的儀器。

她們整理完後，隨即離開房間，剩我一人在房內，我看著周圍的裝潢，和埃里克其他的住所相差不遠，光這個房間就比我家還來得大，讓我很沒安全感，是因為埃里克不在我身邊嗎？之前我是想盡辦法讓自己不要入睡，現在的我想睡卻失眠，我走到書櫃想找本書打發時間，但這裡的書幾乎都是我看不懂的語言，我開門想到樓下走走。

「小姐，妳怎麼出來了？」一名女傭站在外面。

「我睡不著，想倒杯水喝。」

「我幫妳倒吧，妳可以先回房休息。」

當她正準備走下去時，我拉住她的手。

「請問妳叫什麼名字？」

「我叫愛瑪。」

「愛瑪，妳可以帶我在這棟建築物內逛逛嗎？」

「可是，沒有主人的允許⋯」

「那麼我自己出去走走，妳就當做監視我的人，跟在我後面，這樣總可以了吧？」

她猶豫看著我，我直接走到隔壁的另一間臥房，打開門只見裡面擺著一張床框，除此之外，沒有其他的擺設。

「這間也是客房嗎？」我遲疑的停頓一會。

「嗯⋯⋯沒錯。」

「所以能住的客房只有我那間嗎？」

「妳那間不是客房，是主人的房間。」

我正準備繼續走，她卻突然緊張的拉著我。「小姐妳不用看了，其他幾間也是一樣的，我們可以回去了嗎？」

「若妳可以陪我聊天，我就回去。」

「嗯。」她無奈的點頭牽著我走回房間，我拉一張椅子讓她坐。

「沒關係，我站著就可以了。」她慌張的說。

「反正又沒人看到，妳就坐著休息吧。」我輕壓著她的肩，讓她坐在椅子上。

「妳為什麼這麼緊張？只不過是去看其他房間罷了。」

「主人很注重隱私，沒有他的允許，我們是不能到處走的。」

「可是，他應該不常回來這裡吧？」

「妳怎麼知道？」她驚訝的從椅子上站起。

「這不是應該大家都知道嗎？」

「嗯，不是的，因為主人身邊的女人都不會超過一個禮拜…」她話突然說到一半停止。

「怎麼了？」

「對不起，我說了不該說的話，我還是去外面守著吧。」她匆匆地走到門外，關上門。

難道這裡的女傭都知道他的過去，但他身邊的女人都不知道嗎？他為什麼想刻意隱藏這些事情，有什麼不可告人的祕密嗎？不然，為什麼女傭們談到有關他的事情會如此慌張？

◆　◇　◆

過了一個禮拜，我已經習慣平靜的醒來，這幾天格蒂教我說這裡的語言，現在我大致能夠簡單的對話，不曉得為什麼我會學得這麼快？是因為先前進入到別人的意識內嗎？那些語言在我腦中就像是一種深層的記憶，我學習只是將那些記憶再次的提起，但學了這個語言有什麼用處嗎？

若是回到德瓦，就不會再接觸到這裡的語言，這些事物將會完全的在我周圍遭消失，到時候我又該如何忘記他呢？

「小姐，妳好，我們來幫妳更衣。」愛瑪拿著衣物走進房間。

「不用了，跟平常一樣我自己來就可以了。」

「可是今天主人會回來。」

今天回來？埃里克找到媽媽了嗎？

我急忙的從床鋪上跳下來，聽到樓下傳來蓓達的聲音。

「是蓓達來了嗎？」

「嗯，她應該是跟達斯汀先生一起來的。」

「格蒂小姐呢？」

「她已經先到樓下找蓓達小姐他們了。」

我穿好衣服，簡單的梳洗後，一如往常的走下樓，蓓達用不屑的眼神瞪著我。達斯汀揮揮手要我過去加入她們。「夏洛特，快來這裡坐。」

我點頭的走到他們身旁。

「不知道這次埃里克可以維持多久？」蓓達諷刺的斜睨我一眼。

「可能會再撐個幾個月也說不定。」達斯汀聳肩回答。

「幾個月？我看等一下埃里克回來，說不定身邊就帶著另一個女人了。」她緩慢地拿起桌上的茶往嘴裡送。

「可是，這裡的女傭可是埃里克特別挑選過的，所以這次可能會維持比較久。」
「挑過的？」蓓達放下手中的杯子，轉臉看著達斯汀，我和格蒂也往達斯汀的方向看過去。
「妳沒有發現這裡的女傭都會說德瓦語嗎？」他看著我說。
我微笑的看著他，沒有回應，我不想參與他們的話題，埃里克真的是他們嘴裡說的這種人嗎？若真是如此，他也會這樣對我嗎？
聽見門外傳來的引擎聲，女傭們急忙的走到門外迎接，她們三人的談話也瞬間停止，埃里克才剛踏進客廳，蓓達就衝上前去抱住他，埃里克拉開她的手，快步的走向我。
「夏洛特，我回來了。」他全身充滿酒味的抱住我，我推開他的身體，讓他坐在一旁。
達斯汀吩咐女傭準備埃里克的衣物，蓓達和格蒂兩人吃驚的看著渾身酒氣的他。
「他怎麼會喝得這麼醉？」我問達斯汀。
「我也不知道。」他聳聳肩，隨即跟幾名隨扈攙扶埃里克走上樓，蓓達也跟著過去。
格蒂默默的搖頭。「我還沒看過他喝得這麼醉。」
「他是發生了什麼事嗎？」
「不知道，他向來不喜歡和其他人提起有關工作上的事，就連我也一樣，我想他認識的人裡面，知道他所有事情的只有查克了。」
他的內心到底隱藏了什麼事？有什麼事是不能說的嗎？上面突然傳來玻璃碎裂的聲音，我和格蒂聽見後急忙走上樓。
「滾！都給我出去。」埃里克在臥室內大喊。

蓓達蹲在地上哭泣，達斯汀將她拉到走廊外。

「怎麼回事？」格蒂緊張的問達斯汀。

「他不讓人接近，我問他也不回答。」達斯汀在一旁安撫蓓達，無奈的看著格蒂。

女傭們全部都嚇得站在門外。

「只能讓他好好的休息，依現在這種情形，我們也很難接近他。」格蒂嘆口氣的看著我。

「我們先回去吧，等晚上再過來看他。」達斯汀跟她們說，他們三人走下樓，留下我和女傭們待在走廊上，女傭們不知所措的互看著對方。

「愛瑪，我能進去看他嗎？」我擔心的問她。

「這我也不清楚。」她慌張的看著其他兩位女傭，她們安靜的站在門外不敢發出任何聲響，我慢慢的打開房間的門走進去。

我一進門就看見他頭髮凌亂的坐在床鋪上想事情，我身後的門突然發出一陣聲響，我嚇到的站在原地，他迅速的走下床，把我身後的門關上，他裸著上半身抱住我，我怕他生氣，緊閉雙眼不敢看他。

突然間，我的嘴唇附近感到一陣溫熱，張開眼睛卻看見他在親吻我，我嚇得急忙推開他，往旁邊移動。

「對不起……」他神情哀傷的看著我。

「你不舒服應該要好好休息。」我趕緊走到從床鋪旁拿起被單披在他身上。

他拖著緩慢步伐走回床鋪，我幫他蓋好被子，想讓他一人好好休息，起身準備離開。

「夏洛特，不要走……」他拉住我的手。

我坐在床鋪旁的椅子看著他。

「你是怎麼了，為什麼會喝得這麼醉？」

他沒有回答，彷彿有心事的看著別處。

我們兩人沉默了一會，他突然轉頭看著我。

「我找到吉爾女士了。」

「真的嗎？」我開心的爬到床鋪上坐在他身旁。

他點點頭。

「她還好嗎？」

「嗯……」他的表情帶著哀傷，不過，聽到他這樣說，我心中的大石頭總算放下，我高興的難以掩飾臉上的笑容。

「我可以帶你去看她，但你要保證，無論如何，絕對不會做出傷害自己的行為。」

我不解的看著他，我為什麼要傷害自己？他去德瓦這段期間到底發生什麼事？感覺他和之前的相處比起來，臉上表情多了一層憂鬱，這是為什麼呢？

「嗯，我不會的。」我微笑的拍胸脯向他保證。

他爬起來開心的抱住我，我們沉默沒說話，過了一會，他的身體突然變得沉重，壓在我身上讓我動彈不得，我使勁地推開他，看著他的臉，他竟然睡著了？

這幾天他都在做什麼？為什麼會把自己搞得如此疲憊不堪，我從沒想過他會如此的重，我使勁的讓他躺在床上，坐在一旁的椅子看著他，他就連睡著時都皺著眉頭，身上就像背負著許多壓力，我的內心不禁替他感到難過。

我把他的被子蓋好後，走到房門外，愛瑪她們依舊站在門外守著。

「小姐，請問主人現在⋯⋯」

「他已經睡著了，讓他好好休息吧。」

她們訝異的看著我。

「怎麼了嗎？」我疑惑的看著她們。

「我們只是很好奇妳是怎麼辦到的？」

「可能他太累了吧，不過，妳們為什麼要這麼怕他？」

「因為⋯⋯」當愛瑪想接著說下去時，被一旁其他的女傭阻止，她們向我行禮後，轉身離開，我無奈地只好自己走下樓到處逛逛，雖然這幾天我都住在這裡，但為了不造成女傭們的困擾，我一直沒辦法好好的觀看周圍的環境。

我從客廳旁的走廊過去，看到盡頭處有露臺，旁邊擺著一架白色鋼琴，我走到露臺的椅子上坐著。

我這一待就是兩三個小時，愛瑪突然站在我身旁，我回過神抬頭看著她。

「這裡是主人最喜歡的地方，」她說：「只要他走到這裡一待就是一整天。」

我走到鋼琴邊坐下，這裡四周圍都環繞著山林，我呼吸著這裡的新鮮空氣，很久沒有接觸到自然的環境，心中的煩悶立即拋到腦海外，另一名女傭端茶放鋼琴上。

「謝謝。」我微笑的看著她。

她向我行禮後轉身離去，讓我和愛瑪單獨相處。

「埃里克發生什麼事了嗎？」

「我聽隨扈說，他去德瓦找一名男子。」

「誰？」

「是誰我不清楚，若比照往常，他生氣都只會維持一下子，馬上就恢復。」她說：「我們從未看過他這麼生氣。」

「那名男子跟埃里克說了什麼嗎？」

「他說……」她的話才說到一半，向我行禮後急忙的離開。

我轉頭想拉住她時，埃里克突然走到我面前。

「妳們在說我的壞話嗎？」他身上披著一條被單就走下來，瞇起眼睛微笑的看著我。

「沒有，只是好奇為什麼你會變成這樣？」我轉過身不敢看他的正面。

「也不想想看，我是為了誰才這麼辛苦？」他突然將我抱起走到客廳。

「有什麼事你可以跟我說，沒有必要自己一個人承擔。」

「哦？跟妳說？」

「嗯，我不希望你一個人承擔痛苦的事情。」我試著從他的手中跳下來，但他的力量太大我無法掙脫。

「那今晚妳就不用睡了，我要妳陪我，可以嗎？」他把臉靠近我的耳邊，小聲說道。

我的臉突然感到一陣脹紅，馬上把臉轉向另一邊，達斯汀他們剛好走進來。

「對不起，妳們繼續，晚上我們再過來找你。」他盯著我們尷尬傻笑，轉頭想帶著蓓達和格蒂離開。

「我們沒事，你們可以進來了。」我慌張的從埃里克的手中跳下來，匆忙整理自己的服裝儀容，而他倒是無所謂地打了一個哈欠。

達斯汀滿臉疑惑的跟著我們走進客廳。

「埃里克，你的頭還會痛嗎？」達斯汀正想點起菸來抽，看了我一眼，馬上將菸放回口袋。

「剛才睡一下，好多了。」他手輕輕拍打自己的腦袋，被單忽然滑落到腰間。

「你去上面穿件衣服再下來吧。」我小聲對他耳語。

「又沒關係，反正這裡的人都看過了，有什麼好大驚小怪的。」

我皺起眉頭，斜眼瞪著他，他馬上把身上的被單拉好，從沙發上起身。

「好，好，我現在就去換衣服。」他無可奈何地走上樓，女傭也跟在一旁。

我鬆口氣，繼續喝著茶。

「夏洛特，妳真的很不簡單。」達斯汀大笑。

我不解睜大眼睛看他。

「埃里克怎麼會聽妳的話？」格蒂好奇的盯著我。

「只是叫他去穿衣服，會很奇怪嗎？」

「何止奇怪，簡直不可思議。」達斯汀驚嘆往樓上看過去。

「我看她八成對埃里克下了什麼藥吧，」蓓達嗤之以鼻的翻了白眼。「反正，時間一久又會變回原來的他。」

我沒有回答她，繼續喝著手中的茶。

過了一會，埃里克穿著黑色襯衫，脖子上圍著一條灰色的圍巾走下樓，頭髮似乎被女傭整理過，讓原本剛睡醒的蓬鬆金髮，整齊的瞬間像是變一個人，他坐在我身旁，蓓達也靠過來坐在埃里克的另一邊。

「埃里克，你今天早上嚇到我了，害我還以為你發生了什麼事？」蓓達把頭靠在埃里克胸前，我裝作沒看見撇過頭看另一邊。

「你今天有什麼行程嗎？」達斯汀給埃里克一個詭異的微笑。

「沒有啊，怎麼了嗎？」

「你今天想要去老地方嗎？」他說：「看你最近壓力好像很大，我想你需要放鬆一下。」

埃里克轉頭看著我，似乎是想到什麼事，突然拍手高興的說：「好啊！就在貝蒂酒吧辦一場晚會吧，順便可以讓夏洛特認識一些人。」

「不用費心了，我跟女傭們留在這裡就好了。」我微笑看著埃里克，不小心瞄到蓓達，她卻用不屑眼神瞪我。

「對嘛，埃里克，人家都說要待在這裡了，今晚我們就自己去嘛。」達斯汀看著埃里克說。

「嗯，而且，今晚我們也可以好好的敘敘舊。」蓓達撒嬌地說，一邊用手指穿過埃里克的鈕扣縫隙滑進他的胸口，看到此景象我嚇到從沙發站起來，胸口忽然感到一陣刺痛。

「妳怎麼了?」他推開蓓達看著我。

「沒事。」

「可是妳看起來不太舒服，感冒了嗎?」他伸手摸我的額頭，我撥開他的手。

「不好意思我有點累了，你們慢慢聊，我先上樓休息。」

我急忙的跑到樓上臥房，把門鎖起來，內心的疼痛卻越加劇烈，我來到這裡到底是為了什麼?我根本就不適合埃里克，他們有自己的一套生活型式，我跟他們根本是兩種不同世界的人，我沒有辦法接受自己成為那種女人，難道一定得變成那種女人才能跟埃里克在一起嗎?我做不到。

外頭不斷的傳來敲門聲，我沒有回應繼續趴在床上，我的思緒混亂，為什麼我會感到如此生氣，我是討厭蓓達對埃里克做的行為嗎?可是她之前不就是這種態度嗎?我的胸口忽然有股悶氣憋在心裡，讓我難以呼吸，我的頭開始覺得腫脹，我不知道該如何消除這種不舒服的感覺，突然愛瑪在門外大聲喊著。

「小姐，妳還好嗎?可以麻煩妳開門嗎?」她在門外不停的敲著門。

「愛瑪，不好意思，我身體不太舒服。」我走上前幫愛瑪開門。「可以讓我休息……」我的話說到一半，埃里克突然站在我面前，我想用力把門關上，但他的力氣太大我完全贏不了他。

「一定要愛瑪妳才會開門嗎?」他進來房內把門關上，只剩下我們兩人。

「我只是想休息。」我轉頭走向床鋪，背對著他，不知道為什麼看到他後，那種不舒服的感覺又湧入我的心中。

「怎麼會突然不舒服?」

「可能是茶喝太多了吧。」我向他撒謊，他和蓓達的那一幕畫面又浮現在我腦海中。
他緩慢地走近我，我害怕往後退，他突如其來把我壓在床鋪上，我用力的想推開他。
「茶喝太多？既然如此，為什麼看到我就想跑？」
我臉紅撇過頭，刻意避開他的眼神，他卻用手把我的臉朝向他，低頭親吻我，手摸著我的肩膀，想脫去我的上衣。
「埃里克，不要這樣。」我害怕的緊閉眼睛，對他大喊著。
他驚訝的停下動作。
我掙脫他的雙手，從床鋪中站起來，穿好自己的衣服。
「對不起……」他懊悔坐在一旁。
我急忙的跑出房間，不小心撞倒待在門外的愛瑪，我跌坐在地上，眼淚無預警的從臉頰滑落，為什麼我會想哭？我的思緒好混亂，想逃離這裡，讓自己一人獨處。
「小姐，你沒事吧？」
「對不起。」我趕緊擦乾眼淚，跑到樓下的露臺角落，蹲坐在地板上，我不想讓自己成為像蓓達那種女人，但我又無法克制自己喜歡他的情緒，若我回德瓦，可能就再也見不到他了，既然如此，我不能愛上他。
埃里克突然出現在我面前。
「夏洛特，我能跟妳談談嗎？」
我看往別處，沒回答他。

「我不知道妳對我的想法是怎樣？」他停頓一會，慢慢的靠近我。「但我……」

他的話說到一半，蓓達突然跑到露臺，雙手抱住他的腰。

「終於找到你了，可以準備出發了嗎？」蓓達開心對埃里克說。

我站起來轉身想離開他們，他突然抓住我的手。

「我帶妳去一個地方。」

我還來不及反應，他轉身推開蓓達拉著我，表情卻突然變得嚴肅，我們才經過客廳，達斯汀看到我們往門口走去，連忙從沙發站起來，走到埃里克身邊。

「你們要去哪裡？不是要準備去酒吧了嗎？」

他沒理會達斯汀，繼續拉著我走到戶外，讓我上車，幫我扣上安全帶，跟隨扈拿了車鑰匙隨即開車離開別墅。

「你要帶我去哪裡？」我緊張的拉著安全帶。

「遠離他們。」

「可是你不是要跟她們去酒吧嗎？」

「妳不在我也不想去。」他轉頭的看我一眼，繼續的開著車。「我帶妳去見一個人。」

「誰？」

「到時候妳就知道了。」他微笑的看著我，但此刻我的心情卻很複雜，我不知道自己是否該繼續跟他在一起，離開他以後，我有可能忘記他嗎？還是，我應該要好好珍惜此刻與他的相處時光？

車子到一棟別墅前停下，又是另一間房子？他帶我來這裡做什麼？我們下車走進屋內，一名小女孩跑出來，女傭站在一旁迎接我們。

「埃里克，你來啦。」小女孩高興的衝出來抱著埃里克。

這是埃里克的女兒嗎？

「安娜，這是我常跟妳提起的，夏洛特。」埃里克將她抱在手中，手指著我。

「埃里克常常和我說你的故事喔。」安娜天真笑著。

「我的故事？」我疑惑的看著埃里克。

他抱著安娜走進屋內，女傭帶她到樓上盥洗準備吃晚餐，我們兩人看著她走上樓，我好奇的看著他。

「她是你的女兒嗎？」

「當然不是，她是艾維的妹妹。」

「艾維的妹妹？年紀這麼小？」

「嗯，讓她在這裡，我比較放心，」他轉頭看著我。「今天晚上，我們在這住一晚好嗎？」

「嗯，比起先前的地方，這裡更能讓人放鬆心情。」

「所以，妳心情不好也是這個原因嗎？」

「或許吧。」我腦中又湧現剛才他和蓓達的畫面，刻意把臉轉到另一個方向。

我們兩人沉默一會。

「這次去德瓦，我見了一個朋友。」他喝著桌上的茶。

是愛瑪說過的那名男子嗎？我安靜地看著他，讓他繼續說。

「他也是在ExD計畫內研究人員，是他幫我找到吉爾女士的。」

「我媽媽現在人在哪裡？我能跟她連絡嗎？」我緊張的問。

「透過電話可能不行，但我可以帶妳去見她。」

為什麼不能打電話？是因為計畫的關係嗎？那個計畫真的這麼重要嗎？只要能見到她用什麼方式我都願意。

「不過，我要妳答應我一件事。」他突然的說。

「什麼事？」

「無論結果如何，到德瓦後，妳絕對不能像上次一樣擅自離開我身邊。」

「為什麼我不能回去和她一起住？」

他沒回答，表情嚴肅的往別處看。

「我媽媽到底發生了什麼事？」我害怕的拉著他的袖子，想讓他快點回答。

「她沒事，我只是怕妳無法承受。」他表情又顯現出先前的那種哀傷，轉過頭避開我的眼神。

我無法承受？到底發生了什麼事？是因為那個計畫嗎？還是，知道計畫的人終身都不能離開？我不敢多想，也不敢多問，現在只能等見到了媽媽，才能將所有的問題釐清。

安娜梳洗完後，從樓上走了下來，天色也逐漸變暗，我上前牽著安娜的手一起走到餐廳，女傭們把晚餐準備好放在我們面前，埃里克則在一旁繼續的講電話。

「夏洛特，我知道妳有變成我姊姊喔。」她開心的吃著東西，一邊說著：「妳會魔法吧？」

「魔法？」

「對啊，埃里克跟我說的。」她邊吃晚餐一邊高興的說：「他說，妳會用魔法救人，他也有被你救過，妳能教我魔法嗎？」

埃里克講完電話後，回到餐桌上。

「有嗎？」我竊笑的斜眼看著埃里克。「我可從來不知道自己有救過你。」

他在一旁竊笑的吃著東西。「可能是妳自己還沒發現吧？」

晚餐過後，女傭們把安娜帶回房間準備睡覺。

我們到戶外散步，隨扈刻意保持距離跟在後面。

「我已經跟達斯汀說好了，明天就能帶妳回去德瓦。」他看起來一點也不像開心的樣子。

「真的嗎？謝謝你。」我高興的抱著他，等我回過神想鬆開手，他卻緊抱住我不放。

「妳真的想回去嗎？」

「嗯。」我點頭的看著他。

「夏洛特，我不能沒有妳。」他說：「不管之後發生什麼事，我都會陪在妳身邊。」

我臉紅抬起頭看著他，他托起我的臉頰親吻我，不曉得為什麼，這次我並不想逃離，反而想珍惜這一刻，這可能是我和他的最後一吻，我愛他，即使之後無法待在他身邊，至少這次，我想拋下心中所有的疑慮，希望時間能夠停留在此刻……

◆　◇　◆

隔日早晨起來，一想到今天要回德瓦，無法克制住內心的興奮，但埃里克昨晚說的話依舊在我思緒徘徊，使這種喜悅蒙上一層憂鬱，從前的夢境中一群小孩被關在一處鐵籠內畫面突然湧入我腦海內，我為什麼會想到這個夢境？我拍打自己的臉，想讓自己振作一點，忘記那場恐怖的夢。

我走到門外，看見一名女傭坐在門口。

「請問，埃里克在哪裡？」

「小姐，主人應該還在房間內。」她站起來看著我。

「哪個房間？我想去找他。」

「嗯……小姐，就在妳的房間……」她手指著臥室。

「妳醒了？」他下半身圍著浴巾，突然出現在我身後抱住我，親吻我的臉頰，我嚇到的蹲坐在地上。

「我記得昨天……」

「我等妳入睡後，就自己跑來這裡睡了。」他雙手舉起來發誓。「妳相信我，我絕對沒對妳亂來。」

我努力回想昨晚所發生的事，但完全沒印象，他究竟是何時進來我房間的，我苦惱的看著一旁的女傭，她只是對我微笑。

埃里克在房內換好衣服，走到臥室外的長廊。

「主人，你們要現在用餐嗎？」那名女傭對埃里克說。

「嗯，把早餐拿來房間好了，我先去看一下安娜，」他說：「夏洛特，妳要一起來嗎？」

我默默的點頭，思緒仍停留在昨晚所發生的事。

我們走進安娜的房間，看她還在睡覺，我們小心翼翼的走到她身旁。

我難過的看著安娜，她好像還不知道艾維已經離開人世了，我摸著她頭髮，她睡著的樣子單純的像是沒有任何煩惱似的，看著她，我的內心就越是複雜。

「我不想讓她過著像我之前的那種生活。」埃里克摸著她粉嫩的小臉，輕聲地在我耳邊說。

「我相信你可以，因為現在的她看起來很幸福。」

「那妳呢？」

我苦笑的看著他，被他這麼一問，我才發現，自己長到這麼大，從不知道什麼對我才是真正幸福，是與媽媽在一起生活的那時候才算是幸福嗎？雖然我很喜歡平淡的生活，但當時的我每到夜晚，都只能獨自籠罩在夢境帶來的驚恐中，害怕再次進入夢境，這樣還稱得上是幸福嗎？

一名女傭走進安娜的臥室，小聲的在埃里克耳邊說：「達斯汀先生已經在樓下等您。」

「夏洛特，我們準備出發了。」他從安娜的床邊起身後，讓我勾著他的手，我們走下樓。

「埃里克，你為什麼又要去德瓦？」達斯汀才剛見到我們，就迫不及待的走到埃里克身旁。

「我想帶她回去見吉爾女士。」

達斯汀的表情突然變得不安。

「這次應該不會再發生和上次一樣的事情吧？」達斯汀皺眉頭的看著埃里克。

「我已經和他們談好了。」

「不行，我不放心，我還是派多一點人手跟你去。」達斯汀焦急不安的走到旁邊打電話，埃里克嘆口氣的牽著我走到沙發坐下。

「怎麼了嗎？」我疑惑的看著他。

「沒事，他做事比較小心，讓他去安排吧，」他說：「我也不希望讓你再受到牽連。」

我不知道他們所指的是什麼事？現在一心只想趕快回去見到媽媽。

達斯汀打完電話後，我們走到戶外，他不放心的再次叮嚀埃里克。

「就當作是為了夏洛特，你千萬不能擅自離開隨扈身邊。」

「知道了。」埃里克上車後，關上車門。

隨扈開車前往機場，我的心卻懸著一絲不安，我試圖壓抑自己的心情，我必須回去，我要親眼確認媽媽平安無事。

我們準備登機，這次的服務員除了帕蒂以外，多了一名沒見過的服務員，埃里克走到駕駛艙與機長交談，我站在原地等他，帕蒂走到我面前向我打招呼。

「夏洛特，還記得我嗎？」我跟她握手，尋找卡洛的身影。

「卡洛呢？」

「唉，不要提到她了，她已經被開除了。」她小聲的靠在我耳邊說。

「為什麼？」

「就因為艾維的事情阿，對了，當時妳不在現場。」她眼神飄到埃里克的方向，繼續跟我說：「卡洛她太意氣用事了。」

最近發生太多事，讓我一時之間無法反應，我兩眼無神的看著她，思緒卻想著媽媽的事情。

不知道是否因為飛機的吵雜聲過大，她突然放開音量的說：「我很驚訝妳能夠撐到現在。」

「什麼意思？」我回過神的問。

「埃里克在妳之後就換了艾維，可是怎麼又會變成妳？」她不明白的看著我。

埃里克跟機長講完話後，走到我們身邊，帕蒂見到埃里克，還沒等我回話，就快步的進到機艙準備工作。

「我們進去吧。」埃里克勾起我的手。

我們走上飛機，帕蒂她們忙著整理物品，我看著埃里克的眼神，總覺得他似乎不太想讓我見到媽媽，是我多想了嗎？

另一名空服員走到我面前。「妳是夏洛特吧？埃里克之前有向我提過妳的事情。」她點頭對我微笑。「妳好，我叫康尼。」

「妳好。」她把早餐擺到我面前，馬上轉頭跟埃里克敘舊。

我看著窗外，一邊吃著手中食物，埃里克和康尼聊天的笑聲不斷的傳到我耳邊，帕蒂忙完手邊的工作，也加入她們，在這裡我覺得自己就像是外人，她們好像認識很久似的，我默默地吃東西，想讓腦袋淨空，忘掉心中這種不愉快的感覺，帕蒂突然走到我身旁。

「夏洛特，我能坐妳旁邊嗎？」

「嗯。」我訝異的點頭盯著她。

「康尼認識埃里克很久了。」她說：「聽說好像從小就認識到現在。」

「那妳呢？」

「我啊，」她嘆口氣的繼續說：「跟妳差不多，只是我還是無法忘記跟埃里克在一起的那種感覺。」

「妳是真心的喜歡他嗎？」

「是不是真心有差嗎？就算是真心喜歡他，只要他對這段感情膩了，二話不說就把我們踢到一旁了，」她無奈的說：「所以，妳最好要有心理準備。」

「我們不是那種關係。」我拿起水喝了一口，繼續說：「嚴格的說，他只是一直幫我忙而已。」我直到現在都不知道，埃里克對我是否跟這些女人一樣？還是說，他只是純粹想幫我，就像他對艾維一樣。

康尼和埃里克聊完天，走到帕蒂身旁，輕拍她肩膀。

「該工作囉！」她手中拿著餐盤，走到工作間。

我轉頭看埃里克，他閉起眼睛，像是躺在椅子上睡著了，我起身走到後面的房間想找帕蒂，發現她在工作間忙著整理東西。

「請問，這裡有書或報紙可以看嗎？」

「妳往後面走，就可以看到閱讀室。」她放下手邊的東西指引我方向。

「謝謝。」

我走到機艙盡頭，從來都沒想過，飛機上會有這些設施，我從書架上拿幾本書走回座位，卻看見康尼跨坐在埃里克身上親吻他，我嚇得快步走回閱讀室，手緊緊的抓著那幾本書，腦中不斷的浮現他們兩人的畫面。

我難過蹲坐在地上，試著深呼吸卻無法消除心中的刺痛感，康尼和埃里克從小就認識，她與埃里克的關係一定比起其他女人更為親密，在她們之中我就像個外人，是我太自作多情，還以為埃里克對我跟對其他女人不一樣，他只是可憐我的遭遇罷了，我走到一旁的沙發坐下，翻閱手上的書，想藉由看書轉換自己的心情，不去多想。

過了一段時間，帕蒂和埃里克走到這裡。

「妳怎麼自己一人坐在這裡？」埃里克走到我身旁，牽起我的手，我急忙抽開手，拿起放在桌上的書，從椅子上站起來。

「只是想看書打發時間。」我緊張勉強擠出微笑。

「原來你們在這裡，」康尼走過來向我們說：「飛機要降落了，快回到自己的位置上吧。」

我們各自走到原本的位子上，埃里克納悶地看著我，我轉頭看著窗外。

到了德瓦，這熟悉的街景仍使我的情緒感到激動，但此刻內心的一股聲音不停的在我的腦中徘徊，媽媽她平安嗎？現在的她過得好嗎？

才剛下飛機，隨扈迅速的帶我們坐上一台黑色轎車，車內的氣氛就像一股冷空氣壟罩在我們周圍，一名隨扈轉頭看著埃里克。

「埃里克先生，以目前的狀況來看，我們不宜在這久留，必須直接到目的地。」他的眼神不安的吩咐一旁開車的隨扈，讓他開快一點。

「為什麼？這和當初我向達斯要求的內容不一樣。」埃里克生氣的看著那名隨扈。

「非常抱歉，因為奈曼先生說已經有人在注意他，」那名隨扈說：「他怕會波及到你們。」

「先回夏洛特的家吧。」埃里克不悅的指示那名隨扈。

「我還可以見到她嗎？」我心急的打斷他們對話。

「不用擔心，我一定會帶妳去見她，現在必須先回去拿妳的東西，因為那裡不能再住下去了。」

「為什麼？不是等到風頭過後，我們就可以回到原來的家嗎？」

「等妳見到吉爾女士，我再告訴妳詳細的情形。」他避開我的眼神，轉頭看往窗外。

車子越接近公寓，我整顆心越是忐忑不安，不知道接下來會發生什麼事，是什麼原因讓我們不能繼續住家裡，媽媽是不是遭遇了什麼不測？我只有她一個親人，萬一她發生意外的話，我該怎麼辦，難道我現在唯一能做的事，就是在這裡靜待消息嗎？

◆◇◆

車子停在公寓樓下，我等不及隨扈開車門，急忙的衝上樓，我開門進到屋內，發現門沒鎖，是因為上次出來太匆忙，來不急鎖門嗎？裡面的擺設沒變，也沒遭到小偷破壞，時間就像停止在當初埃里克來到家裡時一樣，我遲疑一會，放慢腳步的走進屋內。

「夏洛特，妳就拿一些妳想拿的東西吧。」埃里克嘆口氣的說。

「埃里克先生，可能要麻煩你們動作快一點，我怕那些人會追上來。」一名守在門外的隨扈不斷的提醒著。

我走進臥室內拿了幾件比較重要的東西後，想順便幫媽媽帶一些她的東西，我開起她臥室房門，才剛踏進去，眼前的景象讓我呆滯的停下腳步，這裡真的是媽媽的房間嗎？屋內只有一張床和一些簡單的寢具，我小心翼翼的開啟衣櫃，裡頭也只有幾件簡單的衣物。

她之前失蹤是回來拿東西嗎？從小到大她都不允許我進入她的房間，擔心我用會弄亂她工作上的文件，但是為什麼房間會如此乾淨呢？就像不曾住過人般，我腦中一片空白，毫無頭緒的呆站在房間門外，難道我現在正在做夢嗎？這裡究竟是夢境還是現實？連我自己都不知道。

第八章

「夏洛特，妳好了嗎？」埃里克走到我身旁，看著房間四周的景色。

「這是真的嗎？」我眼眶泛紅的抓著他的手臂。「怎麼會沒有任何東西？」

埃里克難過的撇過頭，刻意避開我的眼神。

「我媽媽現在到底在哪裡？」

那名隨扈慌張的跑進來。「埃里克先生，我們必須馬上離開，他們已經追上來了。」

埃里克拉著我的手，我還來不急反應，他快步的帶我走下樓，我回想家裡的情形，媽媽為什麼要將房裡的東西全部搬走？難道是那是原本擺設嗎？還是，計畫相關的人把她的東西都沒收？若是這樣，為什麼其他房間仍然完好如初？

我們迅速坐上車，車外傳來一陣陣的槍擊聲，埃里克叫隨扈開車，但我們周圍早已被多輛汽車與重型機車包圍的動彈不得，一名男子不停拍打著我身旁的車窗，像是以大聲呼喊的方式在對我說話，附近的聲響太大，我完全聽不到他的聲音，他手中亮出證件，是政府官員嗎？我不斷的退到埃里克身旁，突然一名車外的隨扈朝那名男子的胸口開槍，他的血噴灑在車窗玻璃上，我嚇的大聲尖叫，埃里克將我抱在他的懷裡，駕車的隨扈不顧前面有人，直接腳踩油門開車衝出現場。

「剛才那名男人是政府官員嗎？」我緊張回頭望著那些人。

「嗯。」

「為什麼要殺他？」

「無所謂，反正我現在已經被認定是綁架犯。」

「綁架誰？」

「這還用說嗎？當然是妳。」

我驚訝的看著他，我被綁架了？是真的嗎？為什麼事情會演變成這種局面？我從來都不曾覺得自己被綁架，我和埃里克到雅西時，媽媽她也知道，怎麼會是綁架呢？

「讓我下車。」我坐直身體看著前面駕車的保鑣。

「為什麼突然要下車？」埃里克不解的問。

「我去跟他們證明你不是綁架犯，」我轉頭盯著他。「難道你要這樣平白無故的被別人誤會嗎？」

「不用了，他們不會相信的。」

「為什麼？由我這個人質去說，不是更具說服力嗎？」

他突如其來的彎下身子大笑，我一頭霧水的看著他。

「謝謝妳好意，但我可不能讓妳冒這個險。」他擦拭眼角的淚水，慢慢收起笑容。

「可是，你這樣不就等於是罪犯了嗎？」我仍感到疑惑，再次詢問。

「是不是犯罪，就要看妳這個人質怎麼認定囉，」他摸著我的頭，繼續說：「現在最重要的，是帶妳去見吉爾女士。」

一時之間發生太多事情，差點讓我忘記來這裡的初衷。

「我們現在還能去見她嗎？」

「嗯，她已經在那裡等著我們了。」

「可是，剛才發生的那些事……」

「不用擔心，隨扈他們會互相照應，」他說：「我們必須要盡快的抵達那裏。」

我回頭看著那群人，我已經不知道自己這樣做到底是否正確，最近發生的事，讓我情緒起伏很大，一想到媽媽現在正在某個地方等我，讓我心中充滿兩難，但我有好多話想跟她說，我現在只期望她還平安，只要她沒事，就算有再多的困難與痛苦，我都能承受。

車子開到一處隱密的山中，前方有座莊園，這棟建築物看起來有段歷史，又身處在這種偏避的地區彷彿很少人來過似的，隨扈把車子停在花圃前，我們下車前往建築物內移動，整間餐廳沒有其他客人，只見媽媽坐在落地窗旁的位置上，身旁多了兩位小女孩，我衝上前抱住她。

「太好了，幸好妳沒事。」我情緒激動的緊緊抱住不想放開她，眼淚浸濕了我的袖口，她身旁的兩名小女孩滿臉困惑看著我。

「夏洛特，我有好多話想向妳說。」她忙著擦拭我臉上的淚水。

「我也是，妳怎會一聲不響的離開，害我好擔心。」

她沉默不語回到自己原先的座位上，我和埃里克坐在她們對面。

「媽媽，她是誰？」一旁的小妹妹手指著我。

媽媽？我有妹妹嗎？她們為什麼叫她媽媽？我百思不解地看著那兩名小女孩。

「夏洛特，我跟妳說……」她嚴肅的看著我。

不知道為什麼我的內心忽然感到一股不安，埃里克卻緊握住我的手不放。

「其實我不是妳母親，我跟妳住在一起只是為了讓計畫順利的執行。」

計畫？是埃里克先前給我看的那份文件嗎？我不知該如何反應，直盯著她看，埃里克在一旁用眼神示意隨扈將那兩名小女孩帶離現場。

「我真的很抱歉，長久以來一直在欺騙妳，看到妳不斷的成長，我的內心就更加煎熬，漸漸的不知道該用什麼態度來面對妳。」她低下頭，眼淚不停的滴在木桌上。

難道我從出生到現在，都活在謊言中嗎？還是說，我的存在本身就是虛假的，一出生就被別人決定自己的命運，我只是一個受人操控的棋子，連自己是誰都不知道，我無法相信只因為一句話，就讓我在下一刻失去生命中唯一且重要的親人，倘若連自己最親近的人都不能相信了，我還能相信誰？

不曉得為什麼，我完全哭不出來，是因為太難過眼淚來不及反應嗎？還是人在最痛苦的時候，反而無法利用眼淚消除悲傷？

「對不起，我真的很抱歉……」她身體因為承受太大壓力，而不停顫抖。

「我的親生父母親呢？」

「我不清楚…我從實驗室接妳過來的時候，妳就是一個人了。」她擦乾自己的眼淚，努力喘氣好讓自己能順利把話說出口。

我的腦中突然閃過一群孩子關在鐵籠的畫面，那種恐懼感影響著我的情緒，我的腦內頓時感到一陣抽痛，我用手撐著頭試圖減輕這種疼痛感。

「妳怎麼了？」埃里克手摸著我的頭。

「沒事，只是突然想到一些事。」頭疼的感覺只出現在那一瞬間，是因為剛才的畫面嗎？

「什麼事？」

我沒回答他，閉起眼睛，想掩蓋腦中的那些恐怖畫面。

「夏洛特，德瓦這裡妳不能再待下去了，」她忽然抓起我的手說：「妳還是跟埃里克走吧。」

「為什麼？我能夠靠自己在這裡生活。」我從她手中抽回我的手。

「夏洛特，我已經背叛組織，從那項計畫中逃出，他們除了想殺我滅口，我想他們也不會放過妳的。」

「到底是什麼計畫，我跟那個計畫又有什麼關係？」我生氣的大喊。

她猶豫的看了埃里克一眼。「其實……妳是這項計畫的實驗品。」

實驗品？我完全不知道她想表達什麼，我毫無頭緒的看著她們。

「夏洛特妳聽著，之前妳睡著時會進到別人的身體，是因為他們在妳身上注射了一種藥，那種藥會讓妳大腦暫時失去自我知覺，再透過腦波與別人連結。」

我苦笑看著窗外兩名小女孩。「所以，我從有記憶以來都只是別人的實驗品嗎？」

他們拿我當實驗品，只因為我是孤兒嗎？難道沒有父母的人就沒有選擇自己人生的權利嗎？只能任憑別人宰割，我想要離開這裡，離開人群，到無人的地方，釐清自己的思緒，我到底是怎樣的一個人，我這一生到底是為了什麼而活？

我推開桌子站起。

「妳要去哪裡？」埃里克抓住我的手。
「我想自己靜一靜……」我推開他的手，快步離開餐廳。
我腦中一片空白，難道我從一出生就是孤兒嗎？我的歸屬在哪裡？未來又該何去何從，複雜的情緒讓我頓時感到全身無力，看見那兩名小女孩燦爛的對我微笑，我眼淚卻又不自主的落下，她們收起笑容，不解的歪頭看我，我擦乾淚水往附近的森林內走去。
「不行，妳不能離開這裡。」埃里克從我身後抓住我的手臂。
「難道我連行動都不能自己決定嗎？」
「妳還不瞭解妳現在的處境嗎？」
「對，我連自己是誰都不知道，但是你對我又瞭解多少。」
他安靜的愣在一旁。
「我已經不知道，現在的我還可以相信誰……」
我極力想掙脫他的手，但他手勁的力道太大，讓我感到疼痛難以掙脫。
埃里克忽然抱住我，我無法克制自己的情緒，在他懷裡嚎啕大哭，為什麼我要活在別人的掌控下，生命對我來說到底是什麼？我有辦法改變現狀嗎？他也是因為我是實驗品才接近我的嗎？我可以相信他嗎？
媽媽跟著從餐廳追出來，這時一聲槍響，讓在場的所有人全都鴉雀無聲，隨扈身旁的小女孩中彈倒地，另一名女孩的尖叫讓我回過神。
「凱西！」媽媽在一旁大聲喊叫，她想衝到那名小女孩身旁，一旁的隨扈拉住她的手阻止她。

「快帶著她們離開這裏。」埃里克指揮著現場的隨扈，他們帶著媽媽和那名小女孩迅速的坐上一部轎車，埃里克拉著我躲到一旁的樹叢，那些人看起來像是剛才遇到的政府官員，但他們的舉動似乎是想致我們於死地。

「他們不是官員嗎？為什麼要殺害小孩？」

「他們的目標是妳，」他冷靜小聲的說：「其他的人他們才不放在眼裡。」

「我？就算是抓綁架犯，這也做得太過火了吧。」

「綁架只是理由，實際上是為了ExD計畫。」

「ExD計畫？是剛才說的計畫嗎？」

「嗯，因為妳是計畫中少數幾個存活的實驗體，他們絕對不會輕易放過妳。」

我是存活下來的？這表示還有其他人也跟我一樣，是以計畫實驗體生活在這世界上？很難想像這些人為了研究，可以隨意剝奪我們的生存自由，任意蹂躪別人的性命，當我正想說話時，埃里克作勢要我保持安靜。

「吉爾到底在做什麼，把她帶給埃里克任務就算完成了，為什麼成功了還要反叛組織？」一名男子問著他身旁的人。

「誰曉得，」另一名男子說：「不過，埃里克到底是什麼人？為什麼要讓夏洛特接近他？」

「因為當初組織想邀他進來研究，但是被他拒絕。」

「拒絕？這個計劃很多人都拒絕參與，為什麼只盯上他？」

「聽說他能力不錯，我只知道他有賣一種藥，亞倫也想得到這種藥。」

「難怪亞倫會和我們合作，我還在想，像他這種人怎麼會跟我們這種小地方政府有關聯呢。」另一名男子似乎理解的猛點頭。

他們腳步漸漸遠離我們躲藏的附近，我們四處張望確定周圍沒人，小心翼翼地從草叢堆走出來，埃里克拉著我的手快跑離開。

「在那裡！」一名男子大聲喊著：「他們在那裏。」他手指著我們，對方的腳步聲離我們越來越近，那名男子朝我開一槍，埃里克突然用身體檔在我面前。

「埃里克！」

我看著他手臂上不斷冒出鮮血。「你中彈了？」

「嗯，只是小傷。」他用另一隻手扶住那隻受傷的手臂。

我們四處的躲藏，來到一處隱密的草叢堆中，我慌張的看著四周，迅速拉著他躲在一處角落，我連忙將身上的衣服撕下一部分，幫他包紮手臂。

那些人的腳步聲逐漸的遠離我們周圍。

「快！必須要找到她，」其中一名男子大喊著：「上面交代，就算將實驗品殺死，也不能讓她逃走。」

原來對他們來說我只是一個實驗品，是不是我本來就不該存在於這世界上，他們目的只是想殺死我？若是照著他們的期望把我殺死，那些人就會放過埃里克和媽媽她們嗎？

我幫他包紮完傷口後，起身走到外面。

「妳想做什麼？」他吃力的站起來，抓住我的手臂。

我鬆開他的手沒回答他，繼續往前走。

「我不會讓妳離開我身邊。」他突然抱起我，手臂的鮮血不停地滲出。

「我若不出去，他們是絕對不會放過你們的，」我試著從他手上跳下來，但他的力氣大到我無法反抗。「我不想傷害你。」

「會不會對我造成傷害，也要由我來認定。」

一名隨扈找到了我們，輕聲的用耳機聯絡其他人，大批的隨扈奔走到我們兩旁，那群黑衣人快步的跑向我們，槍聲大響，讓我沒辦法聽清楚埃里克的話，他把我交給旁邊隨扈，走到外面拿起隨扈遞給他的槍，射殺那些黑衣人。

「若妳不希望埃里克先生受傷，就請妳安靜的待在這裡，千萬不要出來。」他話一說完，快步的跑到埃里克身旁協助他。

忽然下起大雨，我茫然的躲在角落，雨聲和槍聲在我耳邊環繞，看著那些前來支援的隨扈，他們用身體擋在埃里克面前，拚命的保護著他，為什麼埃里克還要保護這樣的我？我甚至連自己是誰都不知道，從知道真相的那一刻起，我才理解到，自己就像是活在他人所設計的水族世界中，所有的一切都是被他人安排，我們沒有決定權，只能遵循著他們所訂下的規則，如果說自由是建立在這種被設計好的規則下，那麼，我們還能擁有所謂真正的自由嗎？

埃里克跑到我身旁，一名黑衣人靠近我，他開槍射擊黑衣人的頭部，我害怕的閉上眼睛，那名男人的血濺到我的衣物上，我來不及反應，他不顧得自己的傷口，拉著我坐上一台轎車。

「快上車！」他把我拉進車內，隨扈馬上開車離開現場。

外頭的黑衣人不斷的朝著這台車射擊，車窗玻璃被子彈震碎，埃里克不斷朝窗外開槍，槍聲大到我的耳朵開始耳鳴，車子突然快速行駛，我來不及反應，重心不穩地倒在他的身上，我們行駛一段時間，槍聲才逐漸變小。

他把我扶起坐好。「沒事了，我們已經遠離他們了。」他鬆口氣的往椅背躺。

我看著他的身上流的血，才發現他的肩膀也中彈，鮮血沾濕他的外套，他使勁的想脫下外套，但手臂卻無力，我輕輕的幫他卸下外套，用隨扈遞給我的毛巾壓住他的傷口止血。

「媽媽呢？她們在哪裡？」我忽然想起媽媽她們沒跟在我們身邊。

「我已經安排他們住在另一棟住宅，那裏不屬於德瓦，所以這裡的官員無法進入那裏。」

「能讓她們跟我們一起走嗎？」

「可能不行，我必須先回雅西釐清一些事情。」他刻意壓抑自己不安的情緒，避開我的眼神。

我是否還在作夢？最近遇到的這些事，平常根本不可能在我身上發生，若這一切都只是我的夢，我希望能快點醒來，或許，醒來之後又會回到先前的生活，這樣至少不會再看到有其他人受到傷害，現在的我能做的只有祈禱。

我們趕到機場，達斯汀已經在那裡等候，他拿著一個袋子交給埃里克，我們走到一處隱密的地方，達斯汀和其他隨扈在外面守著。

埃里克拿出裡面的帽子和一些衣物給我。「換上這個。」

我將身上沾滿血的衣服脫掉，換上他們準備的衣服，把頭髮藏入帽內，等埃里克也換好後，達斯汀迅速帶我們走到登機道，後方傳來一陣槍響，隨扈開槍回擊，槍響充斥著機場，一旁的行人嚇得到處逃竄，我們跑到機艙內，達斯汀快步的進入機長室，埃里克讓我坐到椅子上，自己才在我對面的位子上坐下，他疲憊的躺在椅子上。

達斯汀從機長室走出來，飛機突然移動，達斯汀重心不穩的跌在地板上，機上的服務員緊抓著一旁的物體支撐，等到平穩後，他們才回到各自的工作崗位，達斯汀馬上吩咐機上的醫務人員處理埃里克的傷口。

過了一會，醫務人員處理完埃里克的傷口，走到我身旁，從醫務箱內拿起針頭打在我的手臂上，我想反抗但身體卻不聽使喚，我的眼皮漸漸的感到沉重……

◆　◇　◆

「我不要，快放開我！」一名小男孩在外面的手術檯上大喊著。

坐在我身旁的一名小女孩小聲的問：「妳覺得他們說的是真的嗎？」

我看著自己的雙手，我是小孩子嗎？我望著四周，一群小孩被關在鐵籠內，這裡是哪裡？我怎麼會在這裡？

「他們說了什麼嗎？」我充滿疑惑的看著她。

「就是天堂啊，他們說要帶我們去天堂。」她壓低音量的在我耳邊說，似乎怕被那群人聽到。

「天堂？」

「對阿，他們說只要打了那個針，我們就可以去天堂了。」她指著那些人手上拿的針筒。

我移動到鐵欄杆旁，看著躺在手術台上的小男孩，他不停的大聲哭喊，完全看不出是高興的感覺，根本不像是要去天堂，而且，真的有這個地方嗎？

「妳知道我們為什麼被關在這裡嗎？」我害怕的走到她身旁坐下。

「妳忘了？我們躲在廢墟內，他們就把我們抓過來了。」

「廢墟？」

「算了，現在我們應該要想辦法逃離這裡。」她仔細的觀察周圍，想找出可以逃走的路線。

突然一名小男孩聽到我們的談話，他急忙的站起來抓住鐵欄杆，對著外面大喊：「醫生，有人想要逃跑！」他的手指向我們。

我們害怕的頻頻往後退，其他的小孩怕被誤會與我們有關，紛紛逃離我們身旁，外面的那群大人開啟籠子的門，兩名男人抓住我們的手，把我們拖到外面，他們用力抓著我的手臂，我痛得大叫，他們卻絲毫沒有想要減輕力道的樣子，他們把我們兩人拉到手術檯旁，那群人繼續觀察手術檯上那名小男孩的狀況。

「不行了，這個實驗品沒用了。」一名男人放下手邊的針筒，脫下手套。

我看著手術檯的那名小男孩，他是在睡覺嗎？還是已經死掉了？他們說的天堂呢？不是說會帶我們去天堂嗎？實驗品是什麼意思？

「好吧，那就換下一個吧。」他們把我身旁的小女孩抱起來放在手術台。

她不斷的掙扎，一邊大喊：「騙子，你們騙人，根本就沒有天堂。」

那群人拿著毛巾塞進她的嘴巴，籠子內的小孩聽到後，有些人大聲尖叫，有些人不斷的哭泣，吵雜的聲音迴盪在這個密閉的空間，顯得更大聲。

「找一個人去處理吧。」其中一人不耐煩的對身旁的人說。

一名男人走到鐵籠前，拿著一把槍對空鳴槍，發出的聲響讓籠子內的小孩頓時安靜下來。

「這就對了，太吵我可是無法工作的。」站在手術台旁的那名金髮男人鬆口氣，斜眼看著鐵籠內的那群小孩。

小女孩吐掉嘴中的毛巾。「快放開我，你們這群廢物。」她在手術台使盡力氣的大罵。

金髮男人打她一巴掌。「說我們是廢物？被你們這種小乞丐罵感覺真不爽。」

我想衝上前救那名小女孩，但我的手被他們用力抓住，痛得無法掙脫。

另一個在準備儀器的長髮男人把針筒放在手術台上，正準備往小女孩的手臂扎，但她不斷的反抗，讓那男人無法瞄準她的手臂。

「快點把她抓好。」他停下動作命令其他人。

他們四個人分別用手固定住她的四肢，使她完全無法動彈，當那名男人將針筒內的液體注射至小女孩的身體時，下一秒她像是進入睡眠狀態停止反抗，一旁的儀器發出吵雜的聲音。

那名長髮男人脫下手套，盯著儀器看。「唉，不行了，這個實驗體還是失敗。」

「今天什麼時候才可以下班？」那群人鬆開小女孩的手腳，脫下手套。

「再一個吧，試完那個小女孩今天就先告一段落吧。」他換上新的手套後，繼續在一旁準備著針筒。

其他兩名男人把小女孩從手術台抱下來後，她的眼睛和嘴巴突然滲出大量的血水，我驚恐的看著她的臉，我們只是實驗品？她說對了，這裡根本沒有天堂，我該怎麼辦？

「你看，怎麼會這樣？」他們把小女孩抱給長髮男人看。

「可能是這個藥對她來說太重了吧，」他平靜的在一旁準備。「這次我把劑量調小一點試看看。」

他們把小女孩抱到另一個房間內，抓著我手臂的那名男人想把我抱上手術台，我蹲在地上，不讓他抱起我，我害怕的看著鐵籠內的其他小孩，希望能有人出來阻止這些人，眼角的淚水也不斷的往我兩頰滑落。

「我不要，求求你，我不要打針。」我身體不停的顫抖哀求他。

「不要害怕，這個針會讓妳到天堂唷。」他突然語氣變得溫柔。

「騙人，若那邊真的是天堂的話，為什麼她會流血？」我哭到無法喘氣的看著他。

「不用跟她解釋太多，」長髮男人把針筒放在我身旁。「快把她壓好，我趕著下班。」

其他研究人員陸續的走到我身旁，壓住我的四肢，讓我無法動彈，我害怕的閉上眼睛，若我們是那些人的小孩，他們還會這樣對待我們嗎？什麼時候大家才會認真的看待生命？我們能像普通小孩一樣有個單純的童年嗎？針筒扎在我的皮膚上，我的頭卻感到劇烈的疼痛……

◆　◇　◆

我從夢境內的恐懼中驚醒，發現埃里克坐在我旁邊，剛才的是夢境嗎？怎麼會那麼真實？那個女孩是誰？難道我又進入別人的身體嗎？是因為小女孩已經死亡，我才會醒來嗎？那是什麼地方？我能過去救那些小朋友嗎？

「妳還好嗎？要不要請醫務人員過來？」埃里克擔心的握住我的手。

「我剛才好像夢到自己變成一名小女孩……」我的頭突然一陣疼痛。

「妳是說又變成別人了嗎？」

我點頭，對於剛才的夢境，我內心充滿著恐懼與不安，在這之前，我所做的夢都不曾讓我有如此深刻的感覺，為什麼我會這麼害怕？

「我覺得不太可能，」他停頓思考一會，看著我。「因為妳已經很久沒有注射藥物了。」

「剛才醫務人員有幫我注射一些藥物…」

「那是鎮定劑，是要消除妳的緊張情緒。」

「可是，那個夢境很……」我想繼續解釋，但聽到他的話，卻不知道該從何說起，若那不是單純的夢境，而是替代其他人死亡的話，那些小孩一定還在某個地方，我必須要想辦法去救他們。

「很什麼？」他好奇的繼續問。

我搖頭，沒回答他，看著他赤裸著上半身，包紮好的傷口仍滲出少量血水。

「你的傷口還會痛嗎？」

「嗯，這只是小傷，沒關係的。」他摸著胸口。

「怎麼會沒關係？」我擔心的看著他，輕輕撫摸他身上的繃帶，能感覺出傷口尚未完全止血。「你剛才可是一上飛機就馬上陷入昏迷喔。」

「慘了，被妳看到我沒用的畫面。」他低頭單手遮住臉像是在思考。

我皺眉的看著他。「不是這個問題吧，重點的是你的傷口。」

「不，這對我來說很重要。」他突然站在我面前，彎下腰把臉貼近我。「我看，現在必須讓妳忘記先前不好的記憶囉。」

他的臉靠近想吻我，我使力的推開他，卻不小心碰到他的傷口，他的傷口不斷的冒出鮮血。

「對不起，我不是故意的。」我站起來走到一旁拿著毛巾，想幫他擦拭傷口。

他抓緊我的手，把我拉到在他的身上，帕蒂一行人見狀後，馬上的離開我們所待的機艙，只留下我們兩人，我無法動彈，他卻慢慢的褪去我身上的衣物。

「不要！」我大喊著，不停扭動我的身體，想掙脫他的手。

他像是沒聽見的把我的上衣脫掉。

我害怕的流下眼淚，撇過頭不敢看他。

他停下動作，面無表情地從我身上站起來，我拿起自己的衣服，跑到其他機艙，所有服務人員全都朝我的方向看過來。

為什麼他要這樣對我？難道他把我看成跟其他女人是一樣，對他來說我只是用來發洩性慾的對象？還是他先前無條件的幫我，只是想從我身上得到什麼嗎？或許是我太傻，才會一直認為自己和他不是屬於那種肉體之間的男女關係，突然覺得喜歡上他的我真的好傻、好傻……

我跑到一間臥室，把門鎖上，全身癱軟的躺在床上，腦中不停思索著剛才發生的事，我之後該怎麼面對埃里克？我還能繼續跟他在一起嗎？但是，雅西我沒有認識其他人，也不能回到德瓦，我還有其他地方可以去嗎？

我哭乾了眼淚，不知時間過了多久，門外傳來一陣敲門聲。

「夏洛特，可以幫我開門嗎？」帕蒂在門外喊著。

我整理好自己的思緒，走到門前幫她開門。「可以讓我靜一靜嗎？」

「我能跟妳聊聊嗎？」她站在門外，像是在等我讓她進去。

我不知道該如何拒絕，只能讓她進來，她一進到臥室，就走到床鋪旁坐下，我坐在她身旁。

她嘆口氣的說：「埃里克在外面喝得很醉，妳們剛才發生了什麼事嗎？」

「沒事。」我不知道該如何解釋。

「怎麼可能沒事，妳都哭紅了眼。」她盯著我的臉看。

「原來我只是他眾多女人的其中一個。」

「妳喜歡埃里克嗎？」她突然問。

我被她的問題嚇到，一時之間不知道該怎麼回答，安靜的看著她。

她走到一旁的冰箱拿出兩瓶啤酒，一瓶交到我手中。「我不知道妳有沒有談過其他戀愛，但是喜歡一個人就應該跟他說清楚，天知道妳還有幾次這種機會？」

「我不知道自己是否有資格愛他。」

「有資格？喜歡一個人需要考慮這麼多嗎？妳可以大方的告訴他妳喜歡他，若他不接受妳，那麼也不能強求，愛上一個人是沒有理由的。」她喝了口酒的說。

「但我不希望他用這種方式對我……」我緊握住手上的酒瓶。

「我想他可能是不知道怎麼表示自己的情感吧，他以前跟女人交往，都是用這種方式。」她像是看透我內心想法繼續說：「他看起來很喜歡妳，若妳不喜歡，也應該都要把話說清楚，去看看他吧！」她一口氣喝光瓶子內的酒，起身離開臥室。

我躺在床上反覆思考她所講的話，為什麼我不敢承認自己對埃里克的感情，是因為害怕我只是他玩弄的對象嗎？還是因為計畫的關係呢？在那些人的眼裡，我只是實驗品，若繼續和他在一起會害到他，我不想再看到我愛的人受到任何傷害了。

門外傳來敲門聲，我打開門，看見埃里克無聲地站在門外。我屏住氣息的從他身旁繞過。

康尼突然走到我們面前。「請妳們回到座位上，我們快到機場了。」

我們默默的走回各自座位，到了機場，才剛下飛機，埃里克馬上被達斯汀帶走，留下我跟隨扈，他們帶我回到別墅，女傭們仍舊在外面接待。

愛瑪幫我提行李，我進到別墅，直接走到房間，我該用什麼態度去面對埃里克？難道喜歡他，就只能像其他女人一樣成為他的性愛工具嗎？愛一個人又是怎樣的感覺？已經無家可歸的我，還有心力去談戀愛嗎？

第九章

陽光照映在我的臉上，讓我感到刺眼，我緩緩地睜開眼睛，發現埃里克坐在臥床旁的椅子直盯著我看，我驚愕的從床鋪坐起。

「你整晚都沒睡嗎？」我走到他身旁，擔心的看著他。

他不發一語起身抱住我，我被他的舉動嚇到呆站在原地，但是這種驚慌的感覺只維持一會，過沒多久，他全身的重量忽然壓在我身上，這種壓力讓我無法招架，我和他雙雙倒臥在地，我使盡全力把他推到一旁，他竟然又睡著了？

我走到外面，請她們幫我找幾名隨扈，我們合力將他抬到床上，愛瑪她們走進房內幫忙善後。

他是怎麼了？為什麼每次都會把自己搞得這麼累？雖然他沒說什麼，但是從他剛才的眼神中，我卻能感覺得到他所承受的悲傷，還記得當時我變成洛伊絲時所認識的他，沒有像現在這麼難過，這段期間他到底發生了什麼事？

愛瑪她們忙完後，準備離開臥房，我走到她身邊，把她拉到一邊。

「埃里克是什麼時候回來的？」我困惑的看著她。

她把我拉到房外，我們走到一處角落，她觀察四周確定無任何人才開口說：「昨天凌晨主人才被達斯汀先生帶回來。」

「他們去哪裡？酒吧嗎？」

「這我不清楚……」她看起來像是知道一些事情。

「你知道他最近發生什麼事嗎？」我試圖從她口中得到訊息。

她再仔細的看著周圍，靠近我耳邊小聲的說：「聽說主人最近正在參與一項政府的計畫。」

「政府的計畫？」我不解的歪著頭看她。「是遇到了困難嗎？不然他為什麼會這麼累？」。

她嘆口氣的繼續說：「他不喜歡與政府合作。」

「為什麼？」

「因為他的父母就是被政府殺死的。」

我驚訝的看著她。「既然如此，為什麼還要去參與那項計畫？拒絕不就好了嗎？」

「過去他對政府發出的邀請，都會擺出不屑的態度，我也不知道為什麼這次他會答應。」她若有所思的看著地上。

走廊的另一頭有幾名女傭的聲音傳上來，愛瑪一見到她們，向我行禮後立即從我身旁離開，跟隨她們走下樓，我走到其中一間空房，不像之前那樣空無一物，增添了許多家具，我再走到其他間，裡面也都被布置成可居住的房間，他既然很少來這裡，為什麼還要花心思布置？

我思考到一半，就聽見樓下傳來吵雜聲，我走下樓，蓓達帶著一堆行李跟達斯汀從大門口走進來。

「小姐，你們不能住這裡。」一名女傭上前向她解釋。

蓓達手指著剛下樓的我。「她都可以住了，為什麼我不能？」

「可是，主人說沒有他的同意，不能讓任何人進來。」那名女傭為難的看著蓓達。

「我不管，達斯汀你幫我說說話嘛。」她把手上的行李放在地上，用撒嬌的口吻跟他說。

「好，好，等一下我幫妳問看看埃里克。」他輕拍著蓓達的手，轉頭看著女傭。「那先把行李放在這裡吧，等埃里克醒來我再徵詢他的意見。」

女傭無奈的點頭。

愛瑪看見我下樓，走到我身旁。「小姐，請您到餐廳，我幫您準備早餐。」

「不用了，我自己來就好了，妳們去忙吧。」我到廚房拿瓶水，走到客廳時，看見蓓達跟達斯汀坐在客廳聊天，我走上樓到臥室，坐在床邊的椅子上，看著熟睡的埃里克，腦內不斷回想愛瑪跟我說過的話，他的父母被政府殺害？到底是為了甚麼原因？從小到大他都是自己一人承受這種痛苦嗎？

外面的敲門聲把埃里克吵醒，我從椅子上起來走去開門。

「不要走。」他突然抓住我的手，把我拉進他的懷中。

「我只是要去開門而已。」

他完全不顧及自己的傷口，讓我壓在他身上。

我掙脫他，坐在床邊。「你昨天去哪裡了？這麼晚才回來。」

「抱歉，我去處理一些事情。」他從我身後抱住我，隱約能聞到他身上殘留的酒氣味。

房門忽然打開，蓓達快步地走進來，兩名女傭神情驚恐地拉著她的手，想將她帶離臥室外，她看到我們兩人，停下腳步站在門口盯著我們，我推開埃里克的手，急忙站在床鋪旁。

「誰准許妳進來這間房子的？」埃里克生氣的看著蓓達。

「對不起，我們馬上帶她出去。」她們繼續的拉著蓓達的手，想把她拖出去。

達斯汀站在門口，緩和氣氛地說：「埃里克妳就讓她住下來吧，最近遇到這麼多事情，就讓她待在這裡陪你，好消除一些心中壓力。」

「出去！」他生氣的大喊。

蓓達像是被他的聲音嚇到，開始蹲在地上哭了起來，幾名隨扈也進來臥室，拉著她的手臂想把她拖出去，蓓達不斷大聲哭喊。

「住手！」我走向前推開那些隨扈的手，他們放開蓓達的手臂，退到房門外等候。

「為什麼不能讓她住進來？」我轉頭看著埃里克。

「我只是不希望讓其他人打擾我們。」他眼神哀傷的看著我。

我攙扶蹲在地上的她。

埃里克從床鋪上站起，拿著一條浴巾圍在下半身，蓓達看見他起來，馬上推開我的手，走到他身旁抱住他。

「我會跟夏洛特學習對你的方式。」她吻著埃里克的身體。「我想住在這裡跟夏洛特一起陪你？」

跟我學習對埃里克的方式？我怎麼都不知道自己有用什麼方式對他。

他解開蓓達的手，走到我身邊牽起我的手，帶我走下樓。

「你要去哪裡？」我瞥過頭不敢看他的身體。

「當然是下樓吃飯阿。」他的頭靠住我的耳邊輕聲的說：「難道妳想要我帶妳去其他地方嗎？」

他走到一半浴巾突然掉在地上，我閉上眼睛停在原地嚇得大叫一聲。

一陣狂笑聲讓我眼睛睜開，埃里克蹲在一旁大笑，我不想看到這種畫面，急忙跑下樓，愛瑪見狀伸手抓住我。

「小姐，怎麼了嗎？」她疑惑的問我。

「沒事。」我手遮住眼睛，不去回想剛才的畫面，走到客廳的椅子坐下，愛瑪把茶放在我面前。

我抓起茶杯，一口氣往嘴裡送，埃里克穿好衣服的從樓上走下來，坐在我身旁，達斯汀把蓓達帶到餐廳用餐，一名女傭把他的早餐放在客廳桌上。

他拿起一片麵包，塗起奶油。「接下來妳有什麼打算嗎？」

我嘆口氣的看別處。「我不知道還能去哪裡，等我找到房子後，我會馬上搬走的。」

「我不是問妳要住哪裡，要住當然是住我這裡，我問的是，妳要怎麼處理吉爾女士的事情。」

埃里克的話讓我想起當時的情景，難過情緒瞬間湧入腦海中，讓我無法開口，自從確認自己是孤兒的當下，我就不應該再去打擾她的生活，雖然內心早已下了這個決定，但現在我仍無法立刻擺脫多年來與她的情感。

「不說這個了。」他看出我內心的掙扎，放下食物拿起咖啡往嘴裡送。

突然開心的看著我。「等一下妳想去看安娜嗎？」他似乎想轉移話題。

「好啊。」我高興的看著他，但腦中卻浮現那群關在鐵籠的小孩，讓我馬上收起臉上笑容。

「怎麼了嗎？」他放下餐具，摸著我的臉頰。

我搖搖頭，不想讓他擔心，繼續剛才的話題。「幾點過去？」

「現在吧。」他站起走到隨扈身邊。

站在門口的女傭把手中的黑色大衣和駝色外套交給埃里克，他穿上大衣，拿著鑰匙走到我面前晃。「走吧！」

「嗯。」我從沙發站起來，他把手中的駝色外套披在我身上，達斯汀和蓓達也從餐廳走了出來。

達斯汀見到我們準備外出，慌張地走到他身邊。「你們要去哪裡？」

埃里克沒回答，牽起我的手走出去。

達斯汀擋在我們面前。「難道你想讓洛伊絲的事件再度重演嗎？」

他停下腳步的對達斯汀翻了白眼。

「我只是給你良心的建議，」達斯汀嘆口氣的說：「你就算不想讓隨扈貼身靠近你，至少讓他們開車跟在你後面。」

他看了我一眼，拉著我繼續往前走，達斯汀緊跟在我們身後，他讓我坐在副駕駛座，站在車外盯著達斯汀看。「隨便你，不要打擾我們就好。」他話一說完馬上走到駕駛座，隨即開車離開。

「妳會想去看吉爾女士嗎？」他突然問。

我搖頭，車上一片沉默。

「妳在想什麼？是我說了什麼不該說的話嗎？」他像是懊悔自己說錯話。

「不是，我只是想到先前的夢。」
「什麼夢？」
「我前天在飛機上夢到我變成一個小女孩，被一群研究人員壓在手術台上，在我前面還有一名小女孩因為注射那種藥而全身流血而死亡，」我說，「說不定，現在還有小孩在那邊受苦……」
他沒有回應繼續開著車。
我喃喃自語：「……所以，我的夢是真的囉？」
「嗯？」
「還有人和我一樣是那個計畫的實驗品嗎？」
「他們一直都是拿孤兒來做實驗，妳不是第一個。」
「你怎麼知道？」
「我父母之前是這個計畫的研究人員，」他苦笑的說：「說明白一點，這個計畫就是他們主導的。」
我驚訝的看著他，不知該如何回應。
「他們在主導這個計畫時，由於實驗品必須是人，所以當初設想是要找自願的人來進行測試。」他說：「剛開始測試時，死了很多人，也產生大量的賠償金，國家為了要節省經費，才開始抓孤兒當實驗品。」
人權在這裡形同虛設，要到何時這個社會才會沒有這些令人難過的事情，政府這種組織說好聽一點是為人民服務，但實際上卻只是為了自身利益的考量，人類有比動物更有價值嗎？就連動物也有情感，難道孤兒就沒有感情也沒有思想嗎？不，並不是沒有，只是他們不在乎。

「所以你父母也認同這種做法嗎？」我生氣的看著窗外。

他無奈的搖頭。「若是他們認同的話，怎麼還會落得這種下場。」他的神情哀傷的看著前方。

「就是因為他們不認同才退出這個計畫，」他繼續說：「沒想到隔天馬上被政府派來的人暗殺，他們也只有在這方面才會如此的有效率。」

難怪埃里克才會說艾維跟他有相同遭遇，是因為都是孤兒才能理解對方的想法嗎？而我呢？事情來得太快，我到現在還來不及反應，小時候跟媽媽相處的時間本來就很少，每當她回到家時，只要有她在，我的心情才能感到完全的放鬆，直到現在，即使已經知道她不是我的親生母親，但在我心中始終把她當作是我的媽媽。

車外傳來一陣槍響，我看著後照鏡，兩台車橫放在路中央阻擋後方來車，只有一台黑色轎車緊跟在我們後方，埃里克急轉彎到右邊巷子，在小巷弄內不停的穿梭。

「我想今天可能沒辦法去看安娜了。」他嘆口氣的繼續說：「只能先回到木屋了。」

經過一番折騰，那些尾隨在我們身後的車輛終於離開我們的視線範圍，天色漸暗，他把車子開到一處階梯前停下，我們走下車，外頭已經下起雪，他脫下大衣撐在我們兩人的頭頂上，這裡不像先前來過的遊樂園大門口，樓梯兩旁長滿被雪覆蓋的枯樹枝，階梯上佈滿著積雪，從樓梯往上看，仍看不到盡頭，枯樹枝生長太過茂密，把階梯左右包圍起來，形成一道圍牆，不知道是因為天色昏暗還是大雪遮住光線，階梯上唯一的盞燈在此處格外顯眼，我們走上樓梯，從高處傳來的冷風，吹得我不停的顫抖，我的身體緊貼著他，想將些許溫暖傳給他，我們爬上階梯的頂端，眼前是枯樹構成的森林，這裡只有月光可以指引我們道路，我和埃里克走了一段路才看到樹屋，幾名隨扈已經在樹屋下待命。

「他們怎麼會知道我們要到這裡？」我疑惑的看著埃里克。

「若是不瞭解我的行蹤，怎麼當我的保鑣？」他帶我走上樓，站在門外甩著被雪浸濕的大衣，他把大衣掛在門前，裡頭的溫度跟室外簡直是天壤之別，我脫下外套仍然感到有些悶熱。

「外面雪這麼大，叫他們一起進來吧。」我走到窗戶旁，看著站在樹下的隨扈們。

「不用擔心，等一下他們就會到對面的樹屋去休息了。」

他捲起襯衫的袖子走到廚房，穿著掛在牆上的灰色圍裙，他翻找著櫃子和冰箱。「只剩下罐頭和一些食材，還是我現在叫隨扈去買？」

「不用了，這樣就可以了，需要我幫忙嗎？」我走到他身後，歪著身子看鍋子內的食材。

他突然轉身面對我，我倒退幾步，他卻親吻我的額頭。「沒關係，我來就好了，妳先去客廳休息吧。」

我呆滯一會，外頭傳來的敲門聲讓我回過神。

「這時候會是誰？」他放下手中的鍋鏟，用圍裙擦手快步地走到門口。

我跟隨他的腳步，看見客廳壁爐上的照片，讓我停腳步，照片中穿著白袍的夫妻是埃里克的父母嗎？他們看起來好年輕，難道真的可以只因為理念不合就痛下殺手嗎？埃里克又是從幾歲開始一個人承受這些痛苦呢？

「埃里克，我終於見到你了。」蓓達高興的雙手環抱住他的脖子。

埃里克一臉不悅的瞪著站在一旁的達斯汀。

「對不起，因為她說若我不帶她來找你，她就要自殺，所以我就……」達斯汀越說越心虛。

「咦？埃里克你會做菜嗎？你穿著圍裙的樣子也好性感。」蓓達用那擦著紅色指甲油的手撫摸著埃里克的灰色圍裙。

「出去！」他生氣的推開蓓達的手。

蓓達的眼眶泛紅，突然重心不穩的跌坐在地上，達斯汀在一旁拉她的手想把她拖出樹屋的門外，我走到他們身旁。

「你就讓她進來吧，外面的雪這麼大，現在出去也太很危險了。」我幫忙達斯汀扶起蓓達。

埃里克沒多說什麼，轉身回到廚房，蓓達從地板上站起來，拍拍身上穿的桃紅色緊身裙，走進樹屋內，整個屋內充滿跟鞋與木地板的碰撞聲，她和達斯汀走到客廳沙發坐下，我走到廚房旁的吧檯。

「夏洛特，來吃飯吧。」他把晚餐放在吧檯桌上，脫下身上的圍裙，拉了椅子坐在我對面。

蓓達看見埃里克的舉動，好奇的走到我身旁。「這是埃里克煮的嗎？好厲害喔。」達斯汀聽見蓓達的驚嘆聲，也走過來看。

「我還真的不知道，原來你會下廚。」達斯汀說完後，轉頭詭異的對我微笑。

我低頭吃東西假裝沒看到他的表情，吃完飯後，蓓達和達斯汀被埃里克趕到對面的樹屋，這裡只剩下我們兩人，我走到廚房清洗碗盤，他卻走到我身旁把我手中的盤子拿過去。

他捲起袖子洗碗。「這我來就好，妳去休息吧。」

我聳聳肩，走到客廳開啟電視，聽見門外的敲門聲，我上前去開門。

「埃里克呢？」達斯汀看起來像是有急事的樣子，我手指著廚房，他二話不說的走到埃里克身旁，我跟隨他的腳步走過去。

「格里又打電話來了。」達斯汀神清慌張的看著他。

埃里克突然眉頭深鎖的放下手中碗盤，對達斯汀使眼色，達斯汀點點頭的走出樹屋。

「夏洛特，我先出去跟他討論一些事情，妳在這等我一下。」他說完後馬上脫下身上的圍裙走到外面。

為什麼埃里克聽到格里這個名字會不開心呢？格里又是誰？達斯汀也是，剛才的態度與先前的差別很大，難道又發生了什麼事嗎？我走到臥室，看到先前換下的衣服整齊的放在床上，是埃里克放的嗎？他做家事的方式一點也不像長期依賴女傭的人，是因為獨自一人生活所養成的習慣嗎？我拿起衣服走到浴室準備盥洗。

我洗好澡走出浴室，還是沒看到埃里克的蹤影，一人獨處時，總會想起當時與媽媽生活的場景，仔細的回想起來，我獨處的時間比跟她相處的時間還長，每當我醒過來時她就會去上班，當時我絲毫察覺不出有任何奇怪的地方，我拍打自己的雙頰，讓自己不再去多想，再怎麼想，也不可能回到過去了，現在的我必須得想辦法如何靠自己過活。

我一邊擦著頭髮，邊走到臥室開啟電腦收信，發現裡面竟然連一封信也沒有，我遲疑的看著電腦螢幕，不斷的重新整理頁面，仍然沒有一封信，不是每天至少都會有一兩封廠商的信件嗎？

若不是新案件，也會有需要修改的案件阿，先前有幾個廠商希望我能修改一些設計圖，為什麼我離開德瓦後，就完全沒有任何消息了呢？

看著之前的信件，上面有聯絡電話與地址，我拿起筆抄了電話，走到客廳打電話給對方，是空號，我跑到房間內，抄下其他家廠商的聯絡方式，走到外面一一的試撥，全部都是空號，聽見話筒的另一端傳來的機械式答覆，我內心感到一陣絕望，難道我所做的每一件事都是他們安排好的劇本嗎？我的這一生對他們來說，只是一場戲，而我卻是唯一被蒙在鼓裡的人。

埃里克突然走進來，他什麼都沒說就直接抱住我，我被他的舉動嚇到。

「你怎麼了？」我推開他的身體，想看他的臉，他卻抱得更用力。

我們兩人沉默了一會。

「我明天要去辦事情，必須出去一趟。」

「達斯汀跟你說了什麼？」我轉頭看著他。

他沒回答我，轉移話題的說：「今天我們要回去別墅，格蒂會在那邊陪妳。」

「你要去多久？我可以一起去嗎？」我使勁的推開他，直盯他的眼睛，他的悲傷神情全都顯現在他的臉上。

他突然輕吻我的嘴，我身體感到一陣燥熱，我抱緊他，總覺得放開他以後，我就再也見不到他了，我喜歡他，雖然不曉得埃里克對我的感覺是否像其他女人一樣，但是我不想再猶豫，我不想再失去他，未來雖然存在許多不確定，也可能會因此再次受傷，即使受到欺騙，我也想遵從我內心的選擇，這次我要為自己而活……

◆ ◇ ◆

刺眼的陽光把我吵醒，床上只有我一人，這裡是哪裡？我昨晚不是睡在樹屋嗎？我揉著眼睛，屋內的裝飾，讓我看傻了眼，這裡不是我在德瓦的房間嗎？難道之前所有的一切都只是我的夢嗎？

我起身走到工作台上，看到上面擺著我先前的作品，電腦也是同一台，埃里克呢？我內心感到一陣抽痛，他真的是我幻想出來的人物嗎？

我跑出房外想找尋埃里克的身影，卻只看到空無一人的客廳，所有擺設全都沒變，我在這裡繞一圈，卻找不到媽媽的房間，到底是怎麼回事？

我拿起外套，跑出客廳門外，卻是一處豪宅的走廊，我困惑的停下腳步看著四周，一名女傭走到我身旁。

「小姐，您醒了啊？」

「這裡是哪裡？」我毫無頭緒的呆站在原地。「埃里克呢？」

「主人，他今天有事出去了。」

對啊，他昨天跟我說過今天要去辦事情，所以我不是在作夢。

「這房間是以前就有的嗎？」我繼續問。

「不是，這是主人為妳設計的，他說希望能給妳一個熟悉的環境。」她看著手中端的早餐。

「小姐，請問您要在哪裡用餐？」
「幫我放在裡面吧。」
她走進去我剛才待的房間，把早餐放在桌上。
「請您慢用。」她說完後，行禮轉身離開。
我拉住她的手。「妳可以跟我一起吃早餐嗎？」
「可是我還有其他的事情要忙……」
「沒關係啦，我等一下也下去幫妳。」我走到她身旁，把她帶到椅子旁。
「可是……」她不甘願的坐下。
我拿起餐盤上的一個三明治遞給她，也拿一個往嘴裡塞。「妳叫什麼名字？」
「我叫莎菈。」她津津有味的吃著三明治，像是忘了剛才的那份猶豫。
「莎菈，妳知道昨天我是怎麼回來的嗎？」我將奶茶倒在杯子內，放在她面前。
「被主人抱回來的。」
「抱回來？」我怎麼都沒有感覺。
「嗯，主人帶妳回來後，沒多久又跟達斯汀先生出去了，」她繼續說：「說真的，我從來沒見他這麼難過。」
「難過？為什麼？」我邊吃東西，一邊回想昨晚我們的對話，是有什麼事情不能讓我知道嗎？
「這我不知道，但我敢肯定絕對不是情傷這種東西。」她喝著桌上的奶茶，平靜回答。
「情傷？」

「對啊，可是那種表情，又看起來就像是為情所苦……」她像是對自己說的話感到疑惑，一口氣喝光杯子的奶茶，把杯子上在桌上。「除了這點，我想不到其他的原因了。」

突然，房門打開，莎菈嚇到急忙的從椅子上站起來，我往門口的方向看過去。

格蒂走到我身旁。「夏洛特，妳這麼早就醒啦。」

莎菈慌張的向我們行禮後，離開房間。

「妳剛才跟女傭在聊什麼啊？」她拿起桌上的食物往嘴裡送。

「沒事。」我把手中的食物放在餐盤上。「妳知道埃里克去哪裡嗎？」

「不知道，」她嘴裡還在咀嚼食物，用紙巾擦著手。「看來，這次他的行蹤只有達斯汀知道了。」

「達斯汀？」

「對啊，他今天一大早就板著一張臉，到我的住處，叫我來這裡陪妳。」

莎菈端著茶進來，放在我們面前，馬上離開房內。

她喝了一口茶繼續說：「妳們昨天到底怎麼了？」

埃里克一直沒跟我說有關他工作上的事，我只能無奈的搖著頭。

「唉，小時候他就是這副德性，一遇到棘手的事就不會告訴別人，只會自己一個人悶著頭的去解決事情。」

「小時候？妳們從小就認識了嗎？」

「嗯，我和埃里克從小就是孤兒，還有康尼，那時候我們就在一起生活了。」她嘆口氣的喃喃自語：「雖然那種日子不叫做生活……」

「孤兒？可是埃里克他不是有父母嗎？」

她放下手中的茶杯，揚起眉毛看我。

「是他跟我說的。」我喝茶轉頭避開她的眼神，難道這是埃里克的祕密嗎？

「既然他告訴過妳這件事，那我也可以繼續說囉。」

我安靜的看著她。

「沒錯，他是有個在德瓦做研究的父母，自從他父母親死後，沒有親戚敢收留他，所以從那之後他就是一個人生活，我也是那時候認識他的。」

「德瓦？他父母為什麼要跑去德瓦研究？在雅西不能做嗎？」

「他沒告訴妳，我們都是德瓦人嗎？」她像是有所領悟的點頭說：「這也難怪，他是德瓦人只有我們幾個人知道，甚至連達斯汀都不知道。」

我吃驚的看她，埃里克是德瓦人？他到底還有多少事情是我不知道的？是因為他對我不是認真的，所以才不想讓我知道太多有關他的事情嗎？

「沒關係，他本來就是這種人，不喜歡講過去的事情，但妳也不要太苛責他，畢竟，那種生活誰也不想再去回憶起。」

我沒回應她。

「妳不用擔心，我知道妳現在是唯一能讓他認真的女孩，」她像是知道我內心的想法，繼續說：「但未來我可不保證喔。」

聽到她揶揄的口氣，讓我感到好笑。

「有時我真的很羨慕妳……」她喝了一口茶，看著四周的環境。「妳到底是做了什麼，才能讓他這麼喜歡妳？」

「我也不知道……」我茫然望著窗外，畢竟我從來沒談過戀愛，對於戀愛的感覺是什麼？我毫無頭緒，有一定的定義嗎？我也無從得知，我對他所做的任何事，只是憑藉著自己的直覺，難道人之間相處一定要是刻意的嗎？

「我開玩笑的，沒想到妳還當真。」她繼續說：「但是這樣也好，至少能讓他收起那種玩弄女人的心。」

我感受到她表情暗藏的落寞，我們兩人沉默一會，我轉移話題的繼續追問她：「既然妳們都是德瓦人，為什麼還要來到雅西這裡？」

「這還用說，當然是因為德瓦沒有錢可賺。」

「雅西就有嗎？」

「當然，至少比德瓦多，但是更多原因是因為德瓦會抓孤兒去做實驗。」她吃完點心後，拿起紙巾擦嘴。「每年都會有偷渡的船隻載著其他國家的孤兒到德瓦，我們就順道坐著那些船逃來雅西。」。

這麼多的孤兒都被抓去做實驗，活下來的又有幾個？我只是其中一個嗎？為什麼我會完全沒有小時候的記憶？是因為那些夢境的關係嗎？

她從沙發起身，仔細觀察這房間，手摸著牆壁上掛的一幅畫。「埃里克他還真有心，沒想到他還真的把這裡佈置成妳的家。」

「妳怎麼知道這是我家？」

她回頭看我一眼，繼續的在房內走動。「最近他很常來找我，每次來都是徵詢我的意見。」

「妳的意見？」

「好笑的是，他玩了這麼多女人，竟然不瞭解女生的喜好。」她冷笑的拿起櫃上的擺飾看著。

我微笑的看著她，沒有回應，周圍的景色雖沒有太大變化，但我內心卻再也無法回到過去那種狀態，究竟要怎麼做才能消除內心這個看不見的疙瘩？

樓下傳來一陣吵雜聲，我和格蒂聽見聲音後走下樓，埃里克面無表情的走進來，達斯汀氣沖沖的跟在他身後。

「他們怎麼可以提出這種無理的要求？難道我們只能任憑他們宰割嗎？」達斯汀生氣的坐在沙發上大吼。

埃里克看見我們從樓梯走下來，馬上走到我面前。

「妳有看到上面的裝潢嗎？」他的嘴角立即揚起笑容。

我點點頭，但完全沒心思想那件事情。「發生什麼事了嗎？」

他收起剛才的笑容，抿起嘴唇，沒有回答我。

達斯汀走到我們身旁，氣憤的說：「還不就是那個條件太……」他話才說到一半，埃里克用手肘敲了他的胸口一下，阻止他繼續說下去。

「我帶妳上去。」他靠近我耳邊小聲的說：「我不想跟他們待在這裡，妳可以陪我嗎？」

我遲疑一會。「嗯……」

他拉著我的手走上樓，達斯汀想跟在我們身後，被埃里克阻止。

「你是從哪裡拿到那些東西的？」我抬起頭看他。

「從德瓦帶妳過來的時候，我請隨扈幫我拿的，妳喜歡嗎？」他微笑回覆。

不知道是因為最近的壓力無處宣洩，還是無人可依靠，看見他為我做這麼多事，我的內心頓時感到一陣溫暖，我開心的擁抱他，卻無法克制住自己激動的情緒。

「我以為沒有人會在乎我怎麼想，我真的很開心……真的……」我說到一半無法止住淚水，只能默默地讓它流下。「謝謝你……」

他手輕撫我的臉頰，擦拭我臉上的淚水，親吻我的額頭。「以後我會為妳做更多，我只希望妳能快樂。」

「是因為我也是孤兒的原因嗎？」我擦乾眼淚看著他。

「你為什麼會這麼問？」

「先前你也說過，因為艾維的遭遇跟你一樣，你只是想幫她而已，所以你只是同情我嗎？」

他沒有回答，神情顯得落寞。

「但我還是很感謝你為我做的一切。」我走到沙發坐下，整理自己的情緒。「真的很謝謝你，這裡真的能讓我感到很放鬆。」我高興的看著周圍，或許是因為熟悉而帶來一種安全感，我讓自己的身體往後靠在沙發椅背上。

「夏洛特，我……」他話說到一半，蓓達打開房門走進來，我們兩人轉頭看著她。

「埃里克，你還在這裡做什麼？達斯汀說今天要開宴會歡送你。」蓓達難過的勾住他的手臂。「你為什麼每次都要這麼突然的離開？」

「歡送？」我疑惑的看著他。「你不是才剛回來嗎？」

埃里克生氣的把蓓達拖到臥室外，隨即鎖上門，嘆口氣的坐在我身旁。

我抱起一旁的抱枕，拿著紙巾擦拭眼角的淚水。

「要幫你倒杯水嗎？」他拿起桌上的水瓶。

「不用了，謝謝你。」我繼續問：「為什麼他們要歡送你？」

「一個月後我要去比較遠的地方出差，他們可能想在這個月，盡量讓我開心吧。」

「是因為工作嗎？」

「嗯……算是吧。」

我拉著他的手，讓他從沙發站起。「既然這樣，可不能辜負他們的好意，我們趕緊下樓吧，大家都在等你了。」

「可是，我只想跟妳在一起。」

「我也會一起下去啊，走吧，」我學他的動作，手摸著肚子。「再說，剛才被達斯汀叫聲嚇了一跳，讓我也沒吃多少東西，肚子也有點餓了。」

他被我逗笑，無可奈何的牽著我的手走到樓下，我記得我們離開才一下子，客廳就聚集大批賓客，蓓達站在達斯汀身旁盯著我們看，埃里克和我走下樓梯，一群人馬上包圍著他，我被他們擠到一旁。

我小聲靠近他耳邊說：「你忙吧，我去那邊拿點東西吃。」隨即離開他的身邊。

埃里克抓住我的手。「不要離開太遠，我等一下過去找妳。」

我點點頭，然後離開他們那群人，我走到食物桌上把想吃的食物裝在盤子內，走到角落的桌子旁，眼神瞄到蓓達朝我方向走來，雖然她和我之間還有一段距離，依舊能聞到她身上的香水味。

「有找到想吃的東西嗎？」她拿著一杯香檳喝著。

我疑惑的看她，她怎麼會想過來找我講話？還是在和別人說話嗎？我轉頭看著四周圍。

「我在跟妳說話，」她冷笑一聲。「像妳這種拙樣，妳真的認為埃里克會喜歡妳嗎？」

「妳這話是什麼意思？」我生氣的放下手中的盤子。

「還能有什麼意思，達斯汀都告訴我了，埃里克他根本不喜歡妳。」

我不理解她的話，眼神直盯著她，讓她繼續講。

「妳是某個研究的實驗品吧？」

「妳怎麼知道？」

「達斯汀全都跟我說了，埃里克當初會接近妳，只是因為妳是很重要的實驗品，他只是想完成那項研究，」她靠近我耳邊小聲的說：「他對妳好是怕妳跑掉。」

我睜大眼睛的看著她，呆滯站在原地，埃里克之所以對我好，真的只是因為我是實驗品？我該相信埃里克，還是相信蓓達所說的話？在這世界上太相信別人也是一種錯誤嗎？我一再的相信他們，換來的卻是背叛，現在的我還可以相信誰？

蓓達不屑的看我一眼，離開我身旁走到人群中聊天，我眼淚卻不停從兩頰落下，我刻意壓低自己的臉默默的走上樓，不想引起其他人注意，所有賓客都自顧自地忙著聊天、吃飯，我走到房內把房門鎖起，趴在床鋪上。

像我這種沒有住所，甚至是沒有國家的人，又該何去何從呢？先前的生活雖然是活在虛假中，但還算過得去，為什麼在得知事情的真相後，卻更看清其中的黑暗面，難道世界上所有的真相都是殘酷的嗎？是否知道越多事情的真實面，越會讓人失去活下去的動力？

我還能繼續待在這裡嗎？為什麼每個人在我身上只有看到利益？對他們來說我只是完成這項研究的手段，沒有任何尊嚴，沒有任何喜愛，我只是被當做研究物品般的對待。

「夏洛特，妳怎麼了？」埃里克在門外猛敲門。

我沒回應他，用枕頭蓋住頭，讓自己聽不見那敲門聲，外面瞬間安靜，我用被子蓋住我全身，埃里克和幾名女傭衝到我房裡，他把我身上的被子拉起來。

「妳不舒服嗎？為什麼突然跑上來？」他揮手叫女傭離開房間。

我從床鋪上坐起，身體往後退跟他保持距離，他卻往我身邊靠近，伸手撫摸我的臉。

「不要碰我——」我大喊的推開他的手，站到一旁。

「我又做錯了什麼嗎？」他毫無頭緒苦笑的從床鋪下來。

我搖搖頭。「沒有，你沒有做錯事，錯的是我太相信你了。」

「妳又怎麼了？」他緊皺眉頭的問。

「對你來說我只是實驗品吧。」我生氣的瞪著他。

他表情沉重緊閉雙眼懊悔的摸著額頭。「我承認一開始的確有這種想法，但……」

「既然你帶我來雅西只是為了完成你的研究，那麼我也沒有必要繼續待在這裡了。」我打斷他的話，用衣袖擦拭眼淚走下床。

「不，妳誤會了……」他抓住我的手，我甩開他。

我走到一旁拿了一些隨身衣物放進背包內。「謝謝你之前為我做的那些事，我真的很高興……」

我拿著背包走下樓，埃里克從房內追出來，全部的賓客都抬頭看著我們，發出一些零碎的驚嘆聲，我低下頭往大門外跑。

我漫無目的的走在街上，天色漸暗，街上只剩下幾盞路燈照著地板上磁磚，附近的店家全都熄燈關門，只剩幾個店家屋內還亮著燈，我看著一家餐廳，外牆上掛著紅色的遮陽帆布，從餐廳的落地窗往裡面看，店內只有一名老婦人，沒有半個客人，餐廳的玻璃上貼著徵人告示，我摸著口袋，身無分文，未來的不確定雖然讓我感到很茫然，但若是想讓自己活下去，我就必須自己賺錢填飽肚子……

我推開餐廳的門，門上掛的鈴鐺響起，那名穿著咖啡色長裙的老婦人往我的方向看。「不好意思，我們打烊囉。」她微笑的走向我。「明天再來吧。」

「嗯……我想請問這裡還有缺人嗎？」我手提著背包尷尬的看著她。

「妳之前有在餐廳工作過嗎？」她眼神疑惑地打量著我全身，讓我感到很不自在。

「沒有……」我小聲的回答，但為了爭取到這份工作，我必須積極。「我會努力學習的，拜託請給我機會。」我彎腰的低下頭求她。

「聽妳的口音，不像這裡人……」

「嗯，我是德瓦人。」我慢慢的抬起頭。

「好吧，妳錄取了。」

我驚訝的看著她。

「我也是德瓦人，對於自家的同胞，怎能見死不救呢。」她開心地笑著。

「謝謝妳。」我高興的緊握她的雙手。

「妳叫什麼名字？」

「我叫夏洛特。」

「我是這裡的老闆，我叫瑪麗。」她拍拍我的肩膀。「夏洛特，妳明天早上七點過來上班吧，要先做好心理準備喔，餐廳工作可是很累人的。」

她說完後，轉身走到櫃台，見到我仍停留在原地，她回頭看著我。「怎麼了嗎？」

「可以讓我在這借住幾晚嗎？」我難為情地不敢看著她。

「妳沒有地方可以住嗎？」

「嗯。」我默默點頭。

「唉，這是我們德瓦人來這裡的必經過程，沒關係，妳先等我收拾完。」她邊說邊走到廚房。

「我來幫妳。」我放下手邊的包包，走向她。

「好啊，說不定有人幫忙，可以讓我提早下班。」她端著餐盤，轉頭對我微笑。

我們收拾一段時間，等全部整理完畢，她將餐廳大門鎖上，墊腳的把上面的鐵捲門拉下，我拿著背包緊跟在她身後，街上店家全都關門，整條街幾乎淨空，像是只有我們兩人似的，偶爾有幾台車經過，車的頭燈照著我們，我眼睛不舒服的低下頭避開那道刺眼的光，默默的跟隨她，到一處外牆鋪著紅磚的公寓停下，我看著這棟建築物，牆上的磁磚有些剝落，人行道佈滿垃圾，一盞路燈在旁不停的閃爍，這裡就像被社會遺忘的地方，她開啟那漆成綠色的大門，我們走到二樓一間房間停下，她用手拍打門。

「納汀，快出來。」她對門大喊。

「來了，是誰阿，這麼晚了要是沒有要緊的事，我不會放過妳的。」一名老婦人的聲音從裡面傳出來。

門突然打開，裡面站著一位年紀看起來像六十幾歲的老婦人，滿臉皺紋，歷盡滄桑的眼神流露出不屑的樣子，身上全是煙味，雖然她沒有抽菸，但我仍然被那陣刺鼻的味道嗆到，不斷咳嗽。

「這個女孩想找房子，妳這裡還有空房嗎？」瑪麗抬頭往樓上看。

「又是要等工作後，才能付房租的嗎？」納汀揚起眉毛的看著瑪麗。

「是阿，妳還真瞭解阿。」瑪麗揶揄的說：「看不出來吧，這女孩可是我們同鄉呢。」

「德瓦人？若每個人都說自己是我的同鄉，這樣我還要不要賺錢。」納汀翻了白眼看著瑪麗後，轉頭往我身上看。「這女孩真的是德瓦人嗎？看起來挺乾淨的，一點也不像偷渡過來的阿。」

我低下頭避開她的眼神，安靜不出聲。

瑪麗突然站到我面前，阻止她繼續盯著我看。「每個人都有自己的難處，就不要為難她了。」

「好，好。」納汀走到屋內拿了一大串鑰匙交給瑪麗。「去３０２號房，那間上個房客剛走，我也剛整理好，記住領到薪水後要馬上付房租，我可不是開慈善事業的。」

「我會的，謝謝妳。」我向她鞠躬後，跟隨瑪麗走上樓。

「妳不要看她那種冷漠的樣子，」瑪麗邊走邊說：「其實她對有困難的人特別沒轍。」

我看著她沒回話，她繼續說：「上次有個房客在這裡未婚生子，把小嬰兒放在房內就離開了，也沒繳房租，我叫她把那個孩子送到孤兒院，她硬是要把他留下，現在還自己帶起那個小孩呢。」

我們走到房門外，她吃力拿起那串鑰匙，帶著身上的老花眼鏡，動作緩慢的試了幾把後，終於找到這間的鑰匙，花了一些力氣才把房門打開，裡面傳來一陣霉味。「好了，妳今天就好好休息吧，明天上班可別遲到喔。」她從裡面拿出其中一把鑰匙遞給我後，走下樓。

我才剛踏進房內，腳下的木頭地板咯咯作響，燈光昏暗，只有角落的一盞立燈賣力的照亮整間房，裡面的擺設簡略，只有一張床鋪和櫃子，我把背包放在櫃子上，全身虛脫的躺在床上。

我從來沒想過自己會有獨自生活的一天，這一切來的太快，我還來不及反應，一個人獨處使內心深處的茫然感又再度燃起，若還有一次機會可以讓我選擇，我會選擇裝做什麼都不知道，繼續跟媽媽生活嗎？還是，會努力的避免讓自己成為實驗品，逃離媽媽的身邊呢？想到這裡，我的眼淚又不停的滑落，我蓋上被子，試著不讓自己多想，慢慢入睡……

◆　◇　◆

在瑪麗的餐廳工作了幾個禮拜，對於餐廳工作也逐漸上手，這間餐廳的員工每個都很開朗，讓我感到很意外，餐廳共有五位外場服務員，南西跟我最有話聊，我們時常會在下班後去別的地方小酌一杯，慰勞自己一整天的辛勞，這種平靜的日子，讓我漸漸忘記過去那不愉快的回憶，或許這才是我想過的生活吧。

「夏洛特，妳來一下。」瑪麗突然把我叫過去。

「怎麼了嗎？」我看著她，等她交代我事情。

「今天又有客人要包場，妳幫我再像上次一樣，把桌子往兩側擺。」她拿著抹布擦拭櫃檯，一邊指揮。

「好！」我放下抹布，移動桌子，好不容易把所有餐桌都調整好，這時餐廳門的鈴鐺聲卻響起。

「不好意思，今天有人包場了。」瑪麗放下東西的走到那女人面前，我走到櫃台，拿起抹布繼續她剛才未完成的工作。

「夏洛特！」那女人叫著我的名字，我好奇的往她的方向看過去，是格蒂。

「格蒂，妳怎麼會來這裡？」我走到她身旁，瑪麗拍拍我的肩膀後回到廚房，讓我們繼續聊。

「今天埃里克包下這間餐廳，我才在想為什麼選擇在這裡開宴會，原來是妳在這裡。」

聽到他的名字，讓我內心突然感到一股悸動，我對他放真感情，但他卻只看見的我身上的利益，埃里克為什麼要包下這裡？難道又像德瓦政府一樣，不肯放過我這個實驗品嗎？說到底，我只是一個滿足他研究需求的對象。

「妳那天突然離開，我們全都嚇一跳，」她在我耳邊小聲問：「妳們兩個又吵架了嗎？」

我正準備要開口，埃里克和達斯汀從門外走進來餐廳，蓓達跟在他們身後，她用不屑的眼神看我一眼後，上前勾住埃里克的手。

「原來是這樣，所以你才會選擇這家餐廳阿。」達斯汀大笑的看著埃里克，但埃里克卻一直盯著我看，我不想跟他四眼相對，轉過身走到廚房。

「是埃里克先生嗎？」瑪麗從廚房內走出來歡迎他們。「來，請進，需要現在把菜端出來嗎？」

「隨妳安排吧。」埃里克微笑看著瑪麗。

「好，你們先坐，我請服務生把菜端上來。」瑪麗說完後，走到我們身旁指揮著，我們五人把廚房內的菜端到兩旁的桌上，人潮也慢慢的湧入，我和南西端著盤子，上面放了幾個酒杯，走到人群中。

「夏洛特，妳認識他們嗎？」南西小聲說：「這些有錢人怎麼會想到要來這種小餐館開宴會阿。」

我聳肩的沒回答她。

她繼續問：「那個金髮的男生很帥耶，他叫什麼名字？」

「哪個？」

她手指著前方。「就是被那穿著黑色迷你裙的女人勾住的那個男生阿。」她興奮的看著他們。

我往他們的方向看過去，只看見埃里克自顧自的喝著酒，沒理會周遭人跟他聊天。

南西被其他的賓客叫過去，我走到一旁詢問其他人是否需要酒，不想接近埃里克他們的區域，埃里克他們卻突然朝我的方向走過來，達斯汀帶他坐在角落的一處位置。

「請問需要酒嗎？」我勉強擠出微笑的轉身詢問他們。

蓓達拿了兩杯酒，一杯放在埃里克面前。「這裡的酒喝起來像在喝水似的，沒什麼味道。」她喝了一口酒，嘆口氣的把酒杯放在桌上。

我遞給他們酒後，馬上轉身離開他們。

「要不要叫夏洛特過來坐？」達斯汀吃著桌上的花生，看著埃里克。

蓓達冷笑一聲，不屑的說：「叫她過來幹嘛？這樣只會讓酒變得更難喝。」

後方忽然傳來玻璃碎裂的聲響，我往後看，蓓達被推倒在地，格蒂在一旁攙扶她，南西到他們面前收拾，我把手中的端盤放在一旁的桌上，走到南西身邊，跟她一起蹲著撿起地上的玻璃碎片，埃里克突然抓起我的手臂，我一不小心把手中的碎片散落一地，他拉著我往餐廳外跑，全場的人都看著我們，我想掙脫他的手，卻沒辦法。

他帶我跑到一處小巷子內，外頭的燈光昏暗，沒有任何一人，他抱住我親吻著我的嘴，我嚇到急忙推開他，打他一巴掌。

「你在做什麼？」我生氣的看他，一邊擦拭自己的嘴唇。

「妳為什麼不聽我的解釋？」埃里克拉住我的手，我甩開他。

「有什麼好解釋的？我跟你之間又沒有任何關係。」我轉身想離開。

他走到我面前阻擋我。「我承認一開始是抱持著那種念頭接近妳，但是卻漸漸的發現我對妳有了感覺，在我心中妳跟其他女人不一樣。」

「不一樣？是因為我是實驗品嗎？」我苦笑的看著他。「我不知道該相信誰說的話了，現在誰說的是真話，誰說的是假話，我已經分不清楚了，你們都是同一種人，每次都把我對你們的信任不屑一顧，我受夠了。」我的眼淚不停滴落，沾濕我制服的領口，難過的情緒讓我一時感到胸悶，突然一群隨扈跑到埃里克身後，我盯著他們往後退幾步。

「我有說你們可以來這裡嗎？」埃里克回頭看著他們大喊：「滾。」

隨扈不知所措的互看對方，慢慢的退後離開我們的視線範圍，我感到一陣暈眩蹲在地上，埃里克把我攙扶起來，我推開他的手，緩慢的扶著牆壁走到餐廳，他緊跟在後。

我們回到餐廳內，所有賓客全都盯著我們，我擦乾眼淚避開其他人的目光，進到廚房後場。

「瑪麗，我今天可以早退嗎？」我難過的抱著她。

「發生什麼事了？那名客人有對妳怎樣嗎？」她雙手摸著我的肩膀，仔細檢查我身體有沒有受傷。

「沒有，只是身體有點不舒服。」我停頓一會。「東西可以留著，我明天會早點過來整理。」

她微笑的摟住我肩膀。「不用了，妳回去好好休息吧。」

「嗯。」我走到後面的小房間，穿外套拿起背包準備離開餐廳。

到了外場，全場一片寂靜，埃里克坐在角落，他沒往我這裡看，其他人卻一直盯著我，南西看到我出來後，走到我身旁。

「妳是怎麼了？為什麼突然要早退？」她放下端盤，擔心的看著我。

「抱歉，明天再跟妳說，我先下班了。」我低頭快步離開，想趕快逃離這個地方，外頭的新鮮空氣頓時減少暈眩感，我走了一段路，到河岸旁的長椅坐下，想放鬆這種緊張的心情，後面突然傳來腳步聲，我嚇到回頭看，一名穿著黑色西裝的人站在我身後。

「誰？」我拿起背包站起來，轉身跑離現場。

「夏洛特小姐，我是柯特。」

「柯特？」我停下腳步，回頭仔細的看他。

「妳不認識我沒關係，我是之前在德瓦時埃里克先生的隨扈。」

「是他叫你來的嗎？」

「嗯。」他輕輕的微笑一聲。

我不屑地轉頭離開。「又想要監視我嗎？」

「他會這麼做，只是想確保妳的安全。」他不停地跟在我身後。

「我的安全？」

「沒錯，因為雅西政府最近可能會有一些動作，他怕妳會受傷。」

「雅西政府跟我又有什麼關係？」

「妳是德瓦重要的軍事研究實驗品，妳認為會沒有關係嗎？」

「就算我是軍事的實驗品，那也是我的事。」我不想繼續多說，往回家的方向走。

「若他們傷害妳周圍的人也沒關係嗎？」

我停在原地，回頭看他，其他幾名隨扈也跑到他身旁，他停止繼續說，轉身跟那些人討論事情。

我繼續往前走，現在只有我一人而已，還有其他人跟我有關係嗎？若我不要去接觸他們，或許他們就不會再次受到傷害了。

我停在公寓前望著四周，原本髒亂的街景突然變得很乾淨，我走到房門外尋找放在背包內的鑰匙，打開房門裡面傳出一陣香氣，這是我的房間嗎？原本簡略的擺設全不見，床鋪換上純白的床套，旁邊還多了一組沙發，牆上剝落的油漆也重新上色成米白色，天花板也多了幾盞燈，地板的吵雜聲也消失，整間房間像是重新裝潢，是房東弄的嗎？

我快步走到二樓敲著納汀的門。

「是誰？」她的煙嗓大吼著。

「是我，夏洛特。」

她打開門看著我。「幹嘛？」

「我的房間是妳重新裝潢的嗎？」

「我哪有那個閒錢，是妳自己說要裝潢的啊，妳忘啦？」她抽著手上的煙，轉頭把嘴裡的煙吐在一旁。

「我？怎麼可能。」我被煙嗆到咳嗽。

她大笑的看著我。「不是妳會是誰？難道是神？」

我猛搖頭的看著她。

「是妳忘了吧，今天一堆人來，報妳的名字，說要裝潢房間，我就讓他們進去囉。」她詭異的微笑看著我。「謝謝妳的免費裝潢，我去看過，還挺漂亮的。」她房裡傳來小孩哭聲，她走進去看，把我關在門外。

我默默的走回房間，是誰幫我裝潢的？是瑪麗嗎？她是因為看我一個人很可憐才想幫我的嗎？還是埃里克？除了她們兩人我想不到其他人了。

我洗完澡後，拿著浴巾擦頭，門外傳來敲門聲，這麼晚了會是誰？是房東嗎？

「誰？」我疑惑的問，但沒有人回應。

我把浴巾放在一旁，走到門前打開門，是埃里克！

「夏洛特……」他突然抱住我，我還來不及反應，瞬間我的身體感到沉重，我跌坐在地板上，他壓在我身上，我使力推開他，讓他倒在一旁，我搖著他的身體，拍打著他的臉都沒有反應，我拉著他的雙手把他從門外拖進來。

「埃里克、埃里克？」我輕拍他的臉，完全沒有反應，我緊張的把食指放在他的鼻子確認，還好有呼吸，讓我鬆一口氣，他到底是喝了多少酒？全身充滿酒味，我費了極大的力氣才把拖到床上，幫他蓋好被子後，自己躺在沙發上。

他來我這裡做什麼？還有他怎麼會知道我住在這裡？一定是柯特跟他說的，我蓋上被子不去多想，努力的讓自己入睡，明天還需要工作。

第十章

昨晚忘了把窗簾拉上，刺眼的陽光照在我臉上，我看著一旁的鬧鐘，已經六點了，埃里克還在睡，我沒時間理他，我到浴室換好衣服後，拿起背包去上班。

我走下樓，大樓外牆全翻新，這應該是埃里克才有辦法做到吧，蓓達的話又突然出現在我腦海中，他做這些事是希望我能回到他身邊，好讓我接受他的實驗嗎？

我搖搖頭不想再為這種事情煩惱了，現在最重要的是，我要過著屬於自己的生活。

走進餐廳，其他員工都還沒到，只有瑪麗一人站在櫃台，餐廳內未點燈，周圍顯得昏暗許多，我遲疑的走到櫃台前把背包放下。「其他人呢？怎麼只剩妳一人在這裡？」

瑪麗從櫃檯走了出來，帶我到一張桌子旁坐下。「我要把這家餐廳歇業。」

「為什麼突然就……？」

她沒回答我，繼續說：「妳知道我為什麼要開這間餐廳嗎？」

我搖搖頭，皺著眉頭看著他。

「我離婚後，有兩個小孩跟著我，他們兩人都有先天疾病，為了要照顧他們，我在路邊擺攤一邊帶著他們兩人，等到生意上軌道後，才開了這家餐廳。」她到一旁拿兩杯水一杯放在我面前。

她喝口水繼續說：「她們的醫藥費龐大，壓的我無法喘氣，有的時候我很想帶著她們一起自殺，這樣至少可以讓我輕鬆一點。」

她苦笑的把水杯放在桌上。「當我準備跟他們同歸於盡時，我一歲的女兒見到我拿著刀子站在她面前，她卻對我露出微笑，我心中的那種痛……」她痛哭好一陣子都說不出話來，我從背包拿面紙遞給她。

她擦拭著眼淚繼續說：「妳知道嗎？看到她的微笑才讓我發現，其實人的內心真的很脆弱，時常會因為恐懼而害怕面對未來，當腦中思緒不斷的沉溺在痛苦的同時，人也就會失去了活下來的動力，我知道，人生一定有悲傷和快樂的時候，但人總是喜歡忽略快樂的那一面，只看不好的那一面。」

「人生本就是喜憂參半，希望會讓人產生活下去的動力，那時候我才瞭解，人要活下去一定要有一個目標，等這個目標達成後，再訂另一個目標，年老時再回顧自己在這一生中完成過哪幾件事、回顧這一生做過哪些有意義的事，我想這就是人生存在這世界上的最終目的吧。」

她話一說完，走進廚房像是在準備什麼。

我安靜的看著她，回想過去的人生，我發現自己沒有任何目標，只是渾渾噩噩的過日子，但人活在這世界上的其中一個優點就是，除了生命以外，任何事情都可以從頭再來，我是否也該認真考慮自己的未來呢？

她拿了一盤水果放在桌上，自己吃了一片。「妳和埃里克是什麼關係？」

我正準備要吞下水果時，被她的話嚇到噎著，不斷咳嗽。

「看妳們的行為就知道關係不單純。」她若無其事的吃著水果。

我咳嗽漸緩，喝了一口水，放下手上的杯子看著她。「為什麼突然這麼問？」

「昨天在妳回去後，我跟埃里克聊了很多，妳跟他為了什麼事而吵架？」

我皺著眉頭沒回答她，轉移話題的問：「為什麼突然要歇業？我看這裡的生意還不錯阿。」

「埃里克給我一筆錢，想讓我好好養老。」她高興的喝著水。

「他為什麼突然要給妳錢？」

「可能是昨天和他聊了很久吧，他真的是一位不錯的年輕人。」她站起來仔細看著餐廳內部。「這裡生意的確不錯，只可惜我的年紀大了，想做也做不久了吧。」

「所以今天不用上班囉？」

「嗯。」

聽到她這麼說，我默默的拿起背包離開餐廳。

她突然叫住我。「夏洛特，好好的跟他談談吧，我覺得妳們兩人之中存在著某些誤會。」

我勉強的對她微笑，轉身離開，這樣就表示我又要找下一份工作嗎？跟她聊了一段時間，不知不覺時間已經到了傍晚，我嘆氣拖著沉重的腳步回到租屋處，才剛走到二樓，就看到納汀站在門外。

「夏洛特，真的謝謝妳阿，幫我整修這間破舊公寓。」她手指著正在施工的工人。

「那不是我做的。」我極力的向她否認。

「不是妳是誰？難道是瑪麗說的那個埃里克嗎？」她臉上充滿笑容的看著施工的人，這還是我第一次看她笑得這麼開心。

我沒理她，繼續往樓上走，埃里克還會在裡面嗎？我緊張的拿著鑰匙開門，進到房內，發現他仍然躺在床上，完全沒有起來過的痕跡，我把背包放在櫃子上，走到他身旁，發現他眉頭深鎖，看起來像是很痛苦的樣子，我搖搖他的肩膀，他沒有反應，是發燒了嗎？我摸著他的額頭，他卻突然伸出手把我抱住。

「你在做什麼，快放開我。」我不斷的掙扎，他也更加用力。

「我不要，除非妳聽我解釋。」

我停止掙扎，眼睛瞪大的看著他。「我為什麼要聽你解釋？我已經說過了，我跟你又沒關係。」

「妳喜歡我嗎？」他突然的問，讓我不知所措，我沒有回答他。

「快回答啊，不然我不會放開妳喔。」

我深呼吸嘆口氣。「喜歡是喜歡，但那也是過去的事了，這跟聽不聽解釋無關吧。」

他放開我後，我馬上推開他站在一旁。

「當然有關係。」他起身坐在床上伸懶腰。

「既然你已經醒了，現在可以回去了吧。」我走到門旁開著門等他出去，他卻開始脫起上衣和褲子。

「你在做什麼？」我驚嚇的馬上把門關起來，怕被其他人看到。「快把衣服穿起來。」

「睡一整天流了滿身汗，當然是要洗澡，妳要跟我一起洗嗎？」

我猛搖頭閉上眼睛不敢看他，聽到浴室的關門聲，才敢慢慢的張開眼睛，我癱坐在床上，好不容易找到的工作就這樣沒了，又得重新再找，我走到櫃子旁，看著錢包裡頭的現金，還有剩一些錢，至少能撐過這幾天。

過一段時間，他洗完澡只在下半身圍一條浴巾的走出來。

我背對著他，拿起背包走到門口。「你洗完澡，就快點離開吧。」

「妳要去哪裡？」

「託你的福，我現在必須去找下一份工作。」我開啟門準備走到外面，還沒踏出一步，他就把我拉進去房內，身體擋在門前。

「你擋在我面前做什麼？」我被他的舉動嚇到，皺著眉頭看他。

他不出聲，拉著我的手把我壓倒在床上，讓我無法動彈。

「放開我。」我拼命的掙扎。

「妳不是說要聽我解釋嗎？」

「剛才不是聽過了嗎？」

「那只是我在確定妳的想法而已。」

「喜歡你的女人有很多阿，難道她們也跟你有關係嗎？」

他沒有回答。「你真的認為我是在利用妳嗎？」

「不然呢？除了這個我想不到別的。」

「若是我在利用妳做研究，為什麼妳最近都沒有做夢呢？」

我停止掙扎，思考一會的盯著他看。「還是有啊。」

「怎麼可能。」他驚訝的從我身上起來，坐在床上。

「最近我前幾天還有夢到自己變成被實驗的小女孩，也是等到那個小女孩死後，我才清醒。」

「夏洛特……」他話說到一半停頓，我疑惑的看著他，他繼續說：「那是妳小時候的記憶，不是替代成別人。」

「我的記憶？」

「妳之前有很常一段時間是處於別人的記憶狀態，才造成自己的記憶混亂，導致妳會認為小時候發生過的事是夢境，無法判斷真假，而且，就算是一般人，有時候也不能過於相信自己的記憶，因為人總是喜歡在回憶中添加一些自我意識。」

「我要怎麼相信你？」我斜眼的瞪著他。「你已經有一次欺騙我的紀錄了。」

「我為妳做這麼多事，妳都沒有任何感覺嗎？」

「蓓達說那是因為你怕我這個實驗品跑掉。」

「原來就是她，害得我這幾天這麼辛苦，還被誤會。」他忘了自己只圍著一條浴巾，生氣的從床鋪上站起來。

我轉過身背對他。「你可以把衣服穿好嗎？」

「妳若不跟我回去，我就不要換衣服。」他像小孩子的耍賴躺在床上，我被他弄得哭笑不得，但腦中卻想起柯特說過的話。

我站起來走到窗戶前，看著窗外街道上的行人。「我不能跟你回去。」

「為什麼？」

「你們不是都說我是軍事實驗品嗎？若回去的話，你們也會受到牽連的。」

「這妳不用擔心，至少在雅西政府不會對妳怎樣。」
「你怎麼知道？」我轉頭看著躺在床上的他，他的臉上笑容瞬間消失。
「因為達斯汀有關係啊。」他突然坐起來，繼續說：「不要說這個了，妳要跟我回去嗎？」
「可是，白白住你家好像不太好……」
「不然我安排一個工作給妳好了。」他站起來穿起衣服。
「什麼工作？」我好奇的盯著他。
「妳來了就會知道。」他穿好衣服走到我面前，開心的拉著我。
我另一隻手急忙的拿著背包，我們走到門口，他突然停下腳步。
「在這之前，我帶妳去一個地方。」
我疑惑的看著他，他卻沒理會我的反應，快步的牽著我走下樓，我們經過二樓，納汀太太聽見聲音後開起房門大聲詢問：「妳們要走了啊？」
「對阿，若妳有什麼需要，可以打給我隨扈，我會請他過來幫妳的。」埃里克高興的看著納汀，一名隨扈停下來，遞給納汀太太一張名片。
我們走到樓下，公寓前面已經停了一台車。
「你要帶我去哪裡？」
「一個妳會喜歡的地方。」
我遲疑的看著他，我該繼續相信他嗎？他會不會又用另一個謊言繼續騙我？
「妳還是不相信我嗎？」

我點點頭。

「沒關係，等到那裡，妳就知道了。」

車子開到一處沙灘上，是海邊嗎？等車停妥後，我沒等他開門，自己走下車，很久沒有來到這種地方，我走到海浪前的沙灘上坐下，總覺得聽著海浪聲，就能讓我把之前的煩惱全都拋在腦後。

他走到我身旁坐下。「妳看，我沒有騙妳吧。」

「嗯。」想起他對我說的工作。「你不是要給我一份工作嗎？」

他沒回答我，轉移話題的問：「妳還在生我的氣嗎？」

我嘆口氣，不知該如何回答。

「我只希望妳能陪在我身邊。」他抿著嘴，眼神哀傷盯著我。

我沒回應他，我們兩人不發一語的沉默，我抬頭看著天空。

「每當我看著天上的星星，就會覺得人類的煩惱在這宇宙中顯得特別渺小。」

他看著星星不發一語。

天空突然下起雪，隨扈在一旁將雨傘遞給埃里克。

他把雨傘打開放在我們兩人中間，突然摟住我的肩，他的舉動讓我頓時卸下心防，安靜的四周只聽見海浪拍打岸邊的聲音，全世界彷彿只剩下我們兩人。

「你要去哪裡出差？」

他像是在思考事情，隔了一會才說：「在某個小國家有筆交易，我需要過去處理。」

「達斯汀不能幫你嗎？」

他搖搖頭。「這件事我必需要親自處理一趟。」

我轉過身面對他。「我能跟你一起去嗎？」

「這只是生意上的事情，我可不想讓妳冒險。」他抓住我的手。「放心我很快就會回來的，我已經請達斯汀在這段期間幫我好好照顧妳。」

總覺得他有事瞞著我，但又說不出個所以然，只能無奈的看著前方的海。

不知過了多久，太陽逐漸升起，星星也緩慢的隱藏在清晨的天空中，我們走回車上，才一坐上車，埃里克又開始講起電話，我靠著椅背，睡意慢慢的湧入我腦海中，他的聲音漸漸的模糊，我的眼皮也越來越沉重……

外面的敲門聲持續一段時間，我睡眼惺忪的從床鋪起身走上前開門，是達斯汀，他來我的房間做什麼？埃里克人呢？我揉著眼睛看他。

「夏洛特，你可以到樓下嗎？我有話想跟妳說。」他的臉色沉重的看著我，說完後轉頭走下樓。

我關上門，簡單梳洗後換了件衣服，走到客廳，看見達斯汀一人坐在沙發上。

「妳知道今天埃里克去出差了嗎？」

我搖搖頭。「他沒跟我說是今天。」

「唉……」他嘆口氣的，拿起桌上的茶小酌。「我可以麻煩妳一件事嗎？」

「什麼事？」

「幫我一起勸勸他，讓他不要去德瓦。」

「德瓦？他不是要去談生意嗎？」

他沉默一陣子，起身走到落地窗旁。「妳知道雅西政府為什麼會讓妳入境嗎？」

我感覺到事情有些不對勁，安靜沒回答他。

「他一直叫我不要多嘴……」他喃喃自語。

我打直身體坐在沙發上，讓他繼續說。

「當初埃里克帶妳過來時，雅西政府阻止他，但他一直堅持……」他嚴肅的盯著我，繼續說：「他們拗不過埃里克，所以就跟他提出條件……」

「什麼條件？」

「讓埃里克去德瓦拿實驗的藥……」

「為什麼？那種藥對他們來說有什麼好處？」我氣憤走到他身旁。

「當然是因為它的用途……」他繼續說：「雖然他們對妳使用的藥只是半成品，但是雅西政府認為若是交由埃里克來研發的話，說不定能把這個藥完成。」

「埃里克會有危險嗎？」

「這就是我最擔心的一點，可是雅西政府認為德瓦不會對埃里克動手，他們說德瓦巴不得要把他拉攏過去，可是我想沒有這麼簡單……」

「為什麼？」

他突然背對著我，我們兩人安靜一會。

「吉爾女士死了。」

「你說什麼?!」我驚慌的跑到他面前，完全不敢相信耳中聽到的事實。

「都怪她太相信以前的研究同夥……」

我激動的抓住他的手臂大喊：「她怎麼會死了?是什麼時候的事?為什麼都沒有人告訴我？」

他眼神不敢看我，小聲的說：「埃里克先前將她安排到另一個國家，沒想到她竟然還跟之前研究所裡面一名叫做卡爾的男性聯絡，而且吉爾女士還偷偷的到德瓦與他會面，也就是因為這樣才被那個無賴出賣……」

「她為什麼要跟那個卡爾聯絡？難道沒有人阻止她過去德瓦嗎？」我放開他的手臂，無法克制自己情緒的大哭，人類是否有這樣一種天性，自私地為了達到自己的目的，就可以把別人對他的信任踐踏在地上，不屑一顧。

「唉，隨扈已經勸她不要私自行動，也多次的告訴過她，若要外出，一定要把隨扈帶在身邊，但她還是趁晚上的時候偷偷溜出門外。」他難過的輕拍我的肩膀。「聽說她會出去見卡爾好像是為了要問出你父母親的下落……」

我哭到無力的蹲坐在地上，身體不停顫抖，她離開我身邊卻還在為我著想，是因為對我感到虧欠嗎？就算找到我的親生父母又如何呢？我能夠拋下一切去跟他們生活嗎？人是一種感性的動物，相處久了自然會產生一種情感，她雖不是我的親人，但在我心中我早已認定她就是我唯一的親人，家人的相處不就是這樣嗎？當大吵一架後，只要雙方把問題講開了，心理的疙瘩便會迎刃而解，就算她之前是欺騙我的，我仍然會原諒她……

他攙扶我到沙發坐下。「對不起，埃里克原本叫我不能說的，但是我覺得還是必須要告訴妳，我不希望埃里克最後會落得跟吉爾女士同樣的下場……」

我努力的緩和自己的情緒，愛瑪遞給我衛生紙，我擦拭臉上的淚水，看著他。

他繼續說：「在這時機點說這些話好像有點不妥，但我還是希望妳能去幫我勸他，因為德瓦政府可不像他所想像的那樣單純。」

「他現在在哪裡？」我擦乾眼淚的看著他。

「正在機場，我已經請隨扈幫我拖延時間，妳能過去找他嗎？不然我怕他去了德瓦以後，就再也回不來了。」

我點點頭，他馬上請人準備車輛，我們加快腳步的上車，隨扈迅速的駛離別墅，兩台隨扈的車跟在後面，坐在副駕駛座的男人往後遞給我一把手槍。

「小姐，這把槍給妳，若有需要可以用來防身。」

我不理解他的意思，但還是把手槍收下，握到手槍時，我的腦內突然浮現一名警察與歹徒槍戰的畫面，那名警察是誰？我之前認識他嗎？為什麼這個畫面會突然出現在我腦中？這時有兩台車阻擋在我們面前，道路兩旁都是水泥牆，讓車子無法迴轉，坐在前面的兩名隨扈下車拿著槍朝對方射擊，一名男子朝我身旁的窗戶射了幾槍，被防彈玻璃阻擋而無法穿透，我拿起手槍朝窗外射擊，子彈穿過玻璃射中他的頭，血水從他後腦勺噴出，我看著倒臥在車外的那群人，地上全是他們的血漬，隨扈將他們全都擊倒後，立即上車前往機場，

「他們是誰？」不知是槍的後座力太大，還是感到害怕，我的手仍舊不停的發抖。

副駕駛座的那名隨扈轉頭回答：「是亞倫的手下。」

「他們的消息還真快，到底是怎麼知道的？」駕車的隨扈斜眼看著他。

「不知道，照這樣看來，我們這群人裡面一定有內鬼。」他用手帕清潔那沾滿血的雙手。

車子抵達機場，我們立即下車，隨扈帶我跑到埃里克待的那架飛機，他們站在下面，我一人走上去，才剛走進機艙內，就看到埃里克和康尼坐在一旁聊天，帕蒂看到我進來馬上走到我面前。

「哈囉，夏洛特，」她高興握住我的手。「我才在想奇怪，妳也是德瓦人，為什麼沒有跟埃里克一起去？」

埃里克聽見她呼喊我的名字後，驚訝的走到我們身旁。「夏洛特，妳怎麼會來這裡？」

康尼走到埃里克身邊，勾住他的手臂，我看著他們兩人。

「達斯汀叫我來勸你不要去德瓦。」我喃喃自語的說：「你不應該騙我說你是要去談生意的，你可以跟我說實話……」康尼眼神直盯著我，讓我感到很不自在，我避開她的眼神，刻意不看她。

他推開康尼的手臂，牽起我的手。「我只是不希望妳擔心。」

「你為什麼要到德瓦拿那種藥？」我輕移開他的手。「是因為我的關係嗎？」

他安靜不吭聲，眼神看往別處。

「你不必為我做這些事，我不想再看到身邊的人因為我而受害……」

「我很快就會回來，到時候我們就可以不用再為這種鎖事煩惱。」他牽起我的手，高興的看著我。

「若只是想拿到那種藥，我可以去幫你拿。」我鬆開他的手，站在他面前直視著他。

「我怎麼可能讓妳去冒險，再說，德瓦那裡只是希望我能夠加入他們的陣營而已，反正等我拿到藥，很快就會回來的。」

「可是，達斯汀說他不認為那些人會讓你輕易的脫身，他怕你會像媽媽一樣……」

他揮揮手要康尼她們離開我們身邊。「達斯汀跟妳說了吉爾女士的事情嗎？」

我點點頭。「我真的不希望你參與那種研究，你父母當初不也是因為不同意他們的作法，而離開實驗室嗎？」

「也只有這樣做我才能讓妳脫離那種處境，和救出裡面的那些孤兒……」

「孤兒？」

他確定左右沒人，小聲在我耳邊說：「其實我跟雅西政府談好，這次主要是去破壞德瓦那邊的實驗室，順便把他們的研究成果帶來雅西。」

我吃驚的看著他。

他繼續說：「這件事我還沒跟達斯汀說，我懷疑身邊的那群人有內鬼，所以才會私下跟他們談這件事。」

「我也要跟你一起去。」

他面有難色的看著我。

「你把我這個實驗品帶回去不是更具說服力嗎？況且，我也希望能夠救出那些小朋友。」

「可是，這太危險了，我不能冒這個險，妳就乖乖的這裡等我，我很快就會回來。」

「這是我第一次找到想做的事，即便因此而失去性命，也沒關係。」我堅決的看著他。「我現在只希望在接下來的生命中選擇自己想做的事，也希望能為那些小孩盡一份心力。」

他嘆口氣的看門外一眼，思考一段時間才說：「好吧，但妳一定要聽我的指示，我可不希望妳因此而受到傷害。」

他帶我到機艙內坐下，走到機長室，等他回到座位，機身開始滑行，埃里克的手機突然響起，他把電話轉為擴音。

「你為什麼還是執意去德瓦？夏洛特沒有去找你嗎？」達斯汀語帶生氣的在電話那頭大喊。

「托你的福，她現在要跟我一起去，回去我再慢慢的跟你算這筆帳。」

「怎麼會變成跟你一起去了……」他的音量逐漸變小，埃里克生氣的掛上電話。

「對不起，都是我害的。」

「不是妳的錯，是他不應該跟你提到這件事。」

「其實我很感謝他能告訴我實情，至少我能夠從中做出自己的抉擇。」我微笑的對他說：「若是你一直都不跟我說真相，反而會讓我更加疏離你們。」

「為什麼？」他疑惑的看著我。

「就是因為有所隱瞞，才會產生誤會啊。」

「原來……」他似乎瞭解我說的話，若有所思的說：「我總認為人有時候不要瞭解太多，反而是好事。」

我不以為意的說：「是嗎？我以前一直覺得人活在這世界上，為的就是追求自由，即使身體無法獲得自由，至少還能擁有意識上的自由，若是像我以前那樣過著別人建立好的虛假人生，而自己對所有事情的真相毫不瞭解，這樣能算是好事嗎？」

我轉頭看著窗外，繼續說：「人們常說只要有選擇的權利，就是擁有自由，倘若在虛假中所做的選擇，那也稱得上自由嗎？」

我們沉默了一會，帕蒂將茶點放在我們面前。

他拿起桌上的茶小酌一口。「從我獨自一人生活開始，我就不認為有所謂的真實與虛假，因為縱使別人是用虛假的態度對你，你還是無法改變他的想法，我們沒有辦法改變這世界上的所有人，唯一能做的就是改變自己。」

真相給人的感覺是痛苦還是快樂？當一個人活在虛假中，但是他認為自己是快樂的，這樣的人生稱得上幸福嗎？難道這就是人所追求的目的嗎？若不是，為什麼有時候知道真相反而會更加難受？這輩子我可能永遠無法理解，或許活在當下，珍惜身邊所擁有，才是我們應該追求的。

帕蒂他們朝我們走過來，康尼坐在埃里克椅子旁，高興的勾著埃里克的手。「夏洛特，我和埃里克要結婚了！」

我吃驚的看著他們，不知道該如何反應。

埃里克忽然急忙起身，坐到我身旁，緊抓住我的手。

我被他的舉動嚇到，皺眉盯著他。

「妳不要聽康尼亂說，」他緊張的向我解釋，一邊對著康尼說：「妳不要亂跟她開玩笑，她很容易就會相信的。」他生氣的看著康尼。

他的舉動讓我感到好笑，帕蒂也跟著笑了起來。

「怎麼了？」他疑惑的眼睛不斷在我們之間徘徊。

「那你為什麼要抓住我的手？」我盡量克制住笑聲的看著他。

「因為妳每次都會跑掉，所以我只能抓住妳。」

「夏洛特，你真的很厲害，居然能和埃里克維持這麼久。」帕蒂將手中的一杯酒遞給我。

我放下手中的酒杯反駁她的話。「維持？可是我們沒有在一起過阿。」

「我們要怎樣才能算是在一起呢？」埃里克耳朵貼近我，像是在等我的答案。

「我不知道？」我聳著肩喝完手中的酒，帕蒂繼續幫我倒滿。

埃里克突然被一旁的隨扈找過去，帕蒂馬上坐在我身旁的位置。

「妳看到埃里克會有開心的感覺嗎？」帕蒂在一旁喝著她手中的酒。

我點點頭。「但妳們不也是一樣嗎？」

「雖然我們跟妳有相同的想法，但埃里克卻不會用同樣的態度對我們。」康尼手托著下巴盯著我。

「可是，我不喜歡他會用膚淺的態度對我…」

「膚淺？」帕蒂不解的看我。

「她是說怕埃里克只對她的身體有興趣。」康尼在一旁解釋。

「這就很難說了。」帕蒂思考著，突然像是靈光一閃。「難道妳們還沒發生性關係嗎？」

「當然沒有。」我想擺脫這尷尬問題，一口氣喝完杯子內的酒。

帕蒂驚訝的說：「哇，看來埃里克是真的要定下來了。」

康尼猛點頭的跟帕蒂互看。

「算了，不問這個了。」帕蒂好奇的問：「妳知道埃里克去德瓦做什麼嗎？」

我才正準備開口，帕蒂看見埃里克從隨扈身旁走過來，起身把位置讓給他。

「妳們應該沒有和夏洛特說我的壞話吧。」他質疑的看著康尼和帕蒂。

康尼揶揄的微笑，斜眼揪著埃里克一眼，雙手拍著帕蒂的肩膀。「走吧，該工作了。」

帕蒂回頭微笑的看我一眼，跟著她走到廚房。

埃里克小聲的在我耳邊說：「剛才我跟隨扈討論，下飛機後，我們會直接到實驗室，一進去他們會幫我們帶上控制晶片，我教妳怎麼拆。」他遞給我一小片像是貼紙的東西。「這個妳拿好，放在隱密的地方，記住，妳一定要想辦法從那裡逃出來，在外面躲好，等到我那邊處理完後，我就可以用這個接收器找到妳。」

「嗯。」我點頭的看他。

過了一段時間，埃里克在我身旁睡著，才安靜一會，我的腦中又回想起最近發生的事情，我轉頭望著窗外的星空，不管我們發生什麼事，天上的星光依然會持續的閃耀自身的光芒，雖然未來對我們來說是遙不可及的事，但至少我能在有限的生命中，決定自己的未來，盡自己的所能，為身邊的人做一件事，這樣對我來說，或許就足夠了……

第十一章

「夏洛特，醒醒，我們到了。」埃里克輕搖著我的身體。

我睜開眼睛的看著他，飛機已經降落在德瓦的機場，一群黑衣人站在我們面前。

「埃里克先生，該出發了。」一名男人說。

埃里克牽著我的手，我們剛下飛機，一台黑色轎車停在下面，我們上車後不發一語，車越開往實驗室，我的心情也越顯得緊繃，我看著窗外，試圖緩和自己的情緒，但腦內卻湧入一群孤兒在廢墟中被人強行帶走的畫面，那是我在夢中的角色嗎？還是像埃里克說的，那就是我自身的遭遇呢？

車子沿著海岸線，開到荒郊野外，這裡完全沒有任何住宅和人群，白色的鐵網欄杆圈住眼前一大片土地，車子停在鐵網前，一名隨扈把證件交給守衛，另一個守衛手中拿把長槍，低頭仔細的查看車內所有人，確認無誤後，才放行讓我們把車開進去。

車子行駛一段距離，隱約地看到一棟白色建築物，附近的樹叢高到幾乎讓人無法注意到它的存在，等車停穩後，我和埃里克走下車，裡面幾位身穿白袍的男人走出來。

「埃里克，你終於肯回來這裡工作了。」那名留著鬍子的男人看我一眼，繼續說：「還幫我們帶回實驗品，真有你的。」

一名男人幫我和埃里克戴上類似手銬的東西，這個手銬跟媽媽手上戴的相似，難道媽媽一直以來都是處於被監控的狀態嗎？

　　幾名研究人員對我們兩人進行搜身，等搜身完畢後，其中兩名研究人員架住我的雙手，限制我的行動，埃里克離開那群包圍他的人，走到我身旁。

「放開你們的手。」他生氣的瞪著架住我的那兩名男人。

「對阿，別這麼沒禮貌，再怎麼說她也是我們埃里克的女人耶，快放開她。」那鬍子男對埃里克微笑，埃里克卻翻他白眼。

　　他們放開我的手，我重心不穩的往前傾，那群人再次包圍埃里克，我們進到研究所內部，我和他分別被帶至不同的房間，埃里克看我一眼，轉頭跟隨著他們離開，我被另一群研究人員帶往地下室，沿途沒有任何擺設，只有一望無盡的白牆，在走廊盡頭有一扇門，他們一打開門，裡頭立即傳來哭鬧和吵雜聲，門的左邊是鐵籠，裡面關著一群小朋友，我看著這間實驗室的擺設，竟然跟我之前的夢境一模一樣。

「開心嗎？妳終於回到一開始待的地方了。」一名咖啡色頭髮的男人把我推進鐵籠內。「別以為妳是埃里克的女人，就會有特別待遇，妳對他來說，只不過是讓他回到這裡從事研究的交易品罷了。」

　　我跌坐在地上，他們鎖起鐵籠的門，轉身離開實驗室。

　　一名金色捲髮的小女孩走到我身旁扶起我。「姊姊，為什麼妳也會被關進來？」那群小孩慢慢的靠近我身邊。

「我記得他們說，只有小朋友才能上天堂。」一名像是只有六歲的棕色頭髮小女孩走到我身旁。

「對阿，妳看起來又不像小孩。」我左邊的那名臉上有疤的小男孩說。

我拍拍身上的灰塵看著他們。「你們為什麼會被帶到這裡？」

「因為他們跟我說這裡有錢可以賺阿。」那名看起來年紀較大的男孩說。

「錢？」我抬起頭盯著他看。

他點點頭。「而且他們說，只要來這裡，我們就可以上天堂。」

「想也知道是騙人的。」一名綁著馬尾的女孩語氣不屑。

我看著她。「那妳怎麼會來這裡？」

「我只不過在一棟廢墟睡覺，隔天醒來就在這裡了。」她無奈的聳著肩。

「真的沒有天堂嗎？」棕髮小女孩難過的看著我。

我皺起眉頭的瞅著她，那名馬尾女孩卻脫口而出。「醒醒吧！難道妳們沒看到那些小孩的眼睛和嘴角都流血了嗎？」

棕髮小女孩突然嚎啕大哭，引起其他小孩的共鳴，整間實驗室都被他們哭聲淹沒，聽到她們無助的哭聲，我的眼淚也不自覺的落下。

有些人嘴裡說喜歡小孩在這裡看來都是謊言，只因為小孩跟自己有血緣關係，認為有利用價值才值得喜歡，像我們這種沒有利用價值的小孩，就只能被當作物品，即便是這麼單純的小孩，還是會有人想要欺騙她們，以殘忍的方式對待他們。

這些小孩要的願望不多，一些小事就能滿足他們，難道這些要求對他們來說算是個奢侈的願望嗎？
坐在我身旁的一名小女孩拉起她的袖口，用她的小手擦拭我臉上的淚水，她單純的眼神直盯著我看。「姊姊，去天堂後我能見到媽媽嗎？」
我不知道該如何回應她，這些小孩還沒開始瞭解這個世界，就要他們接受這種殘酷的事實，外面那群研究人員思維與這些小朋友的對比，讓我不禁感嘆，為什麼人類小時候天真無邪，長大卻會變得如此冷酷無情呢？
我摸著那小女孩的頭，從地板起身，請安靜待在一旁的小孩們去安撫那些正在哭泣的小朋友，我目光掃視著尋找那名馬尾女孩，看到她坐在一旁角落，我走到她身邊坐下。「妳好，我還沒自我介紹，我叫夏洛特。」
「艾利。」她看我一眼後，繼續盯著前方。
「妳來這裡多久了？」
「三個月。」
「妳有想過逃離這裡嗎？」我認真的看著她，一名年紀大的小男孩也跟過來，坐在我身旁。
「怎麼逃？」她不屑的看著我。
「明天晚上，趁那些研究人員全都離開的時候。」
「不可能的，難道妳認為我沒試著逃出去過嗎？」
那名小男孩打斷她的話。「或許可以唷，我知道他們什麼時候守備最鬆散。」
我們兩人同時轉頭揚起眉毛的看著他，他繼續說：「不要這樣看我，這也是我嘗試幾次所得出來的結果。」
「亞柏，拜託你看看自己手腕上的手環，我們就算逃出去還是會被找到，這樣有用嗎？」艾利無奈的看著自己的手腕，我轉頭望著在場所有小孩的手，全都被戴上這種手環。
「有沒有那種小工具……」我喃喃自語，眼睛飄向四處找尋可使用的工具。
那名小男孩從口袋拿出一把瑞士刀遞給我。「這個可以嗎？」
「我試看看。」我照著埃里克教我的方法，把手環解開，他們兩人驚訝的看著我。
「妳怎麼會解鎖？我之前試了老半天，完全沒辦法打開。」艾利原本嚴肅的臉露出一絲微笑。
「聽好，這個我明天會幫妳們一一解開，現在我們必須要擬定逃出去的計畫。」我把手環輕輕的扣回，讓它看起來跟先前一樣。
我們走到角落小聲的討論，不知道討論多久，幾乎所有的小孩都睡著了，他們兩人不知是否太累也慢慢的入睡，看著他們睡著的樣子我的腦中也開始產生睡意，我的眼皮也越顯沉重……

◆◇◆

開門聲把我驚醒，五名穿著白袍的研究人員走進來打開燈，日光燈照射到一片淨白的研究室牆面，讓我的眼睛刺痛的一時之間無法調適，我緊閉雙眼，等著眼睛慢慢適應這道光線，兩名男人打開鐵籠門，小孩們因害怕被抓，而不停的大聲尖叫，紛紛的逃離他們周圍，我走上前想阻止，他們推開我，隨手抓一名女孩出去，我抓著鐵籠欄杆看著他們，他們把小女孩帶到手術台上，用繩子將她四肢固定住，小女孩害怕的不斷哭泣。

「好了，可以開始了吧。」一名長髮的研究人員在一旁拿著針筒準備刺向小女孩的手臂。

另一名男人阻止他。「不行，你忘了，要由埃里克來評估。」

「憑什麼我們要聽那空降的人來指揮我們做事，」他生氣的把針筒丟到一旁。「難道他的意見會比我們的意見還來得重要嗎？」

「當然，這就是拿別人經費的宿命，誰叫金主喜歡他呢？」另一名男人繼續整理手術用的器具。「而且，聽說他父母還是這個計畫的發起人。」

「怪不得，我還在想上頭怎麼會讓一個離開的人回來。」

「很奇怪嗎？」另一名像是助手的年輕男人附和。

「你想想看，吉爾她在這裡多久了？連她這種老前輩的都會被殺，若我們臨陣脫逃，還能保證不被殺嗎？」

那名年輕男人呆滯的站在原地，另一名男人拍著他的肩安撫他。「既然都進來了，我們只好乖乖認命吧！」

年輕男人繼續問：「埃里克是誰？他為什麼沒有被殺？」

「他之所以沒被暗殺，想也知道是他跟那位女金主有關係吧。」長髮男子諷刺的笑著。

另一名研究人員不以為意的看著那名年輕男子。「不要聽他亂說，他自己本身就賺了不少錢，才不會因為那點小錢就屈就，我覺得應該是政府認為他還有些用處。」

「你有跟他合作過嗎？」年輕男人問著他。

「嗯，他那時候還是這裡最年輕的研究人員，我記得才十幾歲吧。」他托著下巴回憶。
「十幾歲？這樣不是比我還年輕？」年輕男子放下手邊的器材驚訝的看著他。
「就算是現在，他還是比我們大多數的人年輕。」他嘆口氣後搖搖頭，轉回正題。「現在這種藥劑還是他做出來的，只可惜目前只有五個人的體質適合。」
長髮的男人打岔：「說這麼多幹麻？反正他的能力也只有這樣，我們又何必要聽他的話。」
「既然如此，為什麼他要離開？」他不理會長髮男人繼續問。
「不知道，聽說他把藥製作完成後，來這裡看實驗狀況，才剛踏進門馬上就轉頭離開，之後就再也沒回來了。」
「現在不是回來了，說到底他也只是膚淺的人嘛。」長髮男人不屑整理手術用具。
埃里克突然走進實驗室，他們立刻停止討論。
他進門一看見我馬上走到我面前，握住我放在欄杆上的手。「妳再忍耐一下。」
我感覺他手中有異物，我握住那東西，他親吻我的手背，轉身走到手術台前。
我不敢當下確認手中的東西，只能默默將它放入我的口袋。
「現在可以開始了吧，為什麼還要等這個遲到的人。」長髮男子對埃里克翻了白眼。
其他的人默默的整理自己手邊的東西，埃里克看著躺在手術台的小女孩。
「先生，拜託，不要殺我。」小女孩顫抖著說。
埃里克沒回應。
「快點進行，我今天可是想準時下班。」那名長髮的男子正準備朝小女孩手臂打針。

埃里克伸手阻止，看著另一名研究人員。「先讓她睡著，我想看她的腦波圖。」

其他人照著埃里克指示幫小女孩注射藥物，長髮男子氣得奪門而出，埃里克看見小女孩睡著後離開實驗室。

「他要腦波圖做什麼？」年輕男子問。

「我怎麼知道，既然這是他要的，就弄給他吧。」他兩手一攤看著那名年輕男子。

「我聽說他不是有帶一個實驗品回來嗎？直接拿她來做下階段的實驗不是比較快。」站在一旁的女人問。

「嗯，但他還沒說，等他指示吧。」一名男人把綁著小女孩四肢的繩子解開，把她抱到鐵籠內的地板上放著，其他研究人員像是已經完成工作，他們把燈關掉，一個個的離開這間實驗室。

在這不見天日的空間內，我們完全不知道現在是白天還是夜晚，只能靠著牆上的時鐘推測，研究人員送來晚餐，幾名小朋友吃完晚餐後，開始昏昏欲睡，其他小朋友見狀，紛紛的吐掉口中的食物，我推開眼前的餐盒，走到一處角落，掏出口袋的東西，發現是一串工具與鑰匙，我把它小心收好放在口袋。

到了行動的時間，我走到艾利他們身邊，他們很有默契的不吃晚餐。

我小聲的在他們耳邊說：「妳們兩人準備好了嗎？」

她們對我點點頭，交代幾個年紀稍長的小孩，讓她們負責安撫其他小孩的情緒，我和艾利他們走到鐵籠門前，亞柏拿彈弓射擊鐵籠外的攝影機。

「好了。」亞柏看著我們。

我在鐵籠門前一把一把的試著埃里克交給我的鑰匙串，終於找到符合的，門打開後，我們三人走出鐵籠，亞柏熟練的破壞實驗室內所有攝影機，我們到一旁的桌上拿起白袍套在身上，走到實驗室的門前。

「這個門真討厭，上次逃脫後他們馬上就換新的了，害我現在都無法從裡面打開。」艾利氣憤的輕踹門一腳。

我拿那串鑰匙開門，等門打開後，我們放慢腳步走到一樓，大廳只有幾處有亮燈，我們跟隨亞柏，他帶我們走到一處側門，玻璃門旁有機器，不像是一般鑰匙可開的門。

「什麼時候換了這個門？」亞柏神情慌張的看著門的周圍，像是在找尋某個開關。

「是門禁系統，看來一般的鑰匙沒辦法打開。」艾利嘆口氣的看著亞柏。

「可惡，只差一點了。」他生氣的搥著牆壁。

我拿起埃里克給我的那串鑰匙，發現裡面有一個極小的晶片，我拿起晶片到機器旁感應，玻璃門突然打開，我們三人嚇到呆站在門前一會。

我提起精神拍著她們兩人的肩。「快點，不然會被發現。」

剛下飛機時，沒多久就被送到研究所，來不及觀察周遭的環境，這裡比我想像中的大，我們不斷的跑，天色漸漸明亮，我們經過海岸的堤防邊，艾利突然大聲尖叫的蹲坐在地上，我跑到她身邊，眼前景色讓我感到震驚，一群小孩的屍體捲縮著被裝在猶如捕蝦用的籠子內，屍體旁還有一堆燃燒未完全的灰燼，灰燼上充斥著白骨，沙灘周圍佈滿垃圾與廢棄船隻，野草雜亂生長覆蓋屍體，海浪依舊繼續拍打著沙灘，亞柏走到我們身邊，見到眼前的畫面，雙腿癱軟坐在地上。

附近的草地傳來腳步聲，我趕緊拉起他們，躲到旁邊草叢堆。

「他們肯定跑不遠，分頭去找。」一名穿著警衛制服的男人對其他人喊著。

艾利眼淚從兩頰滑落，雙手用力的摀住嘴巴，不敢讓自己發出半點聲響，亞柏驚嚇的呆滯坐在一旁還沒回過神，外面突然槍聲大作，兩名穿著黑色西裝的男人朝著我們附近的警衛頭部開槍，達斯汀從遠方過來跟那兩名隨扈會合，他怎麼會來這裡？難道他是埃里克說的內鬼嗎？

「有看到埃里克嗎？」達斯汀問那兩名男人。

「沒有。」其中一名男人回答。

「該死，他總是在這種緊要關頭不接電話。」達斯汀拿著手機不斷的撥打著。「快分頭找。」

一名警衛逐漸遠離我們四周，艾利還是無法克服內心的恐懼，不停的啜泣，我抱住她試圖緩和她的情緒，小聲的說：「還記得我們的計畫嗎？」

她默默的點著頭，亞柏聽到我的話突然回過神的看我。

「等一下我會直接進去研究所內救出其他小孩，你們兩人在這裡等我別讓他們發現，記住，千萬別輕舉妄動。」我拍著他們的肩膀後，小心翼翼的走到一名倒臥在地的警衛旁，拾起他掛在腰間的手槍，快步的往研究所方向跑。

「夏洛特。」一名男子突然在我身後叫我的名子。

我舉起手槍回頭指著他，是達斯汀。

「嘿，別衝動，是我，達斯汀。」他緩緩的走向我。「妳沒有跟埃里克在一起嗎？」

「為什麼你會來德瓦？」

「拜託，難道妳不相信我嗎？」他看著我手中的槍。「好啦，是我拜託朋友告訴我的，他們說埃里克和政府私底下談好要在這裡行動，妳竟然還跟著他一起過來，妳們實在是太亂來了。」

我依舊害怕的不敢放下槍。

他無奈的嘆口氣，把自己手中的槍丟在地上踢到我面前。「這樣妳總該相信我了吧。」

三名黑西裝的男人跑到達斯汀身旁，見到我們兩人僵持的畫面，他們立刻拿著手槍指著我。

「放下槍，他是夏洛特。」

那三名男子放下槍，其中一名轉頭看著達斯汀。「我們找到埃里克先生了，他被關在一處房內。」

我驚訝的放下槍。

「狄恩，你快多派幾個人去帶他出來。」達斯汀走到我面前撿起地上的槍。

狄恩聽到指示後，往研究所的方向跑去，達斯汀看著剩下的兩名隨扈。「你們兩人就帶夏洛特先到機場等吧。」

「不，我還有其他事要做。」

「什麼事？」達斯汀疑惑的看我。

「救出那些被當成實驗品的小孩。」

他猛點頭的看著我。「哈，我終於知道埃里克為什麼會答應這筆交易。」他克制自己的笑聲指揮一旁的隨扈。「你們多派幾台車過來，跟著她去救那些小孩，我去找埃里克。」

達斯汀突然摟住我的肩膀。「妳自己也要小心一點，萬一妳出什麼差錯，埃里克可是不會放過我的。」他對隨扈使眼色後離開。

我帶著那兩名隨扈跑到艾利她們身旁，艾利和亞柏看到他們後，害怕的往後退幾步。

「艾利，我們變更計畫，妳們帶著這兩名先生去找那群小孩。」她遲疑的點頭。

我正準備轉身離開，一名隨扈拉著我的手。「夏洛特小姐，妳要去哪裡？」

「我想去找埃里克。」

「可是這跟達斯汀先生當初交代的不一樣。」

我沒理會他，推開他的手，往研究所方向跑，一名隨扈跟在我身後，我繼續跑，沿路躺著許多屍體，我們從大門進到室內，地上佈滿血漬，幾名警衛奄奄一息的倒臥在血漬旁，我放慢腳步和那名隨扈一間間的找尋埃里克的身影，這麼大的空間卻異常的安靜，周圍的牆面全是被子彈打穿的彈孔。

我們走到二樓，樓下傳來其他聲音，我回頭看著後面的隨扈，他身後突然出現一名長鬍鬚的男人準備舉槍射他，我拿起槍朝隨扈身後射去，射中那名男人的左肩，他痛得大叫一聲。

隨扈迅速的回頭，在那名男人頭上補一槍。

我對自己使用手槍的能力感到訝異，從來沒有拿過手槍的我，為什麼會像反射動作般如此熟悉。

我們往對面的走廊穿過，發現狄恩大腿中彈倒臥在地，我跑上前去看他。

「埃里克被一名長髮的男人帶走了。」他吃力的指著埃里克被帶走的方向。

「你再忍耐一下，我找人來帶你。」跟隨在我身後的隨扈急忙的拿起手機撥打。「克勞德，你快來研究所二樓，狄恩受傷了。」

過沒幾分鐘，有幾名隨扈走上樓，攙扶狄恩離開，我們繼續往狄恩指引的方向走，看見一間研究室亮著燈，我們慢慢靠近，隨扈用力踢開門，我們舉起槍走進去，發現埃里克躺在病床上，那名長髮男子像是要對他注射藥物。

「別動，放下你手上的東西。」我的槍對準他的頭。

他放下手上的針筒，轉身看我。「哼，我就知道埃里克回來一定有鬼，果真被我料到了。」

「你想對他做什麼？」我看著躺在床上的埃里克。

「做什麼？」那名長髮男人突然起身，隨扈舉起槍對準他，他回頭看埃里克一眼。「妳不用擔心，我不會傷害他，只是讓他睡著而已，再說，他能力那麼好，哪個人不想跟他合作，我只是和達斯汀一樣，想把他拉攏到我們組織罷了。」

埃里克突然從床鋪上坐起，拿著一旁的玻璃瓶往他頭上重擊，那名長髮男子昏倒在地。

「夏洛特，妳怎麼在這裡？」

我沒回答他，走上前攙扶他。

他用手輕拍著頭，似乎想讓自己清醒，他使盡全力的撐著身體走下床，眉頭緊皺盯著針筒旁的藥罐，連忙指示著隨扈。「快走吧，趁其他人還沒追上來。」

「你們先走，」我轉頭看著那名隨扈。「我去找艾利她們。」

埃里克拉住我的手。「妳要去哪裡？」

「我去確認那些小孩是否全都平安的逃出來。」

「妳覺得我會讓妳去嗎？」他緊握住我的手不放。

「可是，我不放心……」我擔心的看著門外。

「這種事讓他們去做就好了。」埃里克吃力的轉頭看著隨扈說。「打電話聯絡其他人，叫他們確認。」

隨扈馬上拿起手機撥打。

等他講完電話，我們走出房間，隨扈從西裝內襯掏出另一把槍交給埃里克，樓下突然傳來幾名男人的聲音，埃里克把我拉到他身後，腳步聲離我們越來越近，我們躲在樓梯的側邊，一名男人發現我們，立即朝我們開槍，不料子彈射偏至天花板燈罩，玻璃碎片瞬間掉落在我們身上，埃里克射中那男人的胸口，血液從他胸前大量流出，隨即倒臥在地。

他身後幾名同夥也跟著上來，安靜的走廊瞬間槍聲大作，穿褐色大衣的男人射到隨扈的右腳，隨扈立刻朝那名褐衣男人的頭部射擊，他的腳無力痛得癱坐在地，埃里克一一射殺他們其他同夥。

「你還能走路嗎？」埃里克問著那名隨扈。

「可以。」他努力的讓自己站起來。

埃里克拉住我的手，我們迅速的走下樓，達斯汀一見到我們就迅速的跑到我們身邊。

「終於找到你了。」達斯汀放心的嘆口氣看著埃里克。「快，快上車。」

我們跑到研究所外，門前停放兩台轎車，隨扈跑到第一台車，達斯汀帶著我們上第二台車，我回頭看著那棟建築物，已經不像昨天的那樣整潔，大門的玻璃全碎裂，地板充滿血印，原本排放整齊的盆栽也變得凌亂不堪，我們全員上車，隨扈立即開車離開現場，沿路仍可見到倒臥在樹叢中兩旁的屍體，我閉上眼睛試著不去看這些畫面，但畫面清晰的不停在我腦海中徘徊。

「埃里克，你跟政府談這件事，怎麼沒告訴我？」達斯汀轉臉質問埃里克。

埃里克看了他一眼沒有回應。

窗外開始下起雨，與車內的安靜形成強烈的對比，埃里克突然抓住我的手，我轉頭盯著他，他的表情顯得難受。

「怎麼了？」我伸手摸著他的臉頰。

「我的頭又開始在痛了……」他用力的抱住我，讓我感到有些難受。

達斯汀從後照鏡看見埃里克的樣子，也轉頭過來關心。「頭痛？」

「一定是那該死的人幫我注射那些沒有用的半成品。」他虛弱的不斷喘氣。

「半成品？」我輕輕的推開他的身體，他無力的往椅背躺。

他點點頭，眼神無力的看著前方。「他們想奪取我的記憶，真虧他們想得出來。」

「記憶也能奪取嗎？」達斯汀疑惑的問。

他虛弱的繼續說：「大腦中的神經元，存在著電力的正負電極，人也是因為這樣才能記憶和產生意識，電力就像是記憶或靈魂的存在，而磁力就是一種吸引記憶流動的方式。」

「這跟奪取記憶又有什麼關係？」達斯汀問。

「簡單的說，他是想藉由藥物讓我的腦部釋放出一定的電流，再透過讀取這些磁力的流動來竊取我的記憶，這種事我猜也只有亞倫才幹得出來。」

「亞倫他也有去德瓦嗎？」達斯汀驚訝的看著他。

他輕搖著頭。「那個男人一定是他的手下，也只有他底下的人才會做出這種無聊又沒用的藥物。」

車子駛進機場，達斯汀攙扶埃里克緩慢的走上飛機，帕蒂將我拉到一旁。

「埃里克他怎麼了？」她擔心的往裡面偷瞄一眼。

「他被人注射了一種藥物。」

「藥物？你們到底是去了哪裡？」她驚訝的看著我。

我正準備開口，康尼卻走向我們身旁叫了帕蒂一聲。

康尼拍著帕蒂的肩膀。「快點，妳拿一些毛巾到臥室給達斯汀，我去幫他們準備吃的。」

「需要我幫忙嗎？」我問。

康尼回頭望了我一眼，冷笑著說：「妳去房間陪他吧，畢竟這是我們的工作。」

她們兩人離開我的身邊，只剩我一人，我走到埃里克的臥室外，達斯汀剛好從裡面出來，他嘆口氣瞧了我一眼，繞過我走到帕蒂她們身旁，我看了他一眼，默默的進去。

他緊閉雙眼，皺著眉頭躺在床上，看起來很痛苦似的，我拉了一把椅子安靜的坐在他身旁。

「看來，要等這藥效退，還需一段時間。」他苦笑地使力從床上坐起。

「不舒服就不要爬起來，你繼續睡吧。」

「我可不希望浪費和妳相處的時間。」他拉著我的手。

「對不起……」我低下頭不敢跟他對望。

「有什麼好對不起的？」

「你為了我做這麼多，我卻害你受傷……」我喃喃自語著。

他突然用力的拉著我的手，我重心不穩倒在床邊，他的臉靠近我耳邊，小聲的說：「那麼妳想要怎麼報答我阿？」

我臉上一陣微熱，推開他的身體，他手摸著胸口叫了一聲。

「怎麼了？」我看著他胸口繃帶上滲出的些微血漬。「你受傷了？」

「沒什麼，只是小傷，」他把衣服拉好，抿著嘴淺笑。「不說這個了，剛才我還沒得到答案喔！」

「先等你的傷口好了再說吧，你現在最需要的就是休息。」我讓他躺下，幫他蓋好棉被，坐在一旁的椅子。

門外傳來一陣敲門聲，帕蒂和康尼端著食物進來，康尼見到躺在床上的埃里克，急忙的放下餐點，跑到他身旁，我起身把位子讓給她，自己站到一旁。

她手撫摸著埃里克的頭髮。「埃里克，你又做了什麼好事？害我擔心死了。」

「沒事，不用擔心。」埃里克勉強的微笑，眼睛卻往我這瞄了一眼。

「回到雅西你有其他行程嗎？若沒有就來我家吧，好久沒跟你敘舊了。」

他從床鋪上坐起。「不行，康尼，我跟夏洛特有其他事情要做。」

康尼轉頭用不屑的眼神看我一眼，繼續跟埃里克撒嬌。「跟她還有什麼事可做，來我家我再找幾個姊妹一起，這樣不是比較好玩嗎？」

「我和夏洛特要結婚了。」

我嚇傻的呆滯站在原地，帕蒂和康尼兩人驚訝地直盯著我看，我猛搖頭。

「什麼？埃里克，為什麼我從來沒聽你提起這件事……」康尼質疑的看著埃里克。

這時候外頭傳來達斯汀的聲音。「埃里克，我們等一下……」

達斯汀走進來，眼見此刻凝重的氣氛，停止原本的話題，小聲的低頭問帕蒂：「發生什麼事了？又吵架了嗎？」

帕蒂斜眼瞧著達斯汀。「埃里克要和夏洛特結婚了。」

達斯汀走到我身旁，輕輕的抓住我的手臂。「夏洛特，妳到底是如何讓他改邪歸正的阿，我都快要不認識現在的他了。」

「沒有……我……」我驚嚇到說不出話來，腦筋一片空白。

「是我的決定，達斯汀你來剛好，回到雅西後，幫我安排這件事，越快越好。」他拉起被子蓋在自己身上。「好了，你們其他人都出去吧，我想好好的跟夏洛特獨處。」

達斯汀回過神來，收起吃驚的表情，把康尼從床旁拉起，她對我翻了白眼，生氣的快步離開房間，達斯汀跟隨在後。

帕蒂走到我身旁，她微笑的靠近我耳邊小聲的說：「恭喜妳囉，夏洛特。」她拍拍我的肩膀，走到門外關上房門。

帕蒂的關門聲讓我回過神來，我瞪著埃里克，他卻故意迴避我的眼神。

「我不記得自己有答應過你啊。」

「這就是我要的報答。」他揚起眉毛理直氣壯的說。

我生氣的坐在一旁。「報答？可是這麼重要的事情應該要先跟我討論吧。」

「難道妳不喜歡我嗎？」

「這跟喜不喜歡沒關係……」我不知所措的看往別處。

他不顧自己身上傷勢用力把我拉到身旁，他把我撲倒在床上，右手輕撫我的臉頰，低頭親吻我的嘴唇。

我睜大眼睛盯著他，臉頰感到發燙，隱約聞到他淡淡髮香，我刻意屏住氣息，卻無法克制自己那逐漸加快的心跳，他的手摸著我的腰，慢慢滑移至我的胸前。

我害怕地推開他的手。「你想做什麼？」

他舉起雙手，驚坐在一旁。「對不起！一時情不自禁。」

我被他的舉動逗得咯咯笑。

「什麼事這麼好笑？」他不解的看著我。

我搖搖頭，從床鋪上坐起，努力壓抑自己的笑聲。

他從我背後環抱我，我的腦中卻想起艾利。「對了！從剛才到現在都還沒見到艾利她們。」

「你是說實驗室的那群小朋友嗎？」他的臉靠在我肩上問。

我點頭的回應他。

「我請隨扈帶他們坐上另一架飛機了。」

「他們也要去雅西嗎？」我解開他的手，坐著面對他。

他高興的點點頭。

「這麼大批的人同時進去不會有問題嗎？」

「當然，我已經安排好了。」他移動到我身旁，摟住我的腰。「還有，妳現在也算是雅西人了。」

「我？」

「對啊！」

我腦內突然湧入一個念頭，不安的看著他。

「妳在想什麼嗎？」

「你把那些小朋友帶過去，是要繼續那個實驗嗎？」

他突然大笑，卻忘記自己胸膛的傷口，痛得不斷咳嗽。

我走到桌上拿杯水遞給他。

他喝一口水繼續說：「我像是會做那種事的人嗎？」

「我想不到其他的可能了……」我喃喃自語的望著別處。

「藥這種東西，既然是用在人身上，當然必須要找人做為實驗對象，再說，若是我的研究，一定會找那些自願參與的人，雖然花費比較多，但至少不會抓那些無辜的小孩來實驗，這也是當初跟雅西政府談好的條件之一。」

「為什麼堅持要完成這種藥？這藥真的有這麼重要嗎？」

「因為戰爭吧，大家都想做出對自己有利的東西。」他無奈的聳著肩，拿起幾件衣物走到浴室盥洗。

我躺在床上，才漸漸的感受到身上的痠痛，腦內不斷的出現他剛才所說的話，政府既然願意花錢在研究這些無意義的戰爭物品，為何不把錢拿去救濟那些需要幫助的人們呢？難道自相殘殺是人類無法擺脫的宿命嗎？

第十二章

「夏洛特，夏洛特……」

我隱約的聽見聲音，慢慢的掙開眼睛。

埃里克披著一件黑色的針織薄外套，我睡眼惺忪隱約地看見他身上所纏繞的繃帶，他站在我面前輕搖我的身體，我半睡半醒的盯著他。

「夏洛特，我們到囉。」

我努力的讓自己醒來，睜開眼睛看著窗外，飛機已經停在地面上，康尼和帕蒂收拾好行李站在一旁聊著天，埃里克把我從座椅上拉起，我揉著眼睛讓自己更清醒一點，我們一下飛機，達斯汀神情緊張的快步的走到埃里克身旁。

「借一步說話。」達斯汀說。

埃里克表情不悅的被他拖著走，帕蒂獨自一人走到我身邊。

「嗨，夏洛特，又見面了，等一下妳打算去哪裡嗎？」

我看著埃里克跟達斯汀談話的背影，聳聳肩苦笑的說：「我除了跟埃里克回去外，我不知道自己還能去哪裡了。」

她思考一會，轉頭盯著我。「不然妳可以來我家阿。」

「可以嗎？那我去和埃里克說一聲。」

我轉身去找埃里克，她卻使勁拉我的手，讓我感到有些疼痛。
「不用跟他說了，直接走吧。」
「可是……」我猶豫的看著她和埃里克。
她靠在我耳邊小聲的說：「若妳不想埃里克受傷，就乖乖的跟我走吧。」
「受傷？」我皺著眉頭的看著她，不理解她的意思。
她繼續說：「妳應該知道亞倫是誰吧。」
我驚訝的看著她，為什麼她會知道亞倫的事情？
「走！」她拖著我的手臂。
埃里克跟達斯汀討論完事情，微笑的往我們的方向走來。「走吧，夏洛特，我想那些小孩也差不多快到了。」
帕蒂把我拉到一邊，小聲的說：「我們的人都已經在這裡埋伏，若妳不希望亞倫傷害埃里克，就乖乖的照我的話去做。」她說完後，輕推著我的身體到埃里克面前。
我緩慢的走到他面前。「我今天可以去帕蒂的家嗎？」我怕他會發現我臉上的異狀，刻意把頭轉到另一邊。
他摟著我的肩膀，疑惑的看著我。「妳怎麼會突然想去帕蒂那裡？難道妳們已經變成好姊妹嗎？」
我點點頭，勉強擠出微笑，不想讓他看出些許不安，我不想傷害他。
「好吧！妳要回來的時候，打電話給我，我再過去接妳。」他露出微笑對我眨眼，我頭也不回的快步的走向帕蒂。

我跟隨帕蒂坐上一台黑色轎車，埃里克目送我們離開，我從窗內往外看著他一眼，隨即低下頭避開他的眼神，眼淚滴到我的手背上。

「算妳識相。」帕蒂語帶揶揄：「不過妳的勇氣倒是足以令人佩服。」

我擦乾淚水，不屑的瞪著她。「妳要帶我去哪裡？」

「當然是去見我的亞倫，他交代我要帶回埃里克身邊最親密的人。」她突然大笑的盯著我。「說真的，我還真沒想過會是妳，害我差一點就要把康尼帶回來了。」

「妳的目的是什麼？」

「我只是遵照亞倫的指示帶妳過去，至於他要怎麼對妳，我可就不知道囉。」

她的冷笑表情讓我感到氣憤，我索性撇過頭看著窗外，外面突然下起滂沱大雨，雨水打在車窗上，模糊的無法看清楚窗外的景色，我緊閉雙眼，身體往椅背靠，想藉此緩和自己的情緒。

車子行駛到一處別墅，帕蒂拉著我下車，兩名身材壯碩的男子抓住我的手臂，一名男子拿起手銬把我的手銬在背後，他們把我拖到大廳中央，我被他們推倒在地，兩、三名男人從樓梯上走下來，一名身材纖細身穿黑色襯衫的褐色短髮男人走到我面前，他單手抬起我的下巴。

「妳就是夏洛特？」他用極度低沉的嗓音問著。

我睜大著雙眼怒視著他。「你是誰？帶我來這裡做什麼？」

「我以為帕蒂已經向你介紹過了。」他冷笑的看著帕蒂一眼。「不過沒關係，我再自我介紹一次，我叫亞倫。」

「快放開我。」

他沒回應，緩慢的蹲在我身旁，伸出右手撫摸我的臉頰，我生氣的瞥過臉甩開他的手，他從容的眼神打量著我全身，讓我背脊一陣涼意。

「他一定是玩膩了妖豔的女人，想來點清淡的吧，妳看起來真的和其他女人不同，難怪埃里克會對妳動情。」他的頭靠近我的臉頰，呼吸聲不斷地在我耳邊徘徊。「但是他的神經也未免太大條了點，都什麼時候了，還有心情玩起戀愛遊戲，看來他是不把我放在眼裡，若不讓他嚐點苦頭，他永遠不會知道得罪我的下場是如何。」

「你想對埃里克怎樣？」我生氣的瞪著他。

他嘴角露出詭異的微笑，用力扯著我的頭髮，我痛到往後傾。「當然是要讓他享受痛苦的感覺呀，若不這樣做他怎麼肯盡力的為我做事呢。」

我的頭髮被用力拉扯，痛得像是要被撕裂般，卻無力反抗。

「放心好了，我是絕對不會傷害妳的，因為妳對我來說還算有點用處。」他說完後放開我的頭髮，我全身趴在地上，他站起身子走向那名身穿白色襯衫的男人。「把她帶上樓，記住！要溫柔一點。」

兩名男人架起我的手臂，把我拖到二樓，亞倫到底想對埃里克做什麼？他們之間存有某些恩怨嗎？我仔細的觀察這裡的環境，看起來跟埃里克別墅的大小差不多，樸素的裝潢與他的那扭曲的性格有著極大的差異，我被他們帶到有雕刻花紋的白色門前，那名帽T的男人把門打開，裡面傳來濃郁的香水味，白色襯衫男人解開我背後的手銬，用力拉扯我的手臂，痛到叫出聲音。

「亞倫說要溫柔，你忘啦？」那名穿著帽T男人揶揄口氣對他說。

那名白色襯衫的男人沒理會他，把我的右手銬在床邊的鐵框上。

「這還是我第一次進來這裡耶。」那名帽T男人興奮的叫著。

白色襯衫男人走到他身旁，拉著他的手臂。「快點離開吧，亞倫不喜歡別人進來他的房間。」

「等一下。」穿著帽T的男人甩開他的手，食指摸著嘴唇的思索著。「亞倫說的溫柔一點，是指我們可以隨意處置這個女人嗎？」

「怎麼可能，根據我多年與他相處的經驗，他一定是看上這個女人了。」

「什麼？」帽T男人驚訝的看我一眼，轉頭繼續問：「他不是跟帕蒂在一起很久了嗎？我一直以為帕蒂會成為我們未來的大嫂耶。」

他搖頭，斜眼盯著那名帽T男人。「從這點就可以證明你還太嫩了，難道你看不出來，帕蒂對亞倫來說只是一枚棋子嗎？」

「棋子？」

他嘆口氣的繼續說：「亞倫在我們面前假裝跟帕蒂很好，就是想找到一個忠心為他做事的人，女人通常對戀愛沒輒，沒想到你們竟然也被他騙了。」

帽T男人瞪大眼睛的看著他，猛搖著頭說：「這下慘了，以我認識的帕蒂，她絕對不會就此罷手。」

他拍拍帽T男人的肩膀。「我們還是別倘這個渾水吧！快點離開，不然亞倫看到我們還待在這裡，到時候他又要生氣了。」

他們兩人急忙的走出房間關上門，我粗略看一下這間房的擺設，全部都是白色系的裝潢，簡直就像是女人的房間，是帕蒂設計的嗎？亞倫跟帕蒂在交往，就表示當初埃里克說的內鬼就是帕蒂囉？女人真的會為了自己喜歡的人去做傷害他人的事情嗎？聽亞倫的口氣，絕對不是跟達斯汀一樣，只想成為埃里克的合夥人那樣單純。

不曉得時間過了多久，室內的光線也隨著外面的天色逐漸變暗，微弱的月光從窗外透進屋內，讓我的眼睛慢慢的適應黑暗，戶外颳起一陣風，樹枝輕輕敲打在窗框上，夜裡伴隨著鳥類的鳴叫聲和風的呼嘯聲，一股恐懼感隨著聲音進入我腦海中，或許因為這裡是郊區，才會有這麼多的鳥蟲鳴叫聲，肚子發出的飢餓聲讓我回過神，才意識到自己整天都沒進食，我無力躺在床上。

突然的開門聲，我驚嚇得連忙坐起，亞倫一手摸著牆壁，找尋燈的開關，我的眼睛被突如其來的亮光照到一時無法睜開。

他關上門，手上端著一盤食物走到我身旁。「妳會餓嗎？」

我沒回應他，頭轉到另一邊，他的舉動讓我覺得很詭異。

「剛才真是抱歉，一氣之下抓了妳那美麗的秀髮。」他放下餐盤坐在我身旁，神情哀傷摸著我的頭髮。「妳可以原諒我嗎？」

「把你的髒手拿開。」

「髒手？」他仔細看著自己的手。「若我的手是髒的，那妳的身體呢？是乾淨的還是髒的？」

他的手從我的肩膀滑落至腰間，我推開他的手，他卻使勁的把我的手抓住，我感到疼痛不斷的掙扎，他拿起一旁的繩子將我的左手綁在床邊的鐵框上，我雙手被綑綁在床上只能不停的踢著雙腿，試圖擺脫他的束縛。

「你帶我來這裡到底要做什麼？」我生氣的大喊。

「做什麼？」他雙手抱胸，眼睛斜看上方，像是在思考問題，他舉止怪異的讓人捉模不定。

「原本我只是想利用妳來威脅埃里克，但我現在改變主意了。」

「改變什麼主意？」

他答非所問，自顧自的繼續說：「我從很久以前就看他不順眼了，為什麼他總是能得到我想要的東西。」他生氣的槌著床邊，臉上露出奸笑的表情繼續說：「但我應該要感謝他，若他沒有發明這種藥，也不會有今天的我。」

「你想拉攏他，跟他合作嗎？」

「合作？」他大笑的躺在床上。「這世界上只有別人幫我做事，而沒有我為別人做事的道理，但是，我對妳就不同了，妳看！我都幫妳端食物過來了，妳在等我一下，只要我從埃里克那裡搶到藥的原料，到時候妳就可以順理成章的成為我的女人。」

「你想的美！」我試著掙脫右手的手銬，生氣的大聲斥責他。「像你這種把別人踩在腳下，只為了凸顯自己的價值的人，我才不屑跟你在一起。」

「把別人踩在腳下？他們都是心甘情願的為我做事阿，只是埃里克太不受教了，他應該要知道，能在我的底下做事是他的榮幸。」他拿起餐盤上的水果刀，身體跨坐在我大腿上，使我全身無法動彈。

「快放開我！」我拼命的大叫，想引起外面的注意。「救命，救命！」

「妳認為在這裡大喊，會有人過來救妳嗎？」他的刀子輕輕的從我的臉頰滑到脖子，我把頭轉到另一邊，我的脖子卻被刀子畫出了一道傷痕，我感到一陣刺痛，脖子上的血液也慢慢的沾濕我身上的衣物。

「妳看看，血都不聽話的跑出來了，我幫妳清乾淨。」他伸出舌頭舔著從我脖子上流出來的血漬，他的行為讓我害怕的不停顫抖和啜泣，我使盡全力扭動我的身體，想擺脫他那噁心的舉動。

他停下動作看著我，用手擦拭我臉頰上的淚水。「是因為弄髒妳的衣服嗎？」

我難過到說不出話，猛搖著頭。

「不是就好，這個血真壞，怎麼可以汙辱妳那雪白的肌膚呢？」他拿著刀子一刀刀的畫破我身上的衣服。

我克制發抖的身體，大聲的對他咆哮。「放開我，埃里克不會來的，他根本不知道我是來這裡。」

「親愛的，妳忘記我剛才說過的話嗎？我改變主意了，管他來不來，現在我只想好好的享受與妳獨處的時光。」他抓起我胸前的內衣準備要劃破時，門外傳來急促的敲門聲。

「哪個敢打擾我興致的人，我一定要殺了他。」他生氣的放下手中的刀子，走到門外。

我的身體仍不停的發抖，亞倫跟那群人在門外爭吵著，他們跑到樓下，門外傳來一陣打鬥和槍聲，我趁他離開後，雙手握住床頭的鐵框，讓自己的身體坐起來，伸長右腳想去勾住他放在一旁的刀子。

帕蒂匆忙的從外面跑進來，立即把門鎖上，她淚流滿面的哭花臉上的妝，她把我左手的繩子割掉，解開我的手銬，我不斷的掙扎想擺脫她的手，但她的力氣卻比我預期中還來得大，她使力將我的雙手銬住。

「妳想做什麼？」我努力的想解開手銬，不解的回頭看她。

帕蒂把我從床鋪上拖到露臺邊。「夏洛特，妳現在可不是在別人的身體，若是這次死亡，可就再也無法醒過來了。」她哭啞嗓子的大喊，左手的槍頂在我頭上，右手勾住我的脖子壓迫我的氣管，讓我不斷的咳嗽。

「妳為什麼要這樣做？埃里克有做過對不起妳的事情嗎？」我呼吸困難，努力的撐起意識，脖子上的血仍不停的流下。

「埃里克殺死了我的亞倫，既然如此，我也要殺死他所愛的人。」

達斯汀他們破門而入，看到我們僵持的畫面，他們一群人停下腳步站在原地。

「你們不要過來！」帕蒂對他們大吼，槍也更用力的頂在我頭上，我腦中突然湧入洛伊絲當時的景象，難道我也會和她一樣死在這種地方嗎？

「帕蒂妳快放開她，不要傷害夏洛特。」埃里克緊張的喊著。

她黑色的眼淚滴在手臂上，一邊冷笑的看著埃里克。「你會害怕吧，也對，畢竟這次的她不再是替代品，而是真正的本人。」她舉起手槍對天大叫著：「亞倫你在等我一下，等我殺了她之後，馬上就可以去陪你了。」帕蒂扣下扳機，埃里克卻從遠處射中她的頭部，帕蒂倒地後，她手槍內的子彈穿過我右肩，不知是身體的疼痛還是頭昏的暈眩，我全身無力的躺臥在地，他們一群人衝上前。

「快！快去準備車。」埃里克大喊著，迅速的跑到我身旁，將我抱進他懷中，急忙得跑下樓。我身上的血漬沾滿他灰色的襯衫，沿路都是亞倫手下的屍體，亞倫橫躺在樓梯旁，額頭中了一槍，雙眼睜開的直盯上方。

埃里克慌張的指揮隨扈，他迅速的抱我上車，隨扈加速駛離現場。

「夏洛特，妳再忍耐一下，快到醫院了。」他的眼淚滴在我的手背上。

看見他流淚的樣子，我的內心卻也感到一股刺痛，我伸手想幫他擦拭淚水，他卻緊緊握住我的手，自己用另一隻手擦拭臉頰。

車子的速度太快，讓我看不清窗外的景色，外面的燈光就像就像跑馬燈一樣，迅間即逝的消失在我眼前，人為什麼會害怕死亡？是因為還有許多心願還未完成，才會為即將到來的死亡感到哀傷嗎？既然如此，為什麼真正在面臨自己的死亡時，我卻感受不到絲毫的難過。

即使那些心願完成了，人就會毫無遺憾的接受死亡嗎？人的慾望沒有終點，一個慾望被滿足，自然會有另一個欲望取而代之的出現在人的心中。

我們活在這世界上所追求的東西到底是什麼？難道只有在最接近死亡的那一刻，才能瞭解自己來到這世上的意義嗎？我的頭感到劇烈的疼痛，逐漸的失去意識……

◆　◇　◆

耳邊傳來陣陣的吵雜聲，我的眼皮漸漸感受到光的亮度，我睜開眼睛，埃里克趴在我的床邊睡覺，艾利他們直盯著我看。

「夏洛特醒來了！」艾利大喊著，埃里克被她們的聲音吵醒，揉著眼睛不敢置信的看著我。

「快去叫醫生過來。」他指揮著那群小朋友。

他們急忙的跑出病房外，過沒多久，他們就包圍著一名醫生走到房內，那名醫生對我進行一些檢查後，跟埃里克走到病房外，那群小朋友圍在我的病床四周，你一言我一語的，讓我不知道該怎麼回答。

「安靜。」艾利大喊一聲，房間內瞬間鴉雀無聲。

他們的舉動惹得我呵呵大笑，卻忘了自己身上的傷口，痛到讓我叫出聲。

「夏洛特，妳已經睡了很久了，還有哪裡不舒服嗎？」艾利擔心的看著我。

「對阿，妳已經睡了一個禮拜了。」旁邊的一名小男孩附和著。

我高興的摸著那名小男孩的頭。「謝謝妳們，我已經好很多了。」

埃里克微笑的走進房內，身後跟著兩名隨扈，他走到我身旁坐下，故意降低音量，眼神揶揄地看著他們。「你們一群人圍在這裡做什麼阿？是不是又在欺負夏洛特了？」

「才沒有呢，我們只是在問夏洛特還有哪裡不舒服。」一名穿著黑色外套的小男孩半生氣的手插著腰說。

「對阿，我們要保護她，不讓她被壞人帶走。」一名小女孩走到埃里克面前。

埃里克抱起那名小女孩。「放心好了，我會幫你們保護她，你們今天就先跟那兩名大哥哥回去好嗎？」他指著站在門外的隨扈，小孩們的哀聲遍野。

艾利帶頭對這群小孩說：「我們先回去吧，他們好像要說祕密。」
另一名小女孩走到埃里克面前，抓住他的手臂。「你要跟夏洛特說什麼祕密？我也要聽。」
埃里克摸著她的頭，微笑的看著他。「好阿！等我回去，在跟妳們說。」
「好了，我們走吧。」艾利和亞柏在後面趕著小朋友們走出病房，等所有小朋友都出去後，兩名隨扈也跟著一起出去。
那群小孩離開病房後，整個房間瞬間安靜，埃里克抓起我的手，親吻我的手背。「妳的身體有好一點嗎？」
我點點頭，但從剛才的小朋友中沒有看到媽媽的小孩，我疑惑的看著他。「對了，我媽媽⋯⋯不對，吉爾女士的小孩現在在哪裡？」
「凱莉嗎？她現在跟安娜住在一起，等妳休養好，我再帶妳去看她們。」他露出久違的小孩般笑容。
我沉默一會，避開他的眼神。「吉爾女士呢？她的屍體有找到嗎？」
他嘆口氣的走到一旁倒杯水，把水杯遞給我。「我把她的骨灰帶來雅西安葬了。」
「⋯⋯她怎麼會突然想要找我的親生父母？」這個問題在我腦中盤旋已久，但一直找不到機會問。
「妳當初是被那名叫卡爾的研究員從廢墟中帶回實驗室，算是他負責的小孩，他跟吉爾女士說知道你父母親的下落，才把她騙回德瓦。」
「卡爾是誰？我親生父母人呢，有找到他們嗎？」我沒心情喝，把水杯放在桌上。

他沉默一會，握住我的手。「我那時去德瓦就是要找你的父母親，但是……」

「但是什麼？」我不顧傷口的疼痛，從床鋪上坐起。

「我在得知吉爾女士死訊後，叫隨扈逼問卡爾妳父母親的下落，他才說出把妳父母親關在實驗室的事情。」

「把他們關在實驗室？」

「妳父母在妳失蹤後，不斷的拿著相片在街上尋找妳的下落，卡爾回到廢墟準備再抓一批小孩時，發現他們兩人是妳的親生父母，因為妳是當時唯一成功的實驗品，他就騙妳父母說知道妳在哪裡，要帶他們去找……」

「他為什麼要這麼做？」

「我猜卡爾是想從他們身上找到妳基因的排列，藉此比對為什麼這種藥在妳身上會發生作用。」他無奈的翻了白眼。「大概也只有他們才能想出這種辦法吧。」

我抓住他的手臂緊張的問：「那你有找到他們的人嗎？」

他點點頭，卻刻意避開我的眼睛，像是有事情瞞著我。

「我想去找他們。」

「不可能。」他難過的低下頭，小聲的說：「我找到他們的時候……他們就已經死了，屍體被泡在福馬林裡面……」

我胸口頓時感到無力，難過的情緒不知如何宣洩，腦中一片空白，原本抱持的一線希望瞬間消失。

「我本來不想告訴妳這件事的……」他神情哀傷握住我的手。「我能做的就是把他們的骨灰跟吉爾女士的埋葬在一起，對不起…」

「不，這不是你的錯，你不需要感到抱歉。」我勉強擠出微笑，茫然的盯著窗外。

「看妳這麼難過，我卻無能為力……」他皺著眉頭看著我。

我們兩人安靜一段時間。

為什麼人總是喜歡互相殘殺呢？我緊閉雙眼，腦中卻總是浮現那些恐懼畫面，或許殘忍是人類的天性，既然如此，為何又會對於這種行為感到恐懼呢？當道德條件不適用於人類的時候，人們又怎麼能說自己比其他動物更高一等呢？

我突然覺得生命在他們的眼中像是不屑一顧的東西，是因為生命如此脆弱，才導致它不被重視嗎？難道他們沒有想過，每個生命珍貴的地方，就是在於它是一個存活在這世上獨一無二的個體，難道不是嗎？

他忽然靈機一動，微微一笑。「妳想要吃什麼？我請隨扈買過來，好嗎？」

我搖頭沒回答。

他繼續說：「還是需要什麼東西？讓自己有事做，才可以忘記這些難過的事情。」

「我能去看他們的墓嗎？」

他擔心的看著我的傷口。「可是，妳的身體……」

我扶著傷口，微笑的看著他。「這點小傷不算什麼。」

我拿起一旁的外套，他馬上走到我身後幫我穿上。

「好吧。」他深呼吸無奈的嘆氣，走到門口交代站在門外的隨扈，攙扶著我走下樓，醫院門口停了一輛黑色轎車，他讓我先坐上去，自己才繞到另一邊上車。

車子開往郊區，道路的兩側有一整排的大樹，像是有被人整修過的痕跡，整個道路只有我們一台車，地上的柏油路像是剛鋪上去般，乾淨的沒有一點污漬，路旁幾名清潔人員忙著清除地上的落葉，隨扈把車停在一處白色雕花鐵門前，埃里克下車幫我打開車門，牽著我的手。

「這裡是哪裡？」我仔細觀看鐵門外面的環境。

「是我之前買的一塊土地，本來想拿來蓋育幼院，但是現在有更好的選擇。」他對我眨眼，但我不瞭解他的意思，只能聳聳肩的看著他。

這裡就像私人花園一樣，沒有半個人，鳥蟲鳴叫的聲音充斥著周圍，隨扈拿起遙控器打開那扇白色鐵門，我們四人走進去，爬上那鋪著柏油的小陡坡，兩旁的樹木像是拱門一般，彎曲交錯的立在我們上方，遮住原本應該照射在我們身上的陽光，在這些樹拱門前有一道亮光，我們越往前走，印入眼簾的是一大片草皮，在草皮中間有一處人工湖，旁邊蓋有一個小木屋，樹叢就像柵欄，把這整片草地包圍起來，我掃視著這裡的環境，埃里克帶我走到草皮旁的角落，那裏用白色柵欄圍起，擺著四座墓碑前面還放上鮮花，其中一個上面寫著吉爾·沃克，這還是我第一次知道她的真實姓氏，凱西的墓在她身旁，最右邊兩個墓上寫著諾瑪·伊凡斯和謝默斯·伊凡斯。

我手指著那兩座墓碑。「他們是我的親生父母嗎？」

「嗯。」他從口袋拿出一張相片交給我，上面有一對夫妻和一個小女孩。「這是我在實驗室找到的照片，這對夫妻我確認過，是妳的父母親沒錯，我想那相片中的小女孩，應該是小時候的妳。」

我仔細盯著那相片，卻沒有任何印象，記憶與回憶都是透過主觀意識所存放在腦中，人除了食物和水以外，能夠支撐人存活下去的動力應該只剩下記憶，能夠摧毀人的生存慾望也是回憶，但是人的記憶就不會有出錯的那一刻嗎？為什麼我們要被這種不確定的東西左右呢，若是人可以完全忘記所有不愉快的回憶，是否就能無憂無慮的活在這世界上了呢？

不愉快的回憶在我先前的生活中占了一大部分，但我卻不想將它們忘記，遺忘它就等於摒棄我過去存在，畢竟，那是唯一能證明我曾經活著的一種方式。

遠處突然有一群小朋友跑向我們，安娜和凱莉牽著小手走到埃里克身旁，埃里克將凱莉抱起來，走到媽媽的墓前，小朋友們的歡樂嬉鬧聲音蓋過那些昆蟲的鳴叫聲。

凱莉天真無邪的眼神直盯著墓碑。

埃里克摸著她的頭。「妳有什麼話想跟媽媽說嗎？」他聲音輕柔的問凱莉。

「媽媽，我在這裡多了很多朋友喔，」她開心的說：「妳和姐姐在天堂也要快樂的生活喔！」埃里克放她下來，她把手中的一朵花放在媽媽的墓前。

埃里克向小孩們使了個眼色，全場突然一片寂靜，原本充斥的小孩吵鬧聲，安靜的只剩下鳥叫，我左顧右盼，看不出周圍有奇怪的地方，再看著那群小朋友，他們全都微笑的直盯著我看。

「發生什麼事了嗎？」我疑惑的看著埃里克。

埃里克突然半跪在我面前，手裡拿著一盒戒指。「夏洛特，我想在妳親人面前向妳求婚，妳願意嫁給我嗎？」

我被他的舉動嚇到，愣在原地，我從來沒有想過自己會有結婚的這一刻，心中百感交集，但是看著埃里克微笑的臉龐，內心的憂慮隨即被拋在一旁，我微笑的對他點頭，他高興的抱住我把戒指套在我手上，小孩們愉快的嬉鬧聲又再次覽罩在這個空間內，他彎下腰親吻我，心中僅剩的那些不確定感，也因為他溫暖的吻，全都一掃而空。

或許未來的事情我們無法預測，好與壞也不全然能被我們所掌控，但是，我可不想把自己束縛在這種無聊的煩惱中，不確定是人生的一種過程，選擇是人們可以用來編排自己人生劇本的一種模式，雖然我不能保證未來是好是壞，至少現在我能選擇過著屬於自己的人生。

【全書完】

釀冒險10 PG1519

 夢行者

作　　者　鄭開蘋
責任編輯　喬齊安
圖文排版　楊家齊
封面設計　葉力安

出版策劃　釀出版
製作發行　秀威資訊科技股份有限公司
114 台北市內湖區瑞光路76巷65號1樓
電話：+886-2-2796-3638　傳真：+886-2-2796-1377
服務信箱：service@showwe.com.tw
http://www.showwe.com.tw
郵政劃撥　19563868　戶名：秀威資訊科技股份有限公司
展售門市　國家書店【松江門市】
104 台北市中山區松江路209號1樓
電話：+886-2-2518-0207　傳真：+886-2-2518-0778
網路訂購　秀威網路書店：http://www.bodbooks.com.tw
國家網路書店：http://www.govbooks.com.tw
法律顧問　毛國樑　律師
總 經 銷　聯合發行股份有限公司
231新北市新店區寶橋路235巷6弄6號4F
電話：+886-2-2917-8022　傳真：+886-2-2915-6275

出版日期　2017年5月　BOD一版
定　　價　360元

國家圖書館出版品預行編目

夢行者 / 鄭開蘋著. -- 一版. -- 臺北市 : 釀出版, 2017.05

面； 公分

BOD版

ISBN 978-986-445-200-2(平裝)

857.7 106005668

讀者回函卡

感謝您購買本書，為提升服務品質，請填妥以下資料，將讀者回函卡直接寄回或傳真本公司，收到您的寶貴意見後，我們會收藏記錄及檢討，謝謝！如您需要了解本公司最新出版書目、購書優惠或企劃活動，歡迎您上網查詢或下載相關資料：http:// www.showwe.com.tw

您購買的書名：＿＿＿＿＿＿＿＿＿＿＿＿＿＿＿＿＿＿

出生日期：＿＿＿＿年＿＿＿＿月＿＿＿＿日

學歷：□高中（含）以下　□大專　□研究所（含）以上

職業：□製造業　□金融業　□資訊業　□軍警　□傳播業　□自由業

□服務業　□公務員　□教職　□學生　□家管　□其它＿＿＿

購書地點：□網路書店　□實體書店　□書展　□郵購　□贈閱　□其他

您從何得知本書的消息？

□網路書店　□實體書店　□網路搜尋　□電子報　□書訊　□雜誌

□傳播媒體　□親友推薦　□網站推薦　□部落格　□其他＿＿＿＿＿

您對本書的評價：（請填代號　1.非常滿意　2.滿意　3.尚可　4.再改進）

封面設計＿＿　版面編排＿＿　內容＿＿　文／譯筆＿＿　價格＿＿

讀完書後您覺得：

□很有收穫　□有收穫　□收穫不多　□沒收穫

對我們的建議：＿＿＿＿＿＿＿＿＿＿＿＿＿＿＿＿＿＿

＿＿＿＿＿＿＿＿＿＿＿＿＿＿＿＿＿＿＿＿＿＿＿＿

＿＿＿＿＿＿＿＿＿＿＿＿＿＿＿＿＿＿＿＿＿＿＿＿

＿＿＿＿＿＿＿＿＿＿＿＿＿＿＿＿＿＿＿＿＿＿＿＿

請貼
郵票

11466
台北市內湖區瑞光路 76 巷 65 號 1 樓
秀威資訊科技股份有限公司 收
BOD 數位出版事業部

（請沿線對折寄回，謝謝！）

姓　　名：＿＿＿＿＿＿＿＿　年齡：＿＿＿＿　性別：□女　□男

郵遞區號：□□□□□

地　　址：＿＿＿＿＿＿＿＿＿＿＿＿＿＿＿＿

聯絡電話：(日) ＿＿＿＿＿＿＿＿ (夜) ＿＿＿＿＿＿＿＿

E-mail：＿＿＿＿＿＿＿＿＿＿＿＿＿＿＿＿